中研院院士 李壬癸 著
珍惜
台灣
南島語言

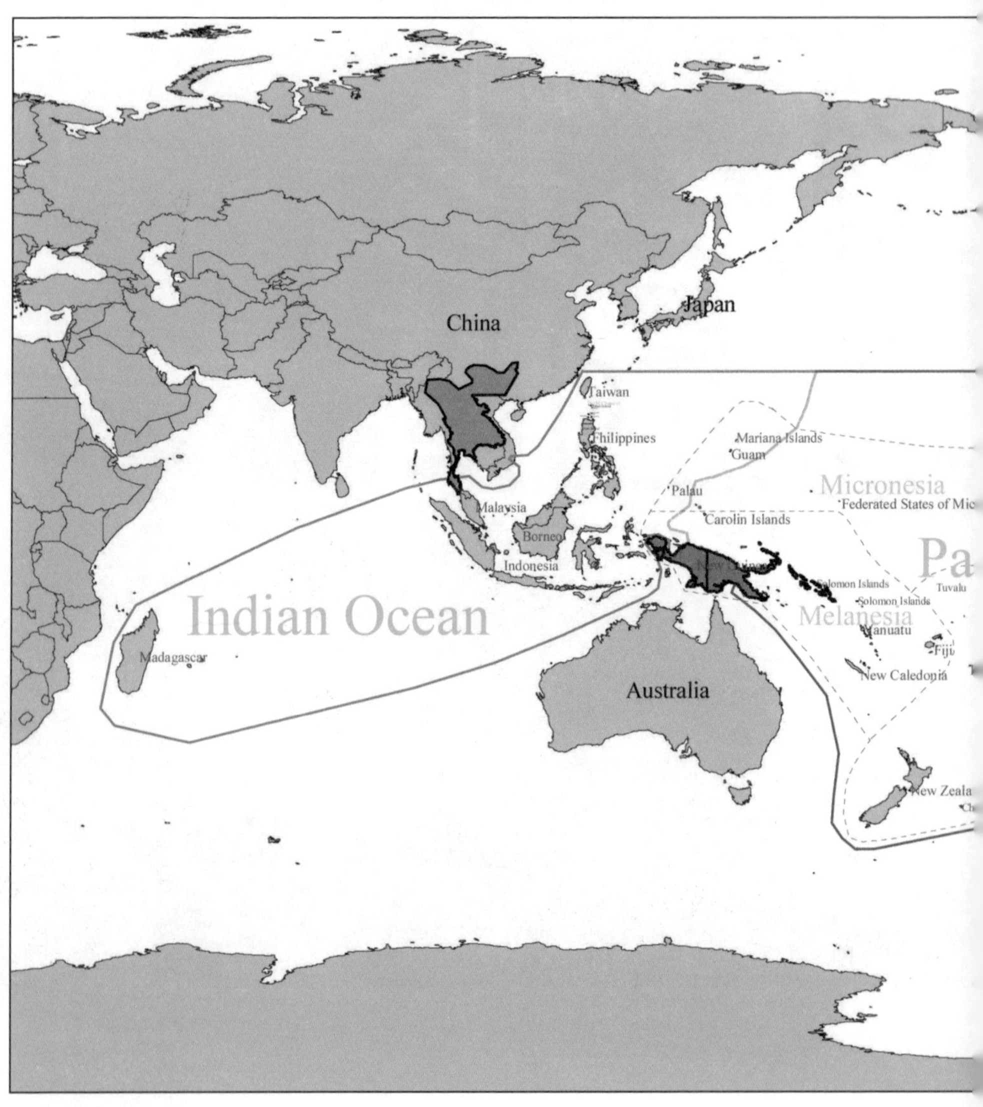
China
Japan
Taiwan
Philippines
Mariana Islands
Guam
Micronesia
Federated States of Mic
Palau
Carolin Islands
Malaysia
Borneo
Indonesia
Solomon Islands
Solomon Islands
Tuvalu
Melanesia
Vanuatu
Fiji
New Caledonia
Indian Ocean
Madagascar
Australia
New Zeala

南島民族分布圖

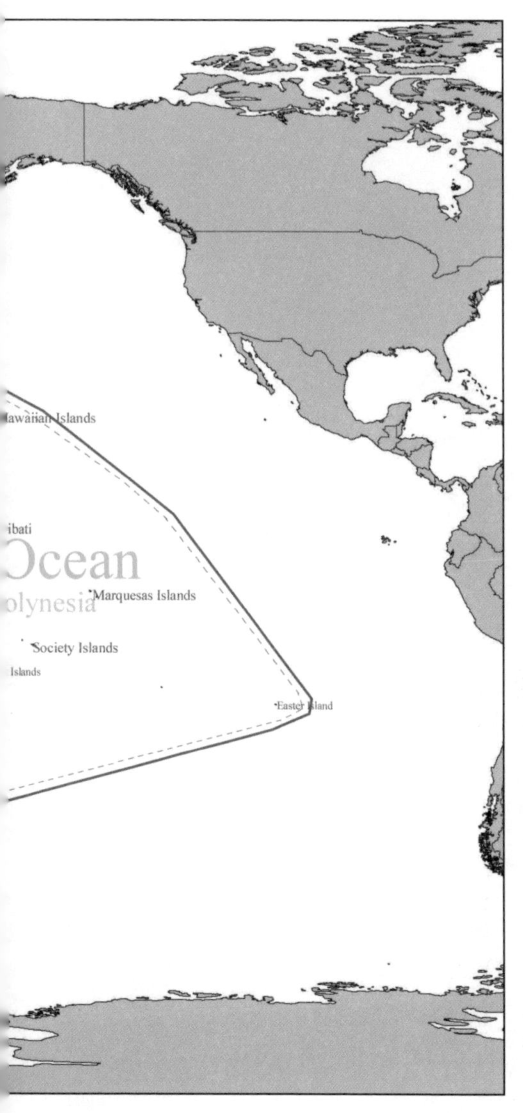
awaiian Islands
ibati
Ocean
olynesia
Marquesas Islands
Society Islands
Islands
Easter Island

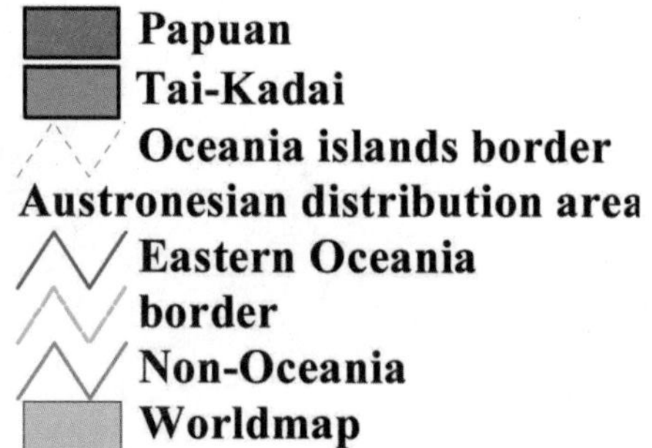
Papuan
Tai-Kadai
Oceania islands border
Austronesian distribution area
Eastern Oceania
border
Non-Oceania
Worldmap

China
Japan
Philippines
Malaysia
Borneo
Indonesia
Madagascar
Indian Ocean
Australia
Mariana Islands
Guam
Palau
Caroline Islands
Micronesia
Federated States of Micronesia
Hawaiian Islands
Kiribati
Pacific Ocean
Polynesia
Marquesas Islands
Society Islands
Cook Islands
Easter Island
Solomon Islands
Tuvalu
Melanesia
Vanuatu
Samoa
Fiji
Niue
Tonga
New Caledonia
New Zealand
Chatham Island
Papuan
Tai-Kadai
Worldmap
stages
4000 B.C.
3000 B.C.
2500 B.C.
1200 B.C.
200 B.C.
A.D.3-400
A.D. 800

南島民族擴散圖

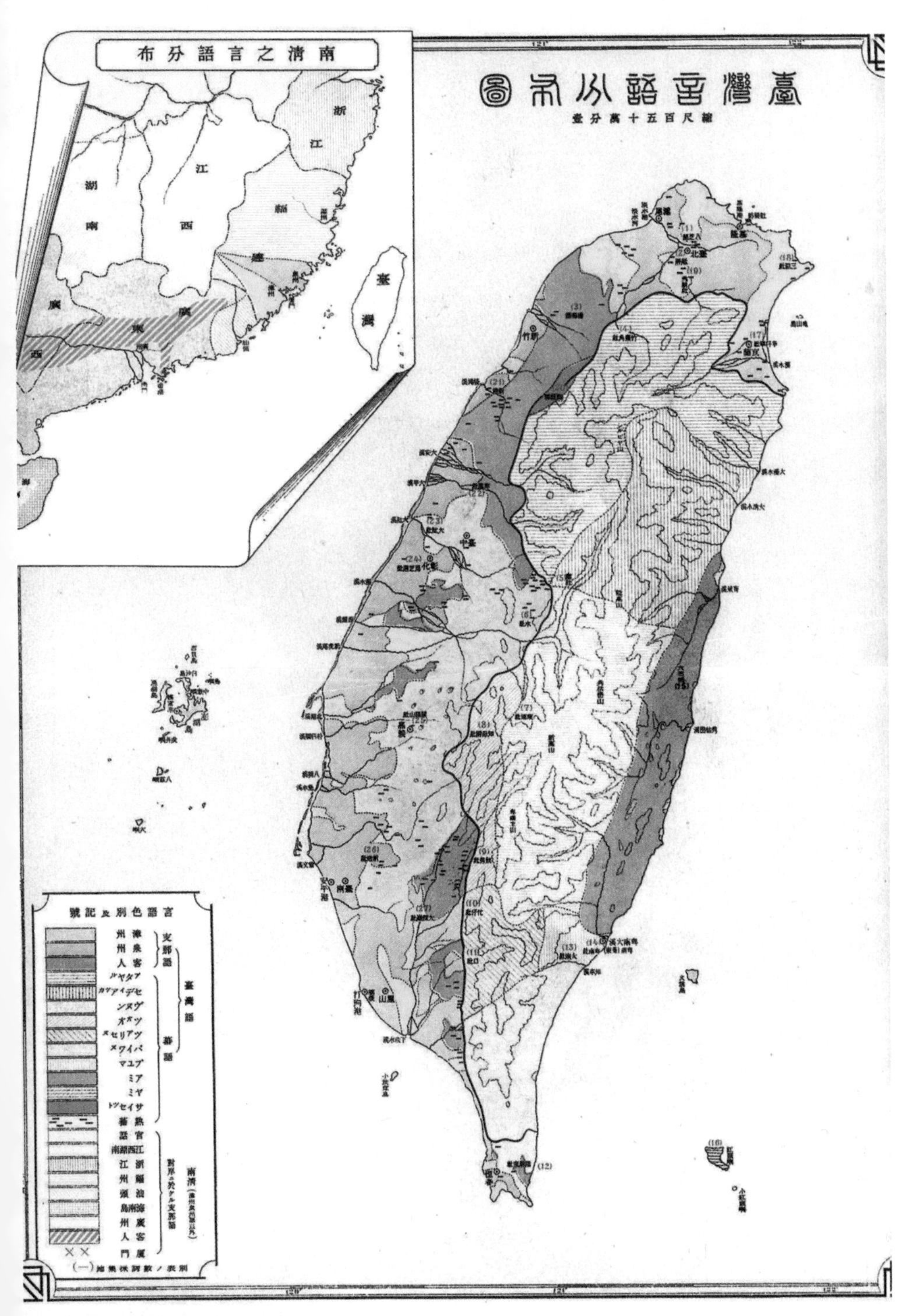

台灣言語分布圖（小川尚義 1907）

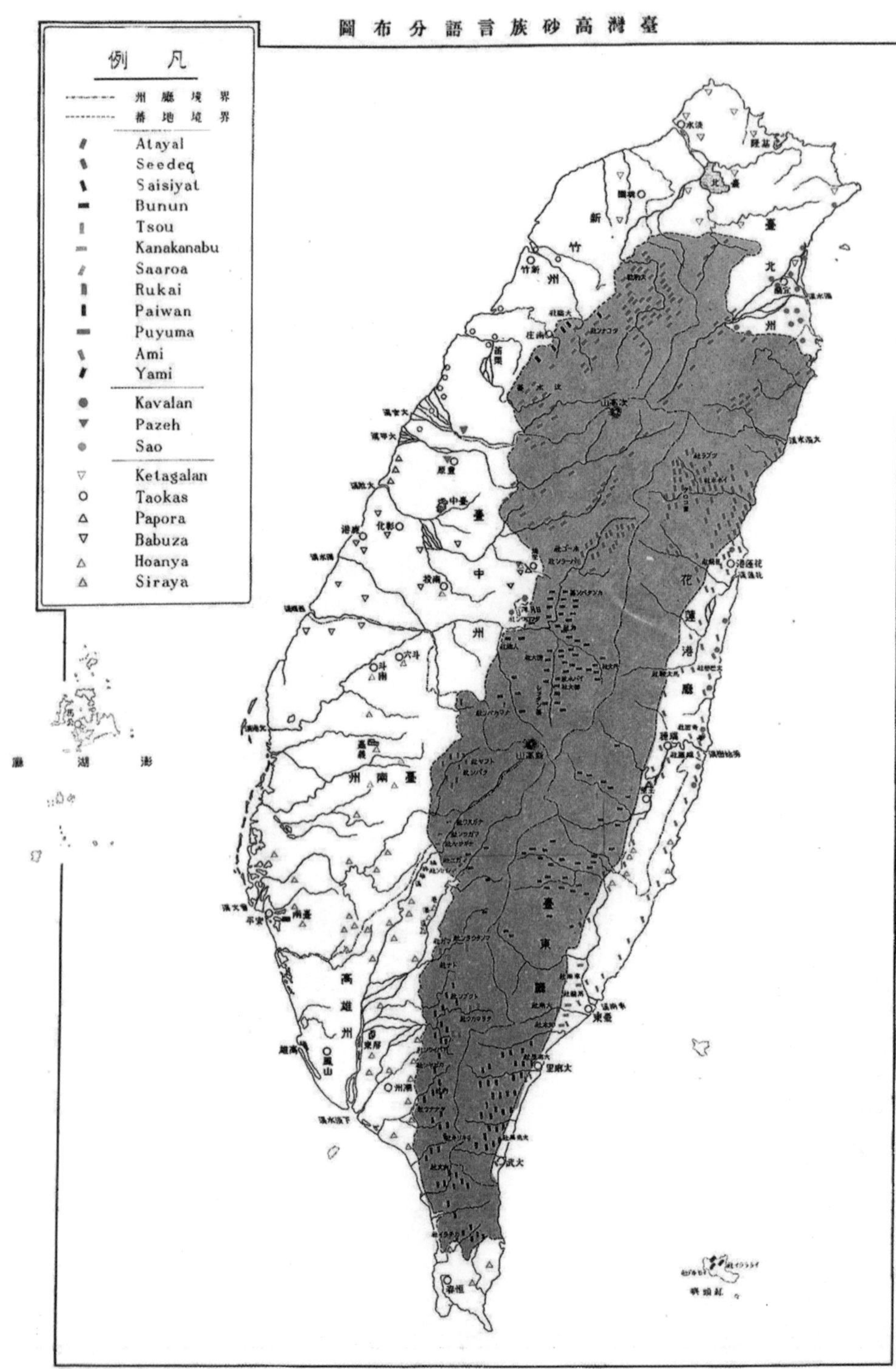

台灣高砂族言語分布圖（小川尚義、淺井惠倫 1935）

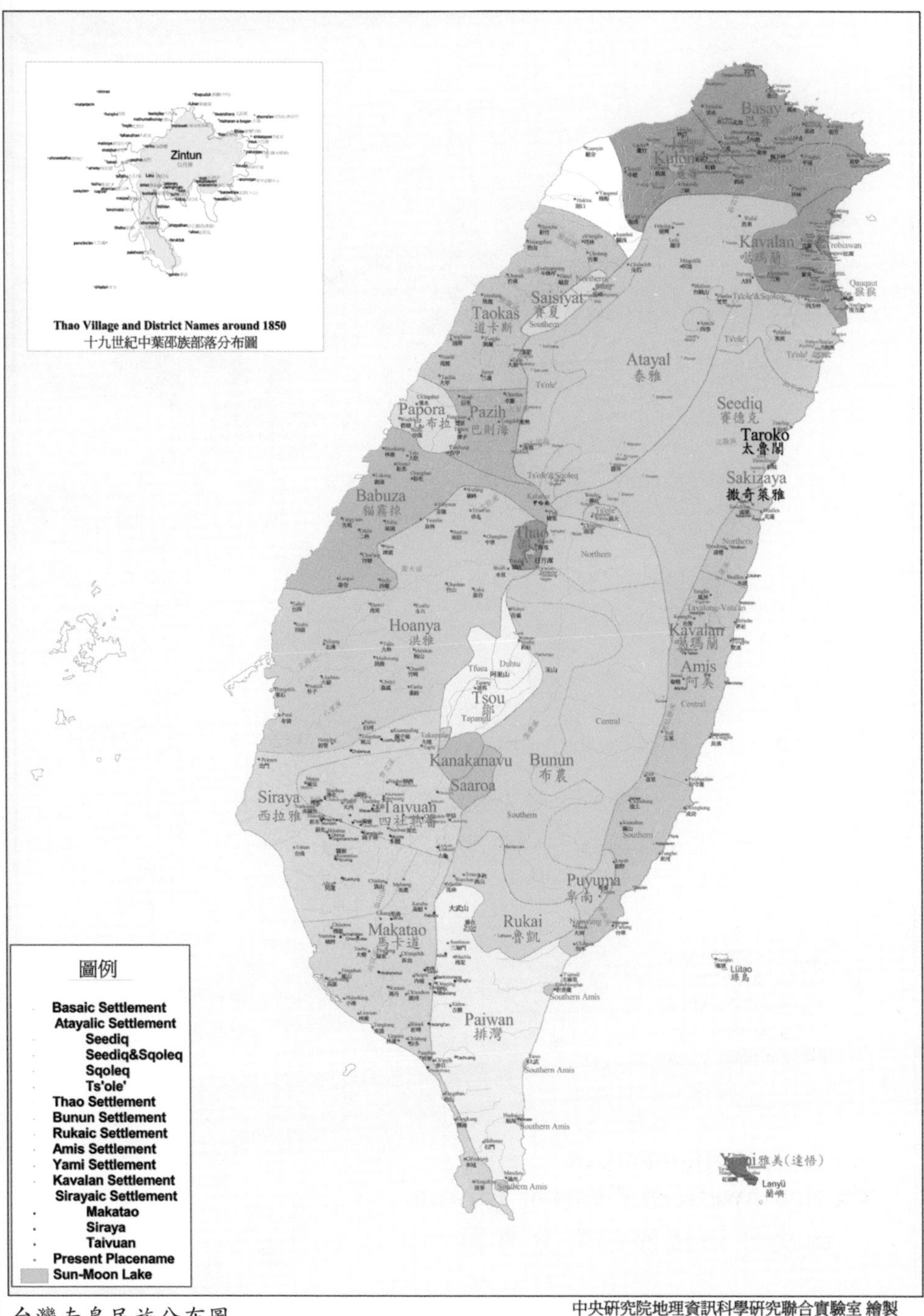
Thao Village and District Names around 1850
十九世紀中葉邵族部落分布圖
Zintun
Basay
巴賽
Kulon
Kavalan
噶瑪蘭
Qauqaut
猴猴
Saisiyat
賽夏
Taokas
道卡斯
Atayal
泰雅
Seediq
賽德克
Taroko
太魯閣
Sakizaya
撒奇萊雅
Papora
巴布拉
Pazih
巴則海
Babuza
貓霧捒
Thao
Hoanya
洪雅
Kavalan
噶瑪蘭
Amis
阿美
Tsou
鄒
Kanakanavu
Saaroa
Bunun
布農
Siraya
西拉雅
Taivuan
四社熟番
Puyuma
卑南
Rukai
魯凱
Makatao
馬卡道
Paiwan
排灣
Lütao
綠島
Yami 雅美(達悟)
Lanyü
蘭嶼
圖例
Basaic Settlement
Atayalic Settlement
Seediq
Seediq&Sqoleq
Sqoleq
Ts'ole'
Thao Settlement
Bunun Settlement
Rukaic Settlement
Amis Settlement
Yami Settlement
Kavalan Settlement
Sirayaic Settlement
Makatao
Siraya
Taivuan
Present Placename
Sun-Moon Lake

台灣南島民族分布圖

中央研究院地理資訊科學研究聯合實驗室 繪製

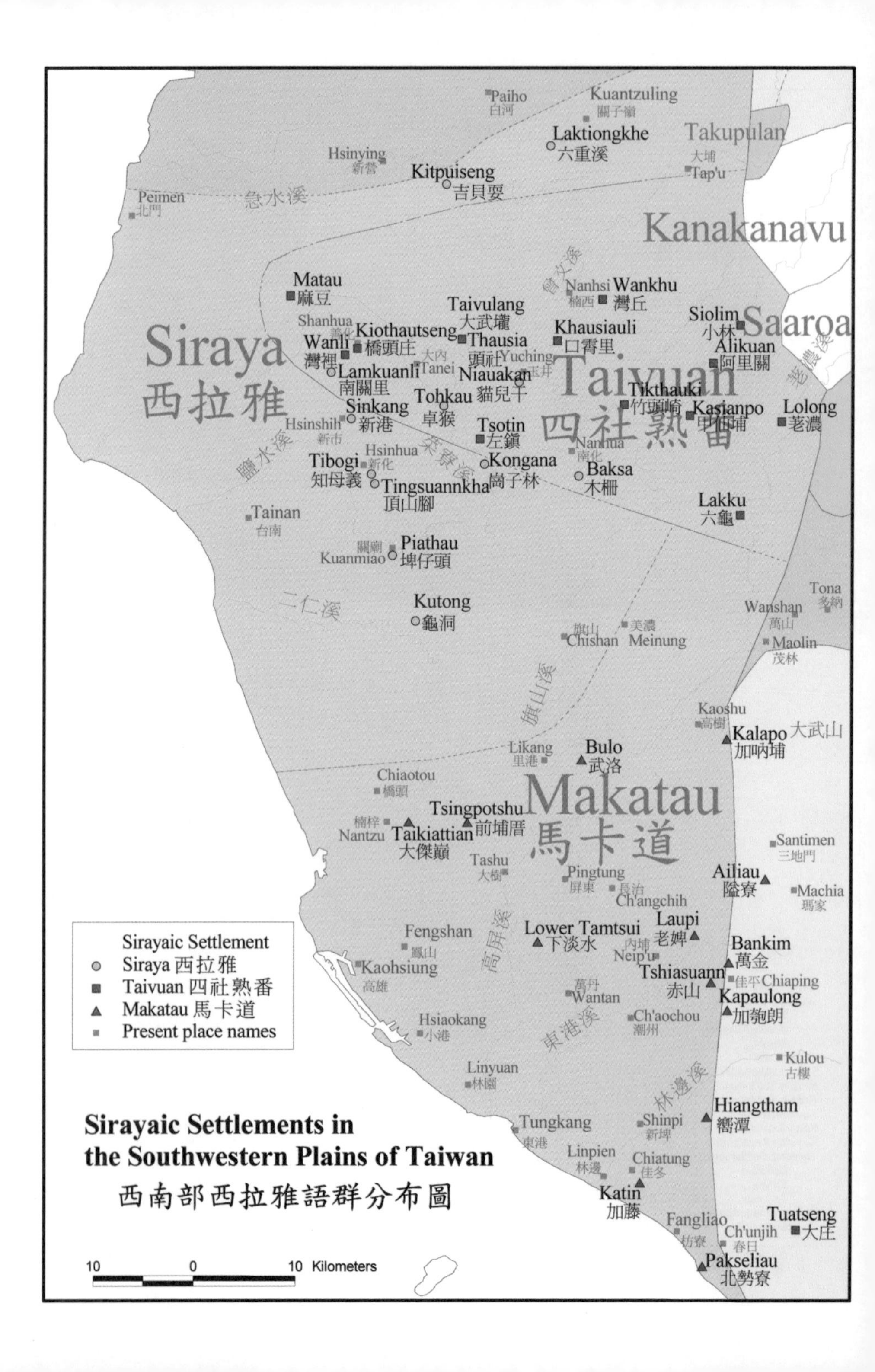

Sirayaic Settlements in the Southwestern Plains of Taiwan

西南部西拉雅語群分布圖

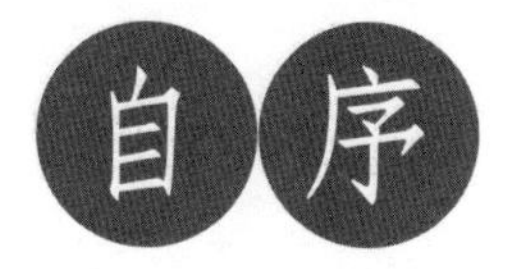

自序

台灣最有價值的文化資產是什麼？毫無疑問的就是台灣南島語言。爲什麼？因爲台灣南島語言具有以下兩大特色：第一，這些語言的差異性最大，第二，它們保存最多的古語特徵。一個地區的語言愈紛歧，表示語言分化的年代愈久遠，也就是說，南島民族在台灣居留的年代縱深最長。也因此，台灣最有可能是古南島民族的起源地（homeland）。此外，要重建古南島語，必須使用台灣南島語言的資料。如今，國際南島語言學者大都接受以上這兩種看法。

本論文集所收的文章，其主要內容可分爲這幾方面：第一、台灣南島語的重要性（1-3），第二、研究歷史的回顧和展望（4-5），第三、調查研究方法（6），第四、平埔族群各種語言的相互關係（7-11），第五、台灣南島語言的隱喻（metaphor, 12-13），第六、台灣南島語言的危機（14-18）。附錄〈我的學思歷程〉是我在台灣大學通識教育論壇的演講稿。第一篇文章可視爲本書內容的扼要說明，可做爲導論，讀者不妨先看。

本書所收的十二篇論文，是我近十年來（2001年以後）用中文撰寫有關台灣南島語言的文章，大都曾經在國內的期刊上或專書裡發表過。現在把它們收在這個論文集裡，以方便有興趣的讀者作參考。1997年我曾出版過兩部論文集，《台灣南島民族的族群與遷徙》和《台灣平埔族的歷史與互動》，如今都已絕版，而且有的內容稍嫌過時。1999年我出版《台灣原住民史——語言篇》可以彌補前兩部書的部分缺失。這部論文集可以代表我較近和較新的看法，而且有些內容是在探討以前並沒有討論過的問題，例如〈人體各部位名稱在語言上的應用〉和〈我們有不同的想法〉，其中討論台灣南島語言數詞系統非常有趣的現象。尚請方家不吝指正。另一方面，部分內容難免有重複或前後不一致的地方，也請讀者一併包涵。

2004年我出版了一部《台灣南島語言論文選集》（上下冊），所收的論文大都是以英文撰寫的，雖也有幾篇用中文寫的，但是內容偏重語言學專業研究的成果，並不太適合一般的讀者。其實，我已把若干篇原以英文寫成的主要研究成果再以中文寫出來收入本論文集裡。例如，我把"The internal relationships of six western plains languages"（西部六種平埔族群語言的內部關係）跟"Origins of the East Formosans: Basay, Kavalan, Amis and Siraya"（東部台灣南島語：巴賽、噶瑪蘭、阿美、西拉雅的起源）合併起來，扼要地寫成〈從文獻資料看台灣平埔族群的語言〉。

本書除了十二篇有關南島語言的論文以外，也收了六篇我近幾年來在報刊上發表的短文，內容大都是跟台灣南島語言密切相關的課題。附錄卻是談我從1968年起，這四十年來調查研究南島語言的心路歷程。

李壬癸
2009.9.20

目次

第四篇　平埔族群各種語言的關係

第五篇　台灣南島語言的隱喻

第六篇　台灣南島語言的危機

第一篇

◆◆◆◆◆◆

台灣南島語言的重要性

台灣最珍貴的文化資產：南島語言

摘要

這是有關台灣南島語言研究的概略說明。台灣最珍貴的文化資產就是台灣南島語言，因其具有兩大特色：（一）各種語言的差異最大，（二）保存最多的古語特徵。解開史前時代之謎的有三把鑰匙：語言學、考古學和遺傳學，本文只針對語言學作較詳細的說明。台灣南島語言的調查研究，從十九世紀末由日本學者開始至今，約有110年，所累積的研究成果相當豐碩，且以過去四十年爲最豐碩。這些語言都有瀕臨消失的危機，必須及時搶救。

一、前言

人類跟跟人類最接近的靈長類動物黑猩猩，基因的差別只有百分之一。那麼，人類跟其他高等動物最大的差別是什麼？從語言學的觀點，最大的差別就是人類有語言，而其他動物都沒有。人類有語言，才有思想，才可能產生各種文明、科學、技術、藝術、文化。人類有了語言，知識才能累積，知識才能無限。

世界上各種民族都擁有自己的語言，各種語言也都擁有它自己的知識體系。有的語言很紛歧，而有的語言卻同質性很高。很紛歧的語言，例如非洲、印度、從前的蘇聯、中國的西南、新畿內亞等地區好多種民族的語言，而同質性很高的語言，例如通行於世界各地的英語，中國的普通話，通行於東南亞的馬來語，太平洋東區各種Polynesia的語言等等。

在歐美人士發現美洲新大陸以前，全世界各種民族當中，以南島民族的地理分布最廣，約佔全球的三分之二的面積，遍布於太平洋、印度洋許多島嶼上，而且至少在三千多年前就已如此。南島民族當初如何擴散到這麼廣大的海域？他們的起源地在哪裡？這些是國際學術界咸感興趣的研究課題。要解答這種問題，台灣南島語言便佔有極爲關鍵的地位，因爲台灣南島語言具有兩大特色：（一）各種語言的差異最大，（二）它們保存最多的古語特徵。如今國際南島語言學知名的學者都接受這種看法（詳見下文第四節倒數第二段）。

二、解開史前史之謎的三把鑰匙

南島民族過去絕大部分的歷史都沒有任何文獻紀錄。我們有什麼方法可以探尋他們史前時代的歷史？有三個學術領域在這一方面可以有所貢獻：（一）考古學，（二）語言學，（三）遺傳學。古人生活過的土地會留下各種遺跡，包括他們使用過的各種器物，如石器、陶器、網墜、貝殼等，還有穿戴過的玉器、珠寶，以至人和動物的骨頭。從各坑層出土的這些器物，一方面可以測定相當精確的年代（用碳14），另一方面又可以推測這些古人的生活習俗和狀況。從現代語言的現象，我們可以重建每一個民族大約五、六千年前的古語，藉此我們可以推斷他們那時生活的地理環境，如何逐步分化爲現代的各種族群和語言，也就是如何從祖居地（homeland）逐步擴散到各地去的過程。遺傳學經由DNA的研究，可以追溯人種的源流，遷徙的路線等等，相當精準。這三個學門可說是能解開一個民族的史前史之謎的三把鑰匙或是能窺見過去的三個窗口（three windows to the past）。每一個學門的方法都各有所長，也各有限制。例如，考古學挖掘出土的器物都是死人的遺留，它們並不會說話，學者不能確定是屬於哪一種人的；語言學只能做到相對的年代（relative chronology），而無法做到絕對的年代；遺傳學對於族群（ethnic groups）的區辨仍然沒有很可靠的方法。因此，科際整合便成爲必要的手段，因爲不同學門可以互補所長，希望可以得到較能令人滿意的結果。國內這幾個相關領域的學者最近曾經通力合作執行了跨領域的南島民族科際整合研究計畫，並已得到不少具體的成果，其中有一部分也已正式發表。

三、台灣南島語言研究的回顧

台灣南島語言最早的紀錄是在十七世紀荷蘭據台時代

（1624-1662），荷蘭傳教士以羅馬拼音書寫台灣南島語言，文獻資料較多的只有這兩種平埔族語言：一種是在嘉南平原的西拉雅語群的語言（Siraya和Taivuan），另一種是在中部彰化沿海一帶的Favorlang語。這些語言大約在二百年前就已消失了，幸而有他們的文獻紀錄，我們才能對它們有所瞭解和掌握。

明鄭和清代二百多年（1662-1895）所留下的有關台灣南島語言文獻極少，主要有兩個原因：（一）中國傳統的文人並不重視田野調查工作，（二）缺少適當可用的記錄工具。

對台灣南島語言做有系統的調查，是日治時期（1895-1945）的日本學者小川尚義和淺井惠倫才進行的。他們不僅對各種山地語言，而且對各種平埔族群的語言，也都做了全面性的調查和研究。尤其是已消失的各種平埔族群的語言資料，眞的是多虧了他們的採集才有的。小川是台灣各種語言（含漢語和南島語）調查研究的先驅者，也是奠立後世研究基礎的第一人。戰後另一位日本語言學者土田滋也對各種台灣南島語言都調查和研究。他們三位對各種台灣南島語言都有全面性的掌握。反觀國內，這種人才卻很少見。

我國語言學者早年（五〇年代至六〇年代初）做過台灣南島語言調查的，先後有李方桂院士和董同龢。七〇年代以後，才有較大規模的田野調查研究計畫，有興趣的人才多了一些。近二十年來，有興趣做台灣南島語言的人，顯然比前二十年多了不少。這四十年所累積的研究成果，可說質和量都遠超過以前任何時期。

台灣南島語言的調查研究前後歷經一百多年，經過許多人的努力所累積起來的成果，陸續發現許多語言的現象只見於台灣，而不見於台灣以外的南島語言，因此，台灣也就成爲國際南島語言研究的一個重鎮。

四、四十年辛苦不尋常

自從1970年6月回國到中研院任職以來，我從事台灣南島語言的調查研究工作已接近四十年了。我陸續調查各種南島語言和主要方言，依時間先後包括魯凱（1970年7月）、賽夏（1975年1月）、邵（1975年6月）、巴宰（1976年7月）、雅美（1976年9月）、噶瑪蘭（1977年10月）、阿美（1978年1月）、鄒（1978年7月）、泰雅（1978年12月）、賽德克（1980年2月）、卡那卡那富（1981年2月）、沙阿魯阿（1981年2月）、布農（1982年7月）、卑南（1986年1月）、排灣（1990年11月）等。田野調查的時間長短不一，次數不一，詳略各異。最先調查的是魯凱語，六個主要方言（大南、茂林、多納、萬山、霧台、大武）都親自去部落中調查過，除了大武以外，也都有自然的文本語料（texts）。我是以台東大南村的魯凱語做爲我的博士論文：*Rukai Structure*《魯凱語結構》（Li 1973），調查得比其他方言要詳盡和深入一些。另一個我調查得較多的是泰雅語各種方言。我最後調查的是排灣，時間最短，所收的資料也最少。從早年我所調查的語種就可以看出來，除了魯凱語以外，前十年我優先調查研究的大都是瀕臨消失的那幾種語言：賽夏、邵、巴宰、噶瑪蘭、卡那卡那富、沙阿魯阿等。直到最近幾年，我才特別爲巴宰語出版了二部專書《巴宰語詞典》（2001）和《巴宰族傳說歌謠集》（2002）。這二部專書跟另一部《噶瑪蘭語詞典》（2006）都是跟日本學者土田滋教授合作完成的。最近十年來，我又積極搶救幾種即將消失的語言。

這些年來我陸續發現一些具有學術價值而且很有趣的現象。例如，1980年初在苗栗縣泰安鄉汶水村發現：男性和女性語言有別，這是南島語言很少見的現象，也是台灣和中國大陸各種少數民族語言中僅見的現象。這種差異同時也解決學術上一個困惑南島語言學者多年的問題：泰雅語和賽德克語何以會有一些怪異的形式？明白了它們具有性別語言差異這個道理之後，泰雅語和賽德克語也就不再是很獨特和孤立的語言了。國際南島語言知名的學者Isidore Dyen教授有一次就對我說，You brought it [Atayal] back（你把泰雅語拉回來了）。又如，我發現泰雅語群不同年齡層的人發音並不同，也就是說，不同年齡的人，他們有不同的音韻規則，這樣一代接一代地就造成音變（sound change）。1982年我就得到這個結論：不同年齡和性別都會有語言上的差異（variations），這些差異也就是造成語言演變的動力或機制（mechanisms of linguistic change）。泰雅語群的性別差異，當初很有可能是男人使用秘密語所引起的。如此一來，秘密語也是造成語言演變的另一動力或機制。以上這些都是國際知名的南島語言學者很感興趣的現象。

因爲各種台灣南島語言彼此差異很大，而且又保存許多古南島語的特徵，所以每一種台灣南島語言都值得我們做深入的研究。已經消失的語言，若有任何文獻記錄或筆記，也都值得我們留意和珍惜。過去十多年來，我在這一方面也下了不少工夫，包括在台灣西南部的西拉雅語群，西部的Favorlang語，大台北地區的Basay語。前兩種有荷蘭時代的幾種文獻資料，後者有日治時期淺井惠倫的田野調查筆記。根據這些原始原資料，對這三種已消失的平埔族語言的語法結構系統，已有所掌握，而且我也已發表了若干篇相關的論文，專書也會陸續出版。

在整個南島語系當中，以台灣南島語言保存最多古語的特徵。這是日本學者小川尙義早在1930年代就已發現的現象，後來又經美國學者Isidore Dyen (1963, 1965) 於1960年代發表論文公開表示贊同，挪威學者Otto Dahl (1973, 1981) 的專書，近二、三十年來國際南島語言比較學者，如Robert Blust, John Wolff, Stanley Starosta, Malcolm Ross，也都一致支持這種看法，並奉爲定論，因爲他們也都大量引用台灣南島語言的資料來重建五、六千年前的古南島語。可是，台灣南島語言的另一重要特徵：語言最紛歧，語言之間的差異最大（例如，Blust (1999) 把整個南島語族分為十大分支，其中有九支都在台灣，而Ross (2009) 分為四大分支，都見於台灣），卻是最近這幾年才被確定並獲得國際南島語言學界普遍接受的看法。這種觀點的確立，使台灣成爲最有可能是南島民族的起源地（homeland）。語言學家Edward Sapir於1916年曾提出這個重要的概念：語言最歧異（the greatest linguistic differentiation）的地區就可能是該語族（或語群）的起源地，也是一個語族（或語群）的擴散中心。愈早分裂的語言距今的年代愈久遠，彼此之間的歧異也愈大；愈晚分裂的語言，彼此之間的差異也就愈小。同時，愈早分裂的語言距離起源地愈接近；愈到後期的擴散，距離起源地也就愈遠。

最高度歧異的地區最可能就是擴散中心，類似這種概念在植物學界，如俄國植物學者Vavilov (1926)，他使用這種方法來推斷各種人工栽培植物的起源地。

（本文於2010年1月發表在《科學月刊》第41卷第1期）

我們有不同的想法：台灣南島語言的多樣性

摘 要

台灣南島語言非常珍貴，是因爲它們具有兩種重要的特徵：（一）語言現象的多樣性，（二）保存許多古語的特徵。本文舉例說明了一些現象，而以數詞爲例做比較詳細的說明。因爲語言的歧異性最大，台灣才最有可能是古南島語族的發源地；因爲保存最多的古語特徵，重建古南島語就必須使用台灣南島語言的資料。

一、語言和思想的關係

思想不能脫離語言而存在，思想和語言有如一個銅板的兩面。因此一種語言的結構系統影響一個人的思考模式和世界觀。語言學大師薩皮爾（Edward Sapir, 1884-1939）和沃夫（Benjamin Whorf, 1897-1941）曾提出「語言相對論」的學說，它包括這兩個基本主張：（一）所有高層次的思考都必須依賴語言才能運作，（二）一個人所使用的語言，其結構系統影響他對外界事物的了解，所以人們的宇宙觀因語言而異。

台灣原住民（含各種平埔族群）都屬於南島民族。南島語言的結構系統跟漢語有顯著的不同，他們的思考模式跟漢人也就有顯著的差異。可惜我們的教育體制並未考慮到這些基本上的差異，習慣說南島語言的人在接受漢人的教育體制中會有一些不利於他們的因素。

二、台灣南島語的重要性

南島民族遍布於太平洋和印度洋中的各群島上，也包括馬來半島和中南半島，語言總數估計約有一千種之多，總人口約二億五千萬。台灣島上的南島語言雖然只有二十多種，但是卻具有兩種重要的特徵：（一）語言現象的多樣性，（二）保存許多古語的特徵。因此，台灣南島語言在整個南島語族中佔有極爲重要的地位。南島語比較研究的國際知名學者，一定都要引用和參考台灣南島語言的資料和現象。

三、台灣南島語的多樣性

台灣南島語言彼此之間的差異非常大，比起其他地區（菲律賓、馬來西亞、印尼等地）的南島語言都要大。語言愈紛歧的地方，表示它時代的縱深愈長。換言之，台灣很有可能是南島民族的祖居地（Austronesian homeland），也就是說古南島民族很可能從台灣擴散出去。絕大多數國際南島語言學者都相信這種說法。

台灣南島語言的多樣性可以從以下這幾方面來檢討：（一）詞序，（二）焦點系統（focus system），（三）助動詞，（四）數詞，（五）人稱代詞，（六）詞綴。本文除了對數詞會做較詳細的解說以外，其他各項我們只能做簡短的說明。

（一）詞序的多樣性

漢語和英語的句子，通常都是主詞（s）在前，動詞（v）在中間，受詞（o）在後，就是SVO的詞序，例如，「他釣到一條大魚」。台灣南島語言的詞序卻有VSO, VOS, SVO等各種詞序，而以動詞出現在句首的居多，然而賽夏語、邵語、巴宰語卻是SVO型的語言，像漢語和英語，顯然受到了漢語的影響。

（二）焦點系統的多樣性

漢語和英語都有主動式和被動式的句子。例如，「他釣到一條大魚」是主動式，「一條大魚被他釣到了」是被動式，前者是以主事者當主詞，而後者是以受事者當主詞。又如，「他在海邊用竹竿釣到一條大魚」在漢語並不能以「海邊」或「竹竿」當主詞，可是在台灣南島語言卻可以，是用動詞的變化和名詞的格位之間的呼應來呈現。菲律賓、馬來西亞、印尼等地的焦點系統都很類似，而台灣南島語言有些和它們相似，卻也有相當不同的焦點系統，尤其是鄒語和卑南語。台灣甚至有完全沒有焦點系統的語言，那就是魯凱語。

（三）助動詞

漢語和英語都有若干助動詞，例如，「我會去」中的「會」字，「你可以來」中的「可以」，但是很多句子並沒有助動詞，如「我去了」，「你來了」。鄒語每個子句都得要有助動詞，而平埔族巴宰語和噶瑪蘭語卻沒有任何助動詞。當然，有的語言也有若干個助動詞，如泰雅語和賽德克語。台灣南島語言的現象比起漢語和英語更爲多樣，由此可見一斑。

（四）人稱代詞

南島語言第一人稱複數都有「我們」和「咱們」之分，有如台灣閩南語的goan 和lan的不同。前者是「排除式」（排除聽話者），而後者是「包括式」（包括聽話者在內）。這是南島語言的一個特色。

每一種台灣南島語言的人稱代詞至少有三套：主格、屬格、斜格，有如英文的I, my, mine, me的變化。賽夏語卻有七套之多。人稱代詞有的是自由形式，而有的是附著形式（必須附著在動詞或名詞）。有的語言所有的人稱代詞都是自由形式（如賽夏語），有的幾乎都是自由形式（如鄒語）；而有的語言人稱代詞卻幾乎都是附著形式（魯凱語萬山方言就是如此）。主格的附著形式只出現在第一和第二人稱，絕大多數的語言並沒有第三人稱主格的附著形式，唯獨鄒語卻是例外。人稱代詞系統以台灣南島語言最爲多樣。

當兩個人稱代詞出現在一起時，其排序卻很複雜，台灣南島語言呈現了許多種可能性，由語法功能、第幾人稱，以及其他音韻、構詞或句法結構的因素來決定。

（五）詞綴

詞綴是指附著在實詞上的附加成分，如英語cakes中的-s，needed中的-ed，dis-engage-ment中的dis-和-ment，漢語的「我們」中的「們」，「我的」中的「的」。漢語和英語的詞綴都只有附在語根的前面或後面，但是南島語卻有附在語根中間的，例如阿美語k-um-aen「吃」中的-um-是加在語根kaen第一個聲母和母音之間的。另一個常見的中綴是-in-，如阿美語的t-in-ai'「腸」，比較tai'「大便」。當這二個中綴一起出現時，絕大多數語言其次序是um在前，in在後而爲-um-in-，但是平埔族Favorlang語（曾在彰化）卻是顚倒過來而爲-in-um-，這在台灣以外的地區也是非常罕見的。

（六）數詞

台灣南島語言現象的紛歧和多樣性，可以數詞爲例來做較詳細的說明。大家所熟悉的語言，如漢語和英語，都是採用十進法，絕大多數台灣南島語言雖然也採用十進法，但是平埔族巴宰語卻是採用五進法：6到9是5+1, 5+2, 5+3, 5+4。賽夏語的7是6+1，這是其他地區都找不到的例子。泰雅語群（包括泰雅和賽德克）、邵語和西部平埔族語群（包括道卡斯、貓霧捒、巴布拉、洪雅）的6是二個3（2x3），8是二個4（2x4），賽夏語的8也是2x4。數詞10以下的除了用加法和乘法表示以外，還有用減法：賽夏、邵和西部平埔族語群的9是10-1。更有趣的是，賽夏語的數詞20（sha-m'iLæh）是指「一個人」，按：每一個人全身共有20個手指和腳趾；法語的80是4x20，也是同一道理。這就是說，南洋群島上千種南島語言各種數詞的系統，在台灣都可以看到，甚至在其他地區看不到的，在台灣也可以看到。請看下列二表：

表一、台灣南島語數詞系統對照表

語言	數詞
巴宰	1, 2, 3, 4, 5, 5+1, 5+2, 5+3, 5+4 , 10
賽夏	1, 2, 3, 4, 5, 6 , 6+1, 2x4, 10-1, 10
泰雅、賽德克	1, 2, 3, 4, 5, 2x3, 7 , 2x4, 9 , 10
邵	1, 2, 3, 4, 5, 2x3, 7 , 2x4, 10-1, 10
西部平埔族	1, 2, 3, 4, 5, 6 , 7 , 2x4, 10-1, 10

表二、台灣南島語數詞對照表

	巴宰	賽夏	泰雅	邵	道卡斯	貓霧捒
1	ida	'aehae'	qutux	taha	taanu	na-ta
2	dusa	roʃa'	'usa-ying	tusha	dua	na-roa

3	turu	toLo'	tu-gal	turu	turu	na-torro-a
4	supat	ʃepat	sapaat	shpat	lupat	na-spat
5	xasep	Laseb	ima-gal	rima	hasap	na-hup
6	xaseb-uza	ʃayboʃiL	ma-tuu'	ka-turu	takap	na-taap
7	xaseb-i-dusa	ʃayboʃiL o 'aehae'	pitu	pitu	pitu	na-ito
8	xaseb-i-turu	ka-ʃpat	ma-spat	ka-shpat	maha-lpat	maa-spat
9	xaseb-i-supat	Lae-'hae'	maqisu'	ta-na-thu	ta-na-so	na-ta-xa-xo-an
10	isit	langpez	magalpug	makthin	ta-isit	tsixit

四、保存古語的特徵

台灣南島語言保存了許多古語的特徵，在其他地區的南島語言都已消失了那些現象。例如數詞「2」在台灣南島語言是dusa, Dusa, tuʃa等，都保存語詞中的s或ʃ音，在台灣以外的地區的語言大都已脫落而成爲dua；數詞「4」在台灣南島語言是supat或ʃepat，而在其他地區只是epat，也就是丟失了語詞前面的擦音。又如，在台灣南島語言有區別的語音，例如「眼睛」一詞，在台灣有mata, maca, masa, maθa, maTa等各種變異，在台灣以外的都只是唸mata，數詞「七」台灣和其他地區的語言都是pitu，不管在哪裡都是發t音。也就是說，只有在台灣南島語言才保存這兩種語音的區別：t和非t音。又如「鰻魚」在台灣唸 tuna, tulha, tuða等，在台灣以外都只唸tuna，該語詞中的音（非n類的音）只有台灣南島語還保存和「母親」ina中的n音有區別。此外，只有幾種台灣南島語言保存小舌塞音q，而在其他地區的南島語言都已變成喉塞音或消失了。

五、搶救調查和研究

台灣南島語言仍然存活的只有十四種。平埔族群的各種語言大都已經消失了，目前只有巴宰、邵、噶瑪蘭三種還有少數年長的人還會講。其實在高雄縣山區的卡那卡那富和沙阿魯阿兩種語言也只剩下極少數人還會講，眞正講得好的只有個位數。賽夏語和若干種珍貴的語言或方言的保存狀況也是不理想。每一種語言都有它自己的結構系統和它所代表的知識體系，一旦消失就是無可彌補的損失。

因爲台灣南島語言非常珍貴，而好幾種語言卻又有瀕臨滅絕的危機，這些年來我們都在優先搶救調查和研究這些語言。除了陸續發表研究論文之外，我們都儘量記錄各層次的語言材料，包括詞彙、片語、句子、文本、傳統歌謠等等。在中研院語言所最近這幾年先後出版了三種平埔族語言的詞典：《巴宰語詞典》（2001），《邵語詞典》（2003），《噶瑪蘭語詞典》（2006），和三種文本專書：《巴宰語傳說歌謠集》（2002），《不要忘記咱們萬山的故事：過去的回憶》（2003），《達悟語：語料、參考語法及詞彙》（2006）。

對於已消失的平埔族語言資料，我們也設法尋找各種可用的文獻紀錄加以整理、分析、研究。南部西拉雅語已有不少荷蘭傳教士留下的傳教語料，又有契約文書叫作「新港文書」，我們廣泛地收集、分析、解讀，發掘到一些新的語言現象，並已撰成學術論文發表。西部平埔族只有費佛朗（Favorlang，屬於貓霧捒語）有荷蘭傳教士所留下的文獻紀錄，原來有五篇講道（sermons），我們對於內容並無所悉，如今也已解讀出來了，對於它的語法結構我們也有了初步的認識。大台北的平埔族巴賽語在日治時期有淺井惠倫留下的田野筆記，不但有詞彙，而且也有十三個文本，經過解讀，我們也能初步掌握這種語言的語法系統。除了發表相關的研究論文以外，這幾年來我也編輯了兩部專書先後在東京外國語大學亞非語言文化研究所出版：(1) *English-Favorlang Vocabulary*（2003），(2)《台灣蕃語蒐錄》*A Comparative Vocabulary of Formosan Languages and Dialects*（2006）。

爲了使台灣南島語言的資料更爲豐富和完整，本人每年都到日本東京外國語大學和名古屋南山大學去收集日治時期小川尙義和淺井惠倫這兩位日本語言學者所蒐集的各種台灣南島語言資料，包括已消失的各種平埔族語言資料，尤其珍貴。因此有關台灣南島語言前後一百年的研究資料，都在我們掌握之中。

六、台灣南島語言的分化和擴散

研究台灣南島語的目的是什麼？簡單地說，就是要探索這些語言的奧秘。值得我們去發掘的語言現象非常多，就像有永遠發掘不完的寶藏一樣。今後這幾年我們要把研究重點放在語言的關係上。釐清了這些語言的親疏遠近關係之後，就可以正確地推斷南島民族的分化過程及其擴散歷史。主要根據語言的證據，我製作了台灣南島民族過去五千年來的遷移圖（參見書前的台灣南島民族遷移圖），已增修了好幾次。

台灣南島語言最紛歧的地區在中南部，因此古南島民族擴散的中心很可能在西南部平原，也就是在嘉南平原那一帶。歷史語言學者都認為，大約在五千年前，古南島民族開始分化和擴散出去。第一批分化出去的是魯凱語群（唯一沒有焦點系統的語言），向東南方向的山地擴散。第二批分化出去的是鄒語（有許多不同於其他語言的語法特徵），向東北方向的山地擴散。第三批分化出去的大概有三支：向北的就是北支（含泰雅語群、賽夏、巴宰、西部平埔族群），向南的就是南支（排灣、卑南），向東北的就是布農族。每一階段估計若相差五百年，第三批就是四千年前了。第四批大約在三千五百年前，從西南部平原向東擴散的是東支群（含阿美、噶瑪蘭、巴賽（在大台北地區的平埔族）、西拉雅）。東支大約在二千年前再向北擴散到大台北地區，一千年前再向蘭陽平原擴散。至於蘭嶼島上的雅美族，跟台灣本島的語言關係很疏遠，而跟菲律賓巴丹群島的語言很密切，雅美族大約七百年前才從巴丹群島向北遷移過來。以上是根據目前暫定的語言分類所做的推測，並沒有任何文獻紀錄，卻有一些考古的資料可以互相印證。

台灣四百年前才開始有歷史文獻紀錄。根據各種語言和方言的分類和地理分布，依年代先後的順序有以下這幾波的擴散：（一）四百年前，排灣族從大武山一帶向南和向東擴散，（二）三百年前，布農族從南投縣信義鄉山地向南和向東擴散，（三）二百五十年前，泰雅語群從南投縣仁愛鄉發祥村向東和向北擴散，（四）二百年前，西部平埔族向蘭陽平原遷徙。以上是根據語言的分布、荷蘭時期的戶口調查、口傳歷史和各種文獻記載等所做的推斷。愈近的年代愈精確，而年代愈久遠的只能粗估。

（本文於2006年9月發表於《科學人雜誌》）

從本土到國際：台灣南島語言研究的契機[1]

摘 要

本文除了回顧國際南島語言學研究史以外，進一步指出國內學者可以著力的地方，如何對國際學術界提出我們的貢獻。

台灣南島語言研究儘管是本土的，卻具有國際學術的意義。南島民族遍布於太平洋和印度洋的各群島，語言總數近一千種。台灣南島語言雖只有二十種，卻具有兩大特色：（一）語言最爲紛歧，（二）保存許多古語的特徵，這些都是其他地區的南島語言所看不到的現象。因此，台灣南島語言具有關鍵的地位，任何調查研究都有可能引起國際南島語言學界的重視。語言愈紛歧，顯示時間的縱深愈長，因此台灣最有可

[1] 本文初稿曾在2005年2月21日，中央研究院語言學研究所成立一週年慶時做為主題演講。承與會學者，包括李遠哲院長在內，提供寶貴意見，特在此一併致謝。李院長到中研院任職不久，就對台灣南島語言研究成果公開表示肯定，令人銘感於心。

能是古南島民族的發源地（homeland）。台灣南島語言保存了許多古語的特徵，若要重建古南島語及其史前史，就必須使用台灣南島語言的資料並檢驗它們所顯示的現象。這些大致上都是國際南島語言學界普遍公認的。

1. 前言

生活在台灣這塊土地的人可說相當幸運，因為台灣具有特殊的自然環境跟人文，而且最具有多樣性（most diversified）。台灣的地形從高海拔到低海拔，從亞熱帶到溫帶以至寒帶都有，因而孕育了各種野生的植物和動物，有的還是台灣特有種。因此，研究生命科學的人就地取材，就可以做出對國際學術有貢獻的研究成果。台灣的人種——南島語族——也是在亞太地區最有多樣性，彼此差異最大的各種族群跟語言文化。台灣南島語言的調查研究可以有國際學術的貢獻。

有關台灣可靠的歷史文獻紀錄只有四百年，第一篇對於台灣南島民族有較翔實的描述的，是明朝末年萬曆31年（1603）陳第所寫的〈東番記〉（只有一千多字）。後來到了清朝康熙34年（1695）高拱乾所著的《台灣府志》，康熙36年（1697）郁永河所著的《裨海紀遊》（約二萬六千字），康熙61年（1722）黃叔璥所著的《台海使槎錄》（內含「番俗六考」）等等就更晚了，而且有關南島民族的內容並不多。荷蘭的文獻最早的一件是1623年，西班牙最早的一件文獻是1582年，是關於在台灣近海發生海難沉船的事件。對於台灣更早的歷史我們如何得知？考古出土的器物就可以給我們不少線索，尤其碳14對年代的測定相當可靠。可惜考古的器物並不會說話，必須靠考古學者作種種的推測。過去會說話的先住民早已消失無蹤了，而現代還活生生會說話的人，對於祖先的記憶卻很短暫。民族學的研究，可以處理文化各個層面並且做詳細和深入的解析，但較適合對當代或近代，時間上受到很大的壓縮。遺傳學DNA研究很科學，但其發展史只是近二、三十年，如何做族群分類和種族分化的過程，目前其工具尚未成熟。幸而，語言學的歷史比較方法（comparative method）可以根據後代的語言重建古語，可以上推五、六千年的歷史。這個方法二百多年前在歐洲逐漸發展成熟，方法嚴謹，所得的結果曾得到有古文獻紀錄的證實（如印歐語系），相當可靠。根據語言學的歷史比較方法所構擬的古南島語言及其各層次的演變，我們可以推論台灣南島民族的起源地和各階段分化的歷史軌跡。

台灣南島語言總共大約有二十種之多，今日仍然存活的卻只有十四種。語言總數雖然不多，遠不如菲律賓、馬來西亞、印尼等地區的語言數量眾多，但是台灣南島語言的現象卻是國際南島語言學界公認最爲紛歧，最爲多樣性，這是其他任何地區都難以望其項背的。因此，在遍布於廣大的亞太地區的整個南島語族當中，台灣南島語言卻佔有極爲關鍵的地位。台灣南島語言的研究，即使是純描述性的，只要有新現象的發掘，也有可能引起國際南島語學界的注意和重視。台灣南島語言研究儘管是本土的，卻具有國際學術的意義。

2. 推上國際舞台

台灣南島語言的現象在整個南島語族具有關鍵的地位，這是日治時期日本學者小川尚義最早發現的。他（小川 1930a, b, 1931, 小川、淺井 1935）在1930年代初所發表的一系列論文跟一部專書，指出了只有台灣南島語才保存了古南島語的一些古音，包括*q，*S，$*t_1$和$*t_2$，$*d_1$和$*d_2$，$*r_1$和$*r_2$，$*n_1$和$*n_2$的區別。此外，他（小川 1935）也提到了台灣南島語言保存不少構詞和句法上的特徵。

美國南島語學者Isidore Dyen (1962, 1965) 在1960年代所發表的另一系列論文，完全接受小川的主張，修改古南島語的音韻系統，區分*t和*C，*k和*q，*n和*N，*s和*S等等。從此以後，國際南島語比較學者，凡是構擬古南島語結構系統的都必須引用台灣南島語言的材料，包括挪威Otto Dahl (1973, 1981)，美國John Wolff (1973), Robert Blust (1977, 1985, 1995, 1999), Starosta, Pawley and Reid (1982), Stanley Starosta (1985, 1986, 1993, 1995), 澳洲Malcolm Ross (1992, 1995) 等等。這些論文有的是討論古音韻系統，而有的是構詞（Wolff 1973, Ross 1995），還有的是語法結構（Starosta, Pawley and Reid 1982）的重建；也有的是探討古南島語分支（subgrouping）的重要課題，如Blust (1977, 1995, 1999), Starosta (1995) 等。

以上這些根據台灣南島語言的證據，所做的修訂或新構擬的古南島語的結構系統，未必都爲其他同行的學者所接受。例如Wolff (1988, 1991) 跟Pejros (1994) 就不認爲古南島語有區分*t和*C的必要，因爲他們認爲這兩個語音出現的位置互補。有趣的是他們都使用台灣南島語言的資料來支持他們的看法。Starosta (1982, 1995) 跟Ross (1995) 的重建古南島語的句法和構詞，也是以台灣南島語言爲主要依據。Dyen跟Blust的觀點極端相左，可是他們的共同點卻是都大量引用各種台灣南島語言的資料做爲構擬古南島語音韻系統的重要依據。以下簡略說明幾位西方學者對台灣南島語言的看法：

2.1 Isidore Dyen

Dyen (1914-) 是美國南島語言學權威學者之一，代表傳統派的看法，並不是當代的主流。他從小川尚義的著作中發覺台灣南島語言的重要性，並認爲根據台灣南島語言的證據，我們得要爲古南島語構擬若干新的音位，包括*C（跟*t對比），*D（跟*d對比），*N（跟*n對比），*S（跟*s對比，而且可能還要區分幾

美國南島語言學權威學者Isidore Dyen

種不同的*S），*q（跟*k對比）等等。他先後發表了幾篇有關台灣南島語的論文，指出這些語言的重要地位，但是他仍然認爲台灣南島語言跟菲律賓語言比較接近，因此並不是古南島語的主要分支，也就是說其層次較低。這一來，台灣就不太可能是古南島語族的祖居地了。

2.2 Otto Dahl

Dahl (1903-1995?) 是挪威籍的南島語比較研究名學者。在他（Dahl 1973:126）的*Proto-Austronesian*（古南島語）專書中，率先指出台灣南島語言是古南島語族最先分來的一支。後來他在1981年出版的另一部專書《南島語早期語音和音韻的演變》（*Early Phonetic and Phonemic Changes in Austronesian*），主要都是根據台灣南島語言以及台灣地區以外的若干重要語言（如爪哇語，北沙勞越語）的證據來重新構擬古南島語的音韻系統：古南島語有二種*t (*t_1和*t_2)，三種*d (*d_1, *d_2, *d_3)，二種n (*n和*N)，二種*S (*S_1, *S_2)。他非常重視台灣南島語言的重要地位，在寫他的專書時，常寫信向熟知台灣南島語的學者（包括土田滋教授和作者）求證。

2.3 Stanley Starosta

帥德樂（Stanley Starosta, 1939-2002）對於台灣南島語言有極爲濃厚的興趣，親自調查了若干種語言，對於鄒語尤其有較深入的了解。他主要根據台灣南島語言的構詞和句法現象，構擬了古南島語的句法結構，主張焦點系統（focus system）乃是後起的（Starosta, Pawley and Reid 1982）。根據構詞，他（Starosta 1995）認爲古南島語最先分出來的是魯凱語，第二個階段才又分出來的是鄒語，第三個階段分出來的是沙阿魯阿語，……。如下圖一所示：

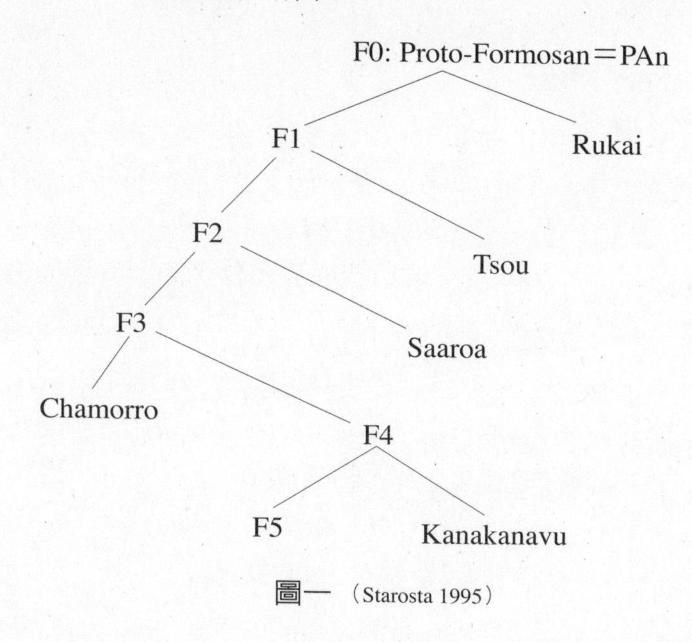

圖一（Starosta 1995）

也就是說，古南島語的分化過程是一個接一個地，而不像Blust (1977, 1999) 那樣地一下子就分爲四個或十個分支。他最令人訝異的結果是，卡那卡那富跟沙阿魯阿的類緣關係並非最爲接近，然而這是一般對卡語和沙語的理解（按：卡語跟沙語的人大致上彼此可以溝通）。依據他的分類，反而是關島和塞班島的Chamorro語跟卡語較接近一些，似乎違背了一般的常識。不過，帥德樂對台灣南島語言的高度重視卻是不容置疑的，他所發表的較重要的論文，好多篇都是跟台灣南島語直接相關的，包括台灣南島語的使役結構（Starosta 1974）、語法類型（Starosta 1988）、格位標記系統、子句結構（Starosta 1997）等等。

2.4 Robert Blust

白樂思（Robert Blust, 1940-）是國際南島語比較研究的權威學者之一，一向主張台灣才是古南島民族的起源地（Austronesian homeland，見Blust 1985），因爲台灣南島語言的高度歧異性，代表最早的幾個主要分支。1977年他根據人稱代詞的演變，把古南島語分爲四大分支：泰雅群、鄒語群、排灣群、馬來波里尼西亞群，其中三個主要分支都在台灣。1999年他重新分類，根據音韻的演變，把古南島語分爲十大分支，其中九支都在台灣（圖二）：

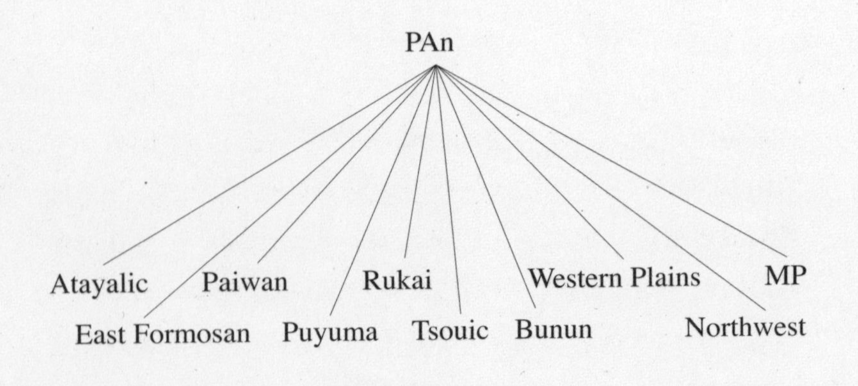

圖二（Blust 1999）

古語是否會同時分化成爲十個分支，這是很有爭議的。因爲找不到音韻演變的條件來合併，他只好如此，國際南島語言學界卻也就跟著他，這就值得檢討了。就其中一項而言，台灣南島語九個分支之中有四支都是單一的語言：布農、魯凱、排灣、卑南，而且都在南部。我們不妨嘗試尋找其他方面的語言學證據，如構詞句法（morphosyntactic）的現象，看看這幾種語言是否有較密切的關係。這也就是我們國內南島語學者正在努力的一個工作方向。

早在1985年他所發表的一篇重要論文："The Austronesian homeland: A linguistic perspective"（古南島語族的祖居地：從語言學的觀點），是根據語言古生物學（linguistic paleontology）的方法，也就是歷史語言學者所構擬的同源詞當中含有各種動植物的名稱，這些動植物在地理上的分布只限於某一個地理環境和區域才有。檢驗了這些證據之後，他認爲台灣才是最適合古南島民族祖居地的各種客觀條件。近二十年來，國際南島語族的學者

國際南島語比較研究的權威學者Robert Blust

大都採納了他這種主張，包括太平洋地區考古學權威Peter Bellwood (1991) 也認爲考古學的證據也支持Blust的語言學證據：台灣是古南島語族的祖居地（Austronesian homeland）跟擴散中心（dispersal）。

2.5 Malcolm Ross

Ross (1991) 主要根據幾種台灣南島語言（泰雅、賽夏、邵、布農、阿美、鄒、魯凱、卑南、排灣）以及台灣地區以外的語言Proto-Malayo-Polynesian (PMP) 的反映，構擬了古南島語的輔音系統，包括*t, *C, *Z, $*d_1$, $*d_2$, $*d_3$（捲舌），並且認爲古南島語的重音在末音節或倒數第二音節是具有辨義作用的音位地位。

著名的語言學家Malcolm Ross

Ross (1995) 所構擬的古南島語的動詞形態，主要的證據也都是來自各種台灣南島語言（上述九種語言，再加上巴宰、賽德克、卡、沙、西拉雅等五種）。當然他也觀察台灣地區以外的語言現象，例如Malay, Bisayan, Manobo,

Banggi, Murut, Kimaragang, Tombonuo, Malagasy等各種西部南島語言。

2.6 John Wolff 和 Ilia Pejros

自從小川發現台灣南島語言反映出古南島語區分$*t_1$和$*t_2$，Dyen (1965) 改用*t和*C的符號以來，國際南島語比較學者大都採用這種對比的系統，包括Dahl (1973, 1981，但他認為大概是*t和*ts之分)，Robert Blust, Malcolm Ross (1992) 等學者。持反對立場的有John Wolff (1991) 和Ilia Pejros (1994)，他們都認爲*t和*C的對比乃是後起的現象，因爲這兩者的分布成爲互補，而且跟重音的位置有關。

Pejros認爲古南島語的*t在早期的台灣南島語言，因爲重音的不同而分裂爲塞音t與塞擦音ts或擦音s,θ，以至捲舌的塞音等，但是這個語音分化的條件後來都消失了，現代的語言只有鄒語還保存分化的條件，反映在現代鄒語元音的保存與否，例如*áma > amo‘父’，*matá > *macá > mcoo‘眼’。

Ross (1992) 反駁以上兩人的看法，並舉出若干理由來說明他們兩人所列舉的分化條件都不能成立，尤其在檢驗更充分的台灣南島語言資料時，就暴露出不少的漏洞。

2.7 重建古南島語系統的檢討

從以上國際南島語言學者之間的討論，他們的立論也都以台灣南島語言爲主要根據看來，台灣南島語言確實是已被推上了國際舞台多年了。但是令人遺憾的是，在舞台上的主要演員全部都是外國學者，並沒有我國學者參與，儘管他們所引用的語言資料有不少都是我國學者所提供的。這個缺憾也許是由於我個人能力不足，我確實也要負起相當大的責任。這就是今後我國南島語言學者有待努力的方向，也就是本文標題所要揭示的研究契機了。我國學者在基礎的研究工作方面大都很有建樹，但是在大的理論架構方面就稍嫌不足了。其實國際南島語比較研究學者的歧見並不小，他們所提出的新觀點不一定都能成立，但是要正式提出來也要有相當大的勇氣，這一方面就值得我國內學者的效法了。我最近才在研討會上宣讀了一篇古南島語人稱代詞系統的構擬，也許還能稍微減輕我心理上的負擔。古南島語結構系統還沒有建立起來的現象還很多，例如人稱代詞系統、指示詞、各種語法詞、重疊（reduplication）、屬人（humanness）等等，我們可以著力的地方仍然不少，學術前途無限寬廣。

古語的重建涉及這三個主要議題：（一）古語系統的建構，（二）古語的主要分支（subgrouping），（三）祖居地（homeland），而且它們都互相關聯，互爲因果。古語系統的建構必須要有正確的分支爲前題，而分支是否正確卻又奠基在古語系統的建構。祖居地咸認爲是在幾個主要分支的集中地區。因此，古語的重建一不小心就陷入因果循環論（circularity）的陷阱。

回顧最近二十年來古南島語的建構，系統逐漸齊備，不僅有音韻，而且也有部分構詞和句法系統的重建，各家所建構的古南島語系統，基本上都認定主要的分支大都集中在台灣本島。然而，在分支方面的看法歧異卻相當大：帥得樂（Starosta 1995）是二分法（binary split），而白樂思（Blust 1999）卻是多分法，古南島語同時分爲十大分支。二分法尚有待更多可靠的語言證據的支持，而十分法只不過是初步的分類，尚有待進一步的裁併。本人的主要分支如圖三所示。古南島語除了台灣地區以外的語言，主要有北、中、南、東四大分支。各分支的證據，北支見Li (1985, 2003b), Tsuchida (1982)，中支見Tsuchida (1976)，東支見Blust (1999), Li (2004)，只有南支尚有待進一步的確立或修正。

3. 結合當代語法理論

國內的學者從事台灣南島語言調查研究的，能夠結合當代語法理論，觀察到有意義的語言現象的並不乏其人，他們在這一方面的創獲也不勝枚舉，有的還相當出色。有些論文是在有權威性的國際學術期刊上發表，如*Oceanic Linguistics*, *Cognitive Linguistics*，但絕大多數都在國內具有匿名審查制度的學術期刊或國際學術會議論文集裡發表，國內的重要期刊包括《中央研究院歷史語言研究所集刊》，《語言暨語言學》，《清華學報》，*Concentric: Studies in Linguistics*，《政大學報》等。討論的主題非常廣泛，包括人稱代詞、格位標記、焦點系統、語法關係、動態（voice）、作格性（ergativity）、及物性（transitivity）、

圖三：Classification of Formosan Languages

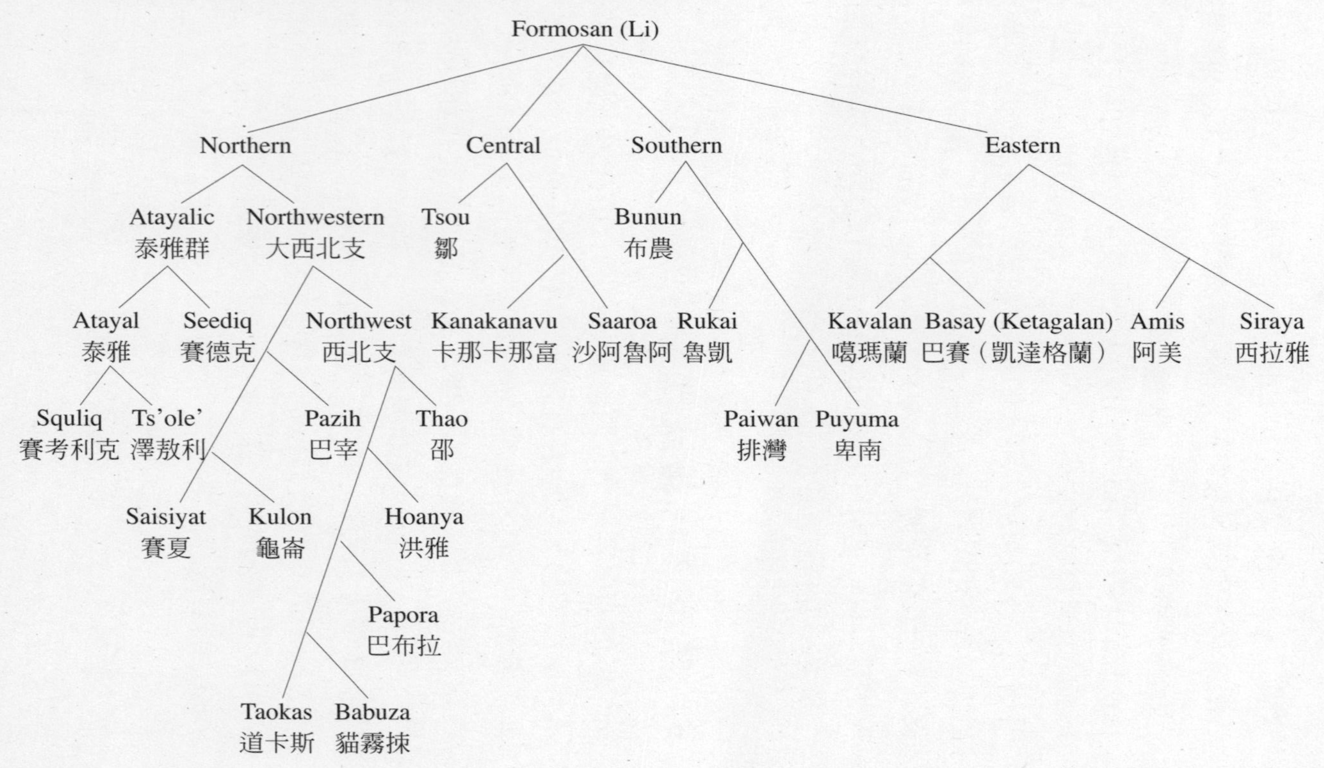

動詞分類、名詞組結構、名物化（nominalization）、語法化（grammaticalization）、疑問詞、重疊詞、否定詞、補述語（complement）、修飾結構（modification）、存在結構等等。有些是針對個別語言的描述與討論，而有些是跨語言的類型對比研究；跨語言的對比研究大都只限於台灣南島語言之間的對比（如黃美金、齊莉莎等人的多屬此），而有少數更能進一步擴大到世界語言通性的探討（如黃宣範、湯志真）。這些研究報告都能使台灣南島語言的研究工作做得更深入、更有趣味、也更有學術價值。因限於篇幅和時間，本文無法詳細評論這些論文的得失。當然，仍未觸及的句法和語意現象還有很多，尚有待我們去嘗試和挖掘出來。我們企盼要能把本土的研究成果儘量多在國際學術期刊上發表，讓國際學術界確實瞭解台灣學術的潛力，台灣南島語言現象的多采多姿，才不辜負國人的期望。

最近這幾年來碩、博士論文所探討的台灣南島語言現象也要比若干年前豐富得多，有深度得多，而且大都能關注到當代語法理論的發展，例如，從語法到語意，從補語結構到修飾結構，從靜態詞到動態詞的探討，常令人耳目一新，確實是台灣語言學界很可喜的現象。

音韻理論方面的論文，大都能把當代的主流——優選理論（optimality theory）——應用到台灣南島語言的研究（如黃慧娟 Huang 2004, 2006），尤其在處理重疊（reduplication）現象，常能如此，如呂順結（Lu 2003）的碩士論文。

這些年來所累積的研究成果，我們確實有不少收穫，常令人有意外的驚喜。台灣南島語言的現象跟我們所熟悉的漢語和英語有相當大的差異。我們習慣的思維模式是賓格語言，如漢語和英語，而台灣南島語大都是作格語言（ergative languages）。即使魯凱語是賓格語言，其語法結構也跟漢語和英語有很大的不同（Li 1973, Chen 1999）。又如，過去以爲是簡單句的，在台灣南島語言卻常是複雜句；過去以爲是形容詞、副詞的卻常是主動詞。

台灣南島語言之間的差異性非常大：（一）從完全沒有焦點系統的魯凱語，到有完整焦點系統的多數語言，也有焦點系統不完整的語言（如噶瑪蘭跟Basay語）；（二）從每個子句必須有助動詞的鄒語，到完全沒有助動詞的巴宰語，也有只有少數幾個助動詞的語言（如泰雅和賽德克語）；（三）從一般最常見的中綴排序-um-in-，到極爲罕見的倒轉排序-in-um-，如Favorlang語（Li 2003a）和卡那卡那富語，諸如此類，還可以舉出更多。如果再仔細觀察內容的細節，例如焦點系統的標記，鄒語的非主事焦點-a, -i, -(n)eni，跟一般菲律賓類型的-Kn, -an, (S)i-顯然是兩套截然不同的焦點標記；而卑南語的-aw, -ay, -anay卻又顯示出第三種類型的焦點標記來。台灣地區以外，如菲律賓、印尼、馬來等地的南島語言現象，都沒有像台灣南島語言這樣的紛歧和多樣性。

總之，台灣南島語言確實是學術研究的寶庫，是我國內語言學界可以進軍國際學術界的最佳研究領域之一。

4. 結合其他學科

語言學本來就不是完全獨立的學科，想要有突破性的進展，還得要跟其他學科合作，進行科際整合的研究工作。跟語言學相關的學科很多，但跟南島語族研究密切相關的至少有這些學科：民族學、考古學、遺傳學等。自從日治時代以來，語言學、民族學、考古學者一直都在對台灣南島民族進行田野調查研究，只是缺少科際間的整合。遺傳學方面對台灣南島民族做基因研究的，最近一、二十年來才有較有系統和深入的研究（如林媽利教授）。如果能把幾種學科整合起來，對特定議題做更有系統和深入的研究，就有希望有朝一日會有突破性的成果出來。去年（2005）8月起，我們執行這樣的跨領域研究計畫「南島民族的分類與擴散：人類學、考古學、遺傳學、語言學的整合研究」，得到國科會的資助，希望不久的將來陸續會有不同於以往的研究成果出來。

（本文於2006年12月發表於《四分溪論學集：慶祝李遠哲先生七十壽辰》）

參考書目

郁永河

1697 《裨海紀遊》。台灣文獻叢刊44種。台北：台灣銀行經濟研究室。

高拱乾

1695 《台灣府志》。台灣文獻叢刊。

陳第

1603 〈東番記〉，《閩海贈言》，沈有容編。台灣文獻叢刊56種。

黃叔璥

1722 《台海使槎錄》。台灣文獻叢刊4種。

黃秀敏譯，李壬癸編審

1993 《台灣南島語言研究論文日文中譯彙編》。台東：國立台灣史前博物館籌備處。

Bellwood, Peter

1991 The Austronesian dispersal and the origin of languages. *Scientific American* 265.1:88-92.

Blust, Robert

1977 The proto-Austronesian pronouns and Austronesian subgrouping: A preliminary report. *Working Papers in Linguistics* 9.2:1-15. Honolulu: U. H.

1985 The Austronesian homeland: A linguistic perspective. *Asian Perspectives* 26.1:45-67.

1993 *S metathesis and the Formosan/Malayo-polynesian boundary. In Øyvind Dahl, ed., *Language—A Doorway between Human Cultures: Tributes to Dr. Otto Chr. Dahl on His Ninetieth Birthday,* 178-183. Oslo: Novus Forlag.

1995 The position of the Formosan languages: Method and theory in Austronesian comparative linguistics. In Li, Paul *et al.*, eds., *Austronesian Studies Relating to Taiwan*, 585-650. Taipei: Academia Sinica.

1999 Subgrouping, circularity and extinction: Some issues in Austronesian comparative linguistics. In Elizabeth Zeitoun and Paul Jen-kuei Li, eds., *Selected Papers from the Eighth International Conference on Austronesian Linguistics*, 31-94. Symposium Series of the Institute of Linguistics (Preparatory Office), No.1. Taipei: Academia Sinica.

Chang, Yung-li（張永利）

1997 *Voice, Case, and Agreement in Seediq and Kavalan*. PhD dissertation, National Tsing Hua University. (Abstract in Glot International Vol.4.6:10, Holland and Academic Graphics (2000).)

2002 Distributivity, plurality, and reduplication in Tsou. *Tsing Hua Journal of Chinese Studies* 32.2:327-355.

Chen, Cheng-fu（陳承甫）

1999 Wh-words as Interrogatives and Indefinites in Rukai. Unpublished MA thesis, National Taiwan University.

Dahl, Otto Christian

1973 *Proto-Austronesian*. Scandinavian Institute of Asian Studies, Monograph Series 15. Sweden: Scandinavian Institute of Asian Studies.

1981 *Early Phonetic and Phonemic Changes in Proto-Austronesian*. Oslo: The Institute for Comparative Research in Human Culture.

Dyen, Isidore

1962 Some new proto-Malayopolynesian initial phonemes. *JAOS* 82:214-215.

1965 Formosan evidence for some new proto-Austronesian phonemes. *Lingua* 14:285-305.

Huang, Hui-chuan（黃慧娟）

2004 〈卓社布農語的滑音形成規律〉，《清華學報》新32.2:441-468。

2006 Resolving vowel clusters: A comparison of Isbukun Bunun and Squliq Atayal. *Language and Linguistics* 7.1:1-26.

Huang, Lillian M.（黃美金）

1994 Ergativity in Atayal. *Oceanic Linguistics* 33.1:129-143.

1995a The syntactic structure of Wulai and Mayrinax Atayal: a comparison. *Bulletin of National Taiwan Normal University* 40: 261-294.

1995b *A Study of Mayrinax Syntax*. 273 pp. Taipei: The Crane.

1996 Interrogative constructions in Mayrinax Atayal. *Bulletin of National Taiwan Normal University* 41:263-296.

Huang, Shuanfan（黃宣範）

2002a The pragmatics of focus in Tsou and Seediq. *Language and Linguistics* 3.4:665-694.

2002b Tsou is different: A cognitive perspective on language, emotion and body. *Cognitive Linguistics* 13.2:167-186.

Li, Paul Jen-kuei（李壬癸）

1973 *Rukai Structure*. Taipei: Institute of History and Philology, Academia Sinica, Special Publications No. 64.

1985 The position of Atayal in the Austronesian family. In Andrew Pawley and Lois Carrington, eds., *Austronesian Linguistics at the 15th Pacific Science Congress*, 257-280. *Pacific Linguistics* C-88.

2003a Notes on Favorlang, an extinct Formosan language. In Paul Li, ed., *English-Favorlang Vocabulary*, 1-13, by Naoyoshi Ogawa. Tokyo: Research Institute for Languages and Cultures of Asia and Africa, Asia-African Lexicon Series No.43. A revised version appeared in Dah-an Ho and Ovid J. L. Tzeng

(2005), eds., *POLA Forever: Festschrift in Honor of Professor William S-Y. Wang on His 70th Birthday*, 175-194. Institute of Linguistics, Academia Sinica.

2003b The internal relationships of six western plains languages. *Bulletin of the Department of Anthropology* 61:39-51.

2004 Origins of the East Formosan peoples: Basay, Kavalan, Amis and Siraya. *Language and Linguistics* 5.2:363-376.

Lu, Shun-chieh（呂順結）

2003 *An Optimality Theory Approach to Reduplication in Formosan Languages*. Unpublished MA thesis, National Cheng-chih University. Taipei.

Ogawa, Naoyoshi（小川尚義）

1930a〈パイワン語に於けるqの音〉，《言語と文學》1:37-44 (1930:1)。漢譯文見黃秀敏譯、李壬癸編審（1993）。

1930b〈パイワン語に於けるtsの音〉，《言語と文學》2:51-56 (1930:4)。漢譯文見黃秀敏譯、李壬癸編審（1993）。

1931 〈蕃語より見たる「トダル」「チダル」〉，《言語と文學》6:33-39。漢譯文見黃秀敏譯、李壬癸編審（1993）。

1935 〈インドネシアン語に於ける台灣蕃語の位置〉，《日本學術協會報告》10.2:521-526。漢譯文見黃秀敏譯、李壬癸編審 (1993)。

Ogawa, Naoyoshi and Asai, Erin（小川尚義，淺井惠倫）

1935 《原語による台灣高砂族傳說集》。台北：台北帝國大學言語學研究室。

Pejros, Ilia

1994 Some problems of Austronesian accent and **t~*C* (notes of an outsider). *Oceanic Linguistics* 33.1:105-127.

Ross, Malcolm D.

1992 The sound of Proto-Austronesian: an outsider's view of the Formosan evidence. *Oceanic Linguistics* 31:23-64.

1995 Reconstructing Proto-Austronesian verbal morphology: Evidence from Taiwan. In Li, Paul *et al.*, eds., *Austronesian Studies Relating to Taiwan*, 727-791.

Starosta, Stanley（帥德樂）

1974 Causative verbs in Formosan languages. *Oceanic Linguistics* 13:279-369.

1985 Verbal inflection versus deverbal nominalization in PAN: The evidence from Tsou. In Andrew Pawley and Lois Carrington, eds., *Austronesian Linguistics at the 15th Pacific Science Congress*, 281-312. *Pacific Linguistics* C-88.

1986 Focus as centralization. In Paul Geraghty, Lois Carrington and S.A. Wurm, eds., *FOCAL I: Papers from the Fourth International Conference on Austronesian Linguistics*, 73-95. *Pacific Linguistics* C-93.

1988 A grammatical typology of Formosan languages. *BIHP* 59.2:541-576. Taipei: Institute of History and Philology, Academia Sinica.

1993 The case-marking system of Proto-Formosan. In Sudaporn Luksaneeyanawin, ed., *Proceedings of the Third International Symposium on Language and Linguistics: Pan-Asiatic Linguistics*, 3:1207-1221. Bangkok: Chulalongkorn University.

1995 A grammatical subgrouping of Formosan languages. In Paul Li, *et al.*, eds., *Austronesian Studies Relating to Taiwan*, 683-726. Institute of History and Philology, Academia Sinica.

1997 Formosan clause structure: transitivity, ergativity, and case marking. In Tseng, Chiu-yu, ed., *Chinese Languages and Linguistics, IV, Typological Studies of Languages in China*, 125-154. Taipei: Academia Sinica.

Starosta, Stanley, Andrew K. Pawley & Laurence A. Reid

1982 The evolution of focus in Austronesian. In Amran Halim,

Lois Carrington and S.A. Wurm, eds., *Papers from the Third International Conference on Austronesian Linguistics, Vol.2, Tracking the Travellers* 145-170. *Pacific Linguistics* C-75.

Tang, Jane Chih-chen（湯志真）

1999 On clausal complements in Paiwan. In Elizabeth Zeitoun and Paul Li, eds., *Selected Papers from the Eighth International Conference on Austronesian Linguistics*, 529-576. Symposium Series of the Institute of Linguistics (Preparatory Office), No.1. Taipei: Academia Sinica.

2002a On nominalization in Paiwan. *Language and Linguistics* 3.2:283-333.

2002b On negative construction in Paiwan. *Language and Linguistics* 3.4:745-780.

2004 Two types of classifier languages: A typological study of classification markers in Paiwan noun phrases. *Language and Linguistics* 5.2:377-407.

Tsuchida, Shigeru（土田滋）

1976 *Reconstruction of Proto-Tsouic Phonology*. Tokyo: Study of Languages & Cultures of Asia & Africa, Monograph Series No.5, Tokyo University of Foreign Studies.

1982 *A Comparative Vocabulary of Austronesian Languages of Sinicized Ethnic Groups in Taiwan, Part I: West Taiwan*. 東京大學文學部研究報告7，語學・文學論文集 [Memoirs of the Faculty of Letters, University of Tokyo, No.7].

Wolff, John U.

1973 Verbal inflection in proto-Austronesian. In Gonzales, ed., *Parangal Kay Cecilio Lopez*, 71-91. Linguistic Society of the Philippines. Manila.

1988 The PAN consonant system. In *Studies in Austronesian linguistics*, ed. By Richard McGinn, pp.125-147. Athens, Ohio:

Center for Southeast Asian Studies, Ohio University.

1991 The Proto-Austronesian phoneme *t and the grouping of the Austronesian languages. In *Currents in Pacific linguistics: Papers on Austronesian languages and ethnolinguistics in honour of George W. Grace*, ed. By Robert Blust, pp.535-549. *Pacific Linguistics* C-117.

Zeitoun, Elizabeth（齊莉莎）

1993 A semantic study of Tsou case markers. *BIHP* 64.4:969-989. Taipei: Institute of History and Philology, Academia Sinica.

1996 The Tsou temporal, aspectual and modal system revisited. *BIHP* 67.3:503-532.

1997 Coding of grammatical relations in Mantauran (Rukai). *BIHP* 68.1:249-281. Taipei: Institute of History and Philology, Academia Sinica.

2001 Negation in Saisiyat: Another perspective. *Oceanic Linguistics* 40.1:125-134.

Zeitoun, Elizabeth, Lillian M. Huang, Marie M. Yeh, Anna H. Chang and Joy J. Wu

1999 Existential, possessive and locative constructions in Formosan languages. *Oceanic Linguistics* 38.1:1-42.

第二篇

台灣南島語言的歷史回顧與展望

台灣南島語言的回顧和展望

摘要

台灣南島語言四百年來的回顧，從原來各種語言都正常使用的狀況到當代的語言式微，令人有撫今追昔之感。荷蘭時代留下二種珍貴的平埔族語言文獻資料，明清二百多年所留下的語言資料卻極少。日治時代才開始做有系統的調查研究。二次大戰後，中外人士陸續有若干學者從事這一方面的工作。台灣南島語言的歧異性和存古的特徵，各舉若干例證來說明。

1. 台灣南島語言的今昔

四百年前，台灣南島民族還沒有其他民族移入的時代，相信各族群語言都還是完好的。那時到底有多少種語言，今日已不得而知了。後來因爲漢人大量移民來台，其人數和文化居於絕對優勢，就逐漸取代了住在平原地區的各種平埔族群語言了。絕大多數的平埔族群語言在一百多年前就已消失殆盡了。

1970年，我開始調查魯凱語時，連小孩日常都說自己的族語。曾幾何時，如今會說族語的青少年和兒童便是鳳毛麟角了。何以最近幾十年變化這麼大？是什麼因素造成的？

台灣各種南島語言代代相傳，幾千年來都沒有發生過斷層，何以直到最近這幾年才發生？除了國民政府時代語言政策的壓抑之外，大眾媒體，尤其是電視的普遍深入每個家庭，這才是最主要的原因。如今家家戶戶都有電視和電話，所聽到的都是漢語，所講的也是漢語，無論大人或小孩，都是如此。處在這種情況之下，母語怎能不消失？

三十多年前，從事台灣南島語言研究的國內外人士屈指可數，甚至被認爲有點「怪異」，好像從事特殊行業的人士一般。如今做過台灣南島語言調查研究的人數不少，也有一些碩士班的學生以台灣南島語言做爲碩士論文，或博士生以台灣南島語言撰寫博士論文。使用語言的實際狀況變差了，研究語言的人口反而變多了。兩個不同時代形成強烈的對比。

顯然地，現存的台灣南島語言都需要加強調查研究，而且要跟時間賽跑，及時搶救即將消失的語言。原住民族要珍惜自己的母語要多使用，也是一個重要的課題和關鍵。

2. 語言使用的現況

台灣南島民族人口總數約四十五萬，但是會說母語的人相信還不到一半，青少年和兒童還會說母語的人屈指可數。目前並沒有可靠的數據資料，原住民族委員會應儘早委託調查各族群會說族語的實際人數。

所有的台灣南島語言都面臨消失的危機，因爲並沒有傳承給下一代，一旦年長的人都走了，語言也就消失了。眞正健全的語言要有相當數目的使用人口，可是有四種語言很會說的人數卻不到十人：巴宰語只有一人（高齡94歲），邵語八人，卡那卡那富語七人，沙阿魯阿語九人。另外，有兩種語言使用的人口數只有數十人：噶瑪蘭語估計約五十人，賽夏語估計約八十人。此外，還有一個現象也是不利於台灣南島語的維護和保存：今日沒有只會說族語的人，會說族語的人都會說別的語言，包括華語、台語、客語、日語或其他族群的語言，而語言接觸會對語言產生不利的影響。幾十年前還可以找到一些只會說族語的人（monolingual speaker），可是今非昔比。

綜合以上的討論，我們可以說台灣南島語言都是瀕危的語言，因爲：

第一、都沒有傳承給下一代。

第二、都沒有只說單語的人。

第三、使用人口最少的只有個位數（四種語言），其次是十位數（二種語言），人口較多的族群使用人口也不到一半，而且都是年長的人。

現階段相關單位維護語言的措施也不盡完善，族語的教師和教材都問題重重，年輕人和學生學習族語的意願也都不高。族語的使用應該在家庭和社區，而不是在學校。但不管在哪裡，族語的使用情況都不理想。

3. 外籍人士對台灣南島語言的貢獻

台灣南島語言過去幾千年都沒有文字記錄，直到十七世紀荷蘭傳教士到台灣來以後，才爲Siraya和Favorlang兩種平埔族語言留下珍貴的文獻資料。從明鄭王朝（1662-1683）到清代（1683-1895），二百多年間並沒有留下多少語言資料。日治時期（1895-1945）五十年期間，卻爲各種台灣南島語言留下了相當豐富的調查研究資料。因此，外籍人士對台灣南島語言資料的紀錄、蒐集和研究，他們的貢獻是非常大的。沒有他們，對於過去台灣南島語言的狀況我們就無從了解。即使在二次世界大戰結束之後，尤其是初期，除了董同龢以外，我國人士所做的相關調查研究可說相當少。以下分爲歐美和日本來說明外籍人士這一方面的貢獻。

3.1 歐美人士

a. 荷蘭傳教士（1624-1662）

荷蘭傳教士教平埔族人用羅馬拼音書寫他們自己的語言，把兩部福音譯成西拉雅語，但只有《馬太福音》（Gravius 1661，見Campbell 1888）留下來，《約翰福音》卻沒有。另外有一部傳教資料，叫做《基督教信仰要旨》（Gravius 1662）。這二部書是我們賴以了解西拉雅語的語法結構系統的重要素材。荷蘭籍語言學者Alexander Adelaar發表了一系列的研究論文，日本語言學者土田滋（Tsuchida）也發表了二篇論文。荷蘭傳教士教會西拉雅人用羅馬拼音書寫自己的語言，可以說功德無量。在他們離開台灣以後一個半世紀，台灣西南部平埔族群各地陸續有人以族語書寫契約文書，統稱為「新港文書」，總共有一百多件，便成為我們了解台南和高屏地區各地方語言差異的重要材料。

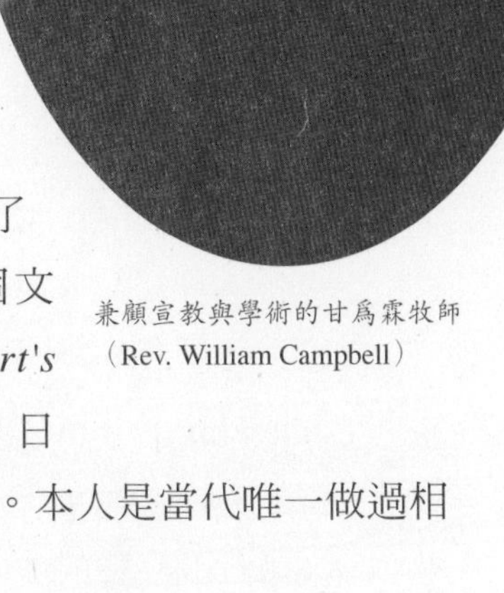

兼顧宣教與學術的甘為霖牧師（Rev. William Campbell）

荷蘭傳教士也為一種西部平埔族群語言，Favorlang，留下了基督教義傳教語言資料，共19個文本，外加一部小詞典，叫作*Happart's Favorlang Vocabulary* (Happart 1650)。日治時期小川尚義曾做過整理和研究。本人是當代唯一做過相關研究的人。

有關荷蘭傳教士的Siraya和Favorlang兩種語言資料，我們首先要感謝蘇格蘭傳教士William Campbell (1888, 1896) 所做的編輯、整理和翻譯（由荷蘭文譯成英文），提供我們研究上很大的便利。他總共編寫了五部書，其中一部，*Formosa Under the Dutch*，是我們藉以了解荷蘭時代的重要參考資料。

b. 歐美人士（1860-1900）

清朝政府大約於1860年被迫開放港口以後，陸續有歐美人士到台灣來，他們所發表的旅遊或探險雜記，讓我們藉以認識當時台灣南島民族的生活狀況，有的還記下一些零星的詞彙資料，包括Swinhoe (1858-9), Bullock (1874-5, 1877), Carroll (1871), Collingwood (1868), Pickering (1898), Steere (1874, 2002), Thomson (1873, 1875) 等等。其中尤以Steere在崗仔林所收集到的二十多件新港文書原件最爲珍貴（現存University of Michigan）。

c. 歐美人士（1900-迄今）

二十世紀以來，對台灣南島語言的保存和研究工作有貢獻的歐美人士很多，有傳教士，也有學者，以英文或法文發表的爲主。今依字母次序列舉如下：

Adelaar (1997, 1999, 2000, 2004a, b)：西拉雅語

Blust (1996, 1998, 2003)：邵語

Cauquelin (1991a, b)：卑南語

Duris (1969, 1970, 1987, 1988)：阿美、布農語

Egerod (1965a, b, 1996a, b, 1978, 1999)：泰雅語

Egli (1990, 2002)：排灣語

Ferrell (1982)：排灣語

Fey (1986)：阿美語

Flahutez (1970)：布農語

Holmer (1996)：賽德克語

作者與國際南島語研究諸學者合照（從左到右：Malcolm Ross, John Wolff, Robert Blust, Andrew Pawley，李壬癸，吳靜蘭，何德華）

Nevskij (1935)：鄒語

Pecoraro (1977)：太魯閣語

Pourrias (1996)：阿美語

Quack (1985)：卑南語知本方言

Radetzky (2004, 2006)：沙語

Saillard (1998)：台灣語言接觸（社會語言學）

Shelley (1978)：魯凱語霧台方言

Starosta (1969...2002a, b)：鄒、魯凱、沙語、阿美等等

Szakos (1994)：鄒語、卡語、沙語

Wright (1996)：鄒語的聲響語音學

Zeitoun (1992, 1993, 1995, 1996, 1997a, b, 2001)：鄒、魯凱、賽夏語等等

以上是指蒐集第一手語言資料的人。根據第二手資料所做的研究，包括以下的西方學者：

Blust (1977, 1985, 1993, 1995, 1999)

Dahl (1981)

Dyen (1962, 1965, 1971)

Pejros (1994)

Ross (1992, 1995, 2006)

Wolff (1973, 1988, 1991, 1995)

3.2 日本人的貢獻

台灣南島語言的學術研究，始於日治時期的小川尚義教授，這個領域也是由他一手奠定研究基礎。他對各種台灣南島語言都有廣泛和深入的調查研究，他對歷史比較研究方面的貢獻無人能出其右。本人（李壬癸 2004）的〈台灣語言學先驅──小川尚義〉已有較詳細的介紹。

日本學者曾對台灣南島語言做過調查研究的，在日治時代很多，我今（2007）年九月八日在「台灣語言學一百週年國際學術研討會：紀念台灣語言學先驅──小川尚義」中發表「日本學者對於台灣南島語言研究的貢獻」，文中有較詳細的論述和說明，故不在此贅述。

非語言學者，但有重要貢獻的日本學者，包括人類學者伊能嘉矩。他是最早（從1897年起）調查台灣各地平埔族群

的語言或方言，常爲我們留下珍貴的平埔族語言資料，有些甚至是唯一的平埔族語言資料，例如Hoanya語的兩個方言：Arikun和Iloa，大台北地區的各地Basay方言資料。安倍明義（1930, 1938）的《蕃語研究》和《台灣地名研究》二部書，都是很有價値的學術著作。另一位是歷史學者村上直次郎（1933），他收集了101件新港文書，並把它們都轉寫（transcribe）下來，爲後世從事相關研究者打下良好的基礎。

語言學者最有貢獻的先後有小川尙義、淺井惠倫、土田滋等人。小川、淺井、土田對各種台灣南島語言都有廣泛和深入的調查研究，其他後起者大都只深入做一、二種語言的研究。後繼無人，令人感到相當可惜。小川、淺井（1935）合著的《原語による台灣高砂族傳說集》是劃時代的巨著，只可惜並沒有涵蓋平埔族群的語言。

小川尙義：各種語言

淺井惠倫：各種語言

土田滋：各種語言

森口恒一：噶瑪蘭、雅美、布農

月田尙美：阿美、太魯閣

野島本泰：布農、卡語

其他日本學者，如山田幸宏（Yamada and Liao 1974）和平野尊識（Hirano 1972）都寫過泰雅語音韻的論文，但並沒有進一步去做。近來國際知名語法學者Shibatani對台灣南島語言也有興趣，希望他會有好的論文出來。

4. 我國人士對台灣南島語言研究的貢獻

作者恩師——李方桂院士

我國人士最早做台灣南島語言調查研究的是李方桂院士。他（1956）的〈邵語記略〉是在距今半個世紀以前發表的，是一篇典範的著作。他雖長年住在美國，但他一直很關心台灣南島語言的調查研究工作，鼓勵年輕人回國好好地去做。我就是受到他鼓勵的一位，也是經過他安排而做過調查研究的還有丁邦新、鄭恒雄、陳蓉、鄭再發等人。

董同龢在五〇年代，帶著學生（王崧興、管東貴、鄭再發、丁邦新、梅廣等）調查鄒語、卡語、沙語、賽夏語、布農語等，並撰成一部很有學術價值的《鄒語研究》（Tung 1964）。可惜天不假其年，書還沒出版他就病逝了。

近年來，我國人對台灣南島語言有興趣，並且做過調查研究工作的人，比起三、四十年前要多得多了。如果把寫過

董同龢（中間）帶領學生到阿里山調查鄒語

碩、博士論文的人都加起來，接近一百人。但是，現在還在做的就不多了，除了本人以外，列舉如下：

鄭恒雄：布農、雅美

黃美金：泰雅、阿美、卑南、噶瑪蘭

張永利：賽德克、噶瑪蘭、鄒、排灣

黃宣範：賽德克、鄒、賽夏

湯志眞：排灣

何德華：泰雅、雅美

葉美利：賽夏、泰雅

宋麗梅：賽德克、鄒、阿美、噶瑪蘭

黃慧娟：布農、泰雅

吳靜蘭：阿美

李佩容：噶瑪蘭

鄧芳青：卑南

陳承甫：魯凱語好茶方言

劉彩秀：阿美、泰雅、鄒

李釗麟：排灣、卑南、沙阿魯阿

吳俊明：排灣、卡那卡那富

寫過博士論文，但並沒有繼續做的至少有五人，寫完碩士論文就不再做的人數就不勝枚舉了，寫過博士論文但沒有實際去蒐集田野資料的似乎只有三人，這些人並未列在上面的名單中。

5. 台灣南島語言的重要性

整個南島語系的語言大約有一千種之多，而台灣南島語言的總數約有二十種，只佔五十分之一。可是台灣南島語言卻具有兩大特色：（一）語言之間彼此的差異非常大；（二）保存許多古語的特徵，這些現象都是其他地區（包括菲律賓、馬來西亞、印尼等地）的南島語言所沒有的。因此，台灣南島語言在整個南島語族中佔有極爲重要的地位。南島語比較研究的知名學者（如Isidore Dyen, Otto Dahl, Robert Blust, John Wolff, Stanley Starosta, Malcolm Ross）一定都要引用和參考台灣南島語言的資料和現象。

5.1 分歧和多樣的台灣南島語言

歧異度越高表示年代的縱深愈長，愈接近古南島民族的原居地（homeland）。台灣南島語言的高度差異性表現在語言的各層次，包括句法、構詞、音韻等。以下分詞序、焦點系統、助動詞、數詞、人稱代詞、詞綴、音韻等幾項來說明。

a. 詞序

漢語和英語的句子通常都是主語（s）在前，動詞（v）在中間，賓語（o）在後，也就是SVO的詞序。台灣南島語言的詞序有VSO, VOS和SVO等各種詞序，以動詞出現在句首居多，而這三種詞序也就是各種南島語言的詞序。

b. 焦點系統

各種台灣南島語言和西部南島語言都有焦點系統，可是唯獨魯凱語卻沒有焦點系統。最常見的焦點系統就是所謂的「菲律賓類型」：以*-um-表示主事焦點AF，以*-en表受事焦點PF，以*-an表處所焦點LF，以*Si-或*Sa-表指事焦點RF，如泰雅語群、賽夏、排灣、阿美。然而，台灣南島語言卻又有好幾種不同的類型：

	AF	PF	LF	RF
菲律賓型	-um-	-en	-an	i-
鄒語	-m-	-a	-i	-(n)eni
卑南	-em-	-aw, -ay	ø	-anay

布農	m(a)-	-un	-an	is-
巴宰	mu-	-en	-an	sa-

請注意，非主事焦點的形式有相當大的差異，尤其是鄒語和卑南語的非主事焦點的形式。差異最大的就是魯凱語，根本就沒有任何焦點系統的形式，連主事焦點的-um-或m-也都付之闕如。魯凱語也是一種台灣南島語言，卻像漢語和英語一樣地是賓格語言（accusative language），而不像其他南島語言地是作格語言（ergative language）。

c. 助動詞

台灣南島語言中，鄒語每一句都得要有一個助動詞，而巴宰和噶瑪蘭語卻沒有任何助動詞，這是兩種極端的類型。此外，有的語言只有少數的助動詞，如泰雅、賽德克、排灣。

d. 數詞

除了賽夏、巴宰、Favorlang以外，所有的台灣南島語言的數詞都區分「屬人」和「非屬人」。表示屬人的形式又有好幾種不同的類型，包括最常見的Ca-重疊，也有以前綴（魯凱用ta-，排灣用ma-，卑南用mi-，噶瑪蘭用kin-）來表示，還有的用元音或輔音的轉換（如鄒語）來表示。

一般南島語言的數詞系統都採用十進法，但也有採用五進法的，如巴宰語的5+1=6, 5+2=7, 5+3=8, 5+4=9。數詞十以下的，泰雅語群和邵語有這兩個數詞用乘法：2x3=6, 2x4=8。賽夏、邵、道卡斯、貓霧捒有一個數詞用減法：10-1=9（參見Li 2006）。也就是說，各地區南島語言的各種類型的數詞系統都見於台灣這個小島上的語言，甚至於賽夏語的6+1=7並不見於其他任何南島語言。

e. 人稱代詞

每一種台灣南島語的人稱代詞，大致上都有這三、四套：主格、屬格、處格、斜格。有的語言有更多套，如賽夏語有七套之多。有一套人稱代詞屬於「中性格」可出現在主題、主格或斜格的位置。人稱代詞有自由式（長式）或附著式（短式），都出現在主格或斜格的形式。有一種語言（賽夏語）只有自由式的人稱代詞，邵語的人稱代詞大都是自由式，而魯凱語萬山方言大都是附著式（只出現在主題位置的才是自由式）。主格的附著形式只出現在第一和第二人稱，絕大多數語言都沒有第三人稱主格的附著式，但鄒語卻有。

f. 詞綴

台灣南島語言都有較多的前綴，較少的後綴，中綴通常只有兩個-(u)m-和-(i)n-，少數語言還有一至三種已僵化的（fossilized）中綴。鄒語有數百個前綴，而巴宰和噶瑪蘭各只有數十個前綴。

中綴-um-和-in-一起出現時，大都是-um-in-的次序，倒過來的-in-um-在整個南島語族都很罕見，但是台灣居然有兩種語言，Favorlang和Kanakanavu，是這種倒過來的次序。

g. 音韻

台灣南島語言的語音系統也呈現多樣性：有的語言（卑南、魯凱、排灣）塞音和流音區分舌尖前和舌尖後；有的語言（排灣）塞音和流音區分顎化和非顎化；有好幾種語言（泰雅語群、邵、布農、排灣）區分舌根塞音k和小舌塞音q；也有四種語言（泰雅語、賽德克語、阿美、巴宰）區分舌根擦音x和咽頭擦音h；阿美語具有咽頭化的塞音和擦音；噶瑪蘭語有小舌擦音。有五種語言區分三種流音。邵語和沙語區分清邊音和濁邊音。

以上從七項語言現象來看台灣南島語言的多樣性。台灣南島語言的多樣性，由此可見一斑。相信台灣南島語言還有不少其他語言現象的多樣性有待我們進一步去發掘。

每一種語言都有它自己的結構系統，也就是有自己的思考模式。語言結構的多樣性就代表思考模式的多樣性。

5.2 保存古語的特徵

台灣南島語言保存了許多古語的特徵，那些現象在其他地區的南島語言都已消失了。例如數詞「2」在台灣南島語言是dusa, Dusa, tuʃa等，都保存語詞中的s或ʃ音，在台灣以外的地區的語言大都已脫落而成爲dua；數詞「4」在台灣南島語言是sepat或ʃepat，而在其他地區只是epat，也就是丟失了語詞前面的擦音。又如，在台灣南島語言有區別的語音，例如「眼睛」一詞，在台灣有mata, maca, masa, maθa等各種變異，在台灣以外的都只是唸mata；數詞「七」台灣和其他地區的語言都是pitu，不管在哪裡都是發t音。也就是說，只有在台灣南島語言才保存這兩種語音的區別：t和非t音。又如「鰻魚」在台灣唸tuna, tula, tuða等，在台灣以外都只唸tuna，該語詞中的音（非n類的音）只有台灣南島語還保存和「母親」ina中的n音有區別。此外，只有幾種台灣南島語言保存小舌塞音q，而在其他地區的南島語言都已變成喉塞音或消失了。

除了小川尚義在1930年代就已發現只有台灣南島語言才保存古南島語音韻系統的$*t_1$與$*t_2$之分，$*d_1$與$*d_2$之分，$*n_1$與$*n_2$之分，也才保存*q和*S輔音之外，古南島語的句法和構詞的主要現象也只見於台灣南島語言。Starosta等（Starosta, Pawley and Reid 1982）所發表的論文“The Evolution of Focus in Austronesian”，主要是從台灣南島語言取材，他們認爲古南島語動詞的焦點系統*-a和*-i原爲出現在動詞之後的非主格前置詞，卻分別成爲表示受事焦點和處所焦點，這正是鄒語的兩個焦點形式；*-en，*ni-/-in-，*-ana，*mu-和*iSi-都是動詞名物化的詞綴，這些名物化的動詞可以出現在對等句的謂語位置，正好跟原來動詞式句型的*-a和*-i相對應。後來名物化的結構卻被重新解釋（reinterpreted）爲動詞式的結構。

Starosta (1995) 的論文“A Grammatical Subgrouping of Formosan Languges”又做了一些修正，認爲南島語的焦點

系統乃是後起的，古南島語有如魯凱語一樣並沒有焦點系統。他以構詞的共同創新現象來重建古南島語言的分化過程，其結果古台灣南島語就是等於古南島語，因此台灣地區以外的南島語言都是屬於較低層次的分支。台灣南島語言的重要性，由此可見一斑。

Blust (1999) 根據音韻演變的現象，把古南島語分為十支，其中九支在台灣，而台灣地區以外的所有南島語言合為一個分支。

此外，Malcolm Ross (1992) 根據各種台灣南島語言的音韻現象，重建了古南島語的音韻系統；Ross (1995) 又根據各種台灣南島語言的構詞現象，重建了古南島語的動詞構詞系統（verbal morphology）；Ross (2006) 也是根據各種台灣南島語言的人稱代詞系統，重建了古南島語的人稱代詞系統。

總之，南島語言比較研究的國際知名學者，無論從哪一個語言層次的觀點：音韻、構詞、句法，都認為台灣南島語言才保存最多古語的現象。

（本文於2007年10月發表於《原住民族語言發展理論與實務》）

主要參考書目

小川尚義

2006 《台灣蕃語蒐錄》[A Comparative Vocabulary of Formosan Languages and Dialects], edited by Paul Jen-kuei Li and Masayuki Toyoshima. Asian and African Lexicon Serieds No.49. Research Institute for Languages and Cultures of Asia and Africa, Tokyo University of Foreign Studies.

小川尚義，淺井惠倫

1935 《原語による台灣高砂族傳説集》。台北：台北帝國大學言語學研究室。

安倍明義

1930 《蕃語研究》。台北：蕃語研究會。

1938 《台灣地名研究》。台北：蕃語研究會。

李方桂，陳奇祿，唐美君

1956 〈邵語記略〉，《國立台灣大學考古人類學刊》7:23-51。

李壬癸

1991 《台灣南島語言的語音符號系統》。台北：教育部教育研究委員會。

2004 〈台灣語言學先驅——小川尚義〉，《國語日報》書和人第1004期，93年5月22日。

2006a〈從本土到國際：台灣南島語言研究的契機〉，劉翠溶主編，《四分溪論學集：慶祝李遠哲先生七十壽辰》，727-748。允晨叢刊112。台北：允晨。

2006b〈我們有不同的想法〉，《科學人雜誌》特刊4號，多樣性台灣。台北：遠流。

村上直次郎

1933 《新港文書》。台北帝國大學文政學部紀要第二卷第一號。Formosa: Taihoku Imperial University。

Blust, Robert

1985 The Austronesian homeland: A linguistic perspective. *Asian Perspectives* 26.1:45-67.

1995 The position of the Formosan languages: Method and theory in Austronesian comparative linguistics. In Li, Paul *et al.*, eds., *Austronesian Studies Relating to Taiwan*, 585-650. Taipei: Academia Sinica.

1999 Subgrouping, circularity and extinction: Some issues in Austronesian comparative linguistics. In Elizabeth Zeitoun and Paul Jen-kuei Li, eds. *Selected Papers from the Eighth International Conference on Austronesian Linguistics*, 31-94. Symposium Series of the Institute of Linguistics (Preparatory Office), No.1. Taipei: Academia Sinica.

Campbell, Rev. William

1888 *The Gospel of St. Matthew in Sinkang-Formosan, with corresponding versions in Dutch and English edited from Gravius's edition of 1661*. London: Trubner and Co.

1896 *The Articles of Christian Instruction in Favorlang Formosan, Dutch and English from Vertrecht's Manuscript of 1650*. London: Kegan Paul, Trench, Trübner and Co.

Dahl, Otto Christian

1981 *Early Phonetic and Phonemic Changes in Proto-Austronesian*. Oslo: The Institute for Comparative Research in Human Culture.

Dyen, Isidore

1965 Formosan evidence for some new proto-Austronesian phonemes. *Lingua* 14:285-305.

1971 The Austronesian languages and proto-Austronesian. *Current Trends in Linguistics* 8:5-54.

Hirano, Takanori（平野尊識）

1972 *A Study of Atayal Phonology*. Unpublished MA thesis. Kyushû:

Kyushû University.

Li, Paul Jen-kuei（李壬癸）

2006 Numerals in Formosan languages. *Oceanic Linguistics* 45.1:133-152.

Ross, Malcolm D.

1992 The sound of Proto-Austronesian: an outsider's view of the Formosan evidence. *Oceanic Linguistics* 31.1:23-64.

1995 Reconstructing Proto-Austronesian verbal morphology: Evidence from Taiwan. In Li, Paul *et al.*, eds., *Austronesian Studies Relating to Taiwan*, 727-791.

2006 Reconstructing the case-marking and personal pronoun systems of Proto Austronesian. In Henry Y. Chang, Lillian M. Huang, and Dah-an Ho, eds., *Streams Converging into an Ocean: Festschrift in Honor of Professor Paul Jen-kuei Li on His 70th Birthday*, 521-563. Language and Linguistics Monograph Series Number W-5.

Starosta, Stanley（帥德樂）

1995 A grammatical subgrouping of Formosan languages. In Paul Li, *et al.*, eds., *Austronesian Studies Relating to Taiwan*, 683-726. Institute of History and Philology, academia Sinica.

Starosta, Stanley, Andrew K. Pawley & Lawrence A. Reid

1982 The evolution of focus in Austronesian. In Amran Halim, Lois Carrington and S.A. Wurm, eds., *Papers from the Third International Conference on Austronesian Linguistics, Vol.2, Tracking the Travellers* 145-170. *Pacific Linguistics* C-75.

Tsuchida, Shigeru（土田滋）

1976 *Reconstruction of Proto-Tsouic Phonology*. Tokyo: Study of Languages & Cultures of Asia & Africa, Monograph Series No.5, Tokyo University of Foreign Studies.

1982 *A Comparative Vocabulary of Austronesian Languages of*

Sinicized Ethnic Groups in Taiwan, Part I: West Taiwan. 東京大學文學部研究報告7，語學・文學論文集。

1983 Austronesian languages in Taiwan (Formosa). In S.A. Wurm and Shirô Hattori [服部四郎], eds., *Language Atlas of the Pacific Area. Pacific Linguistics* C-66/67. Canberra: The Australian National University.

Tsuchida, Shigeru, Yukihiro Yamada and Tsunekazu Moriguchi（土田滋、山田幸宏、森口恒一）

1991 《台灣・平埔族の言語資料の整理と分析》[Linguistic Materials of the Formosan Sinicized Populations I: Siraya and Basai]。東京大學 [University of Tokyo]。

Tung, T'ung-ho *et al.*（董同龢，管東貴，王崧興，鄭再發）

1964 *A Descriptive Study of the Tsou Language, Formosa*. Taipei: Institute of History and Philology, Academia Sinica, Special Publications No.48, Reprinted in 1991 with Notes and Errata prepared by Paul J.K. Li.

Yamada, Yukihiro and Ying-chu Liao（山田幸宏，廖英助）

1974 A phonology of Tayal. *Research Reports of the Kochi University* 23.6:1-9.

日本學者對於台灣南島語言研究的貢獻

摘要

本文主旨在說明和評述幾位日本學者對於台灣南島語言研究的重要貢獻。台灣的語言學研究，包括漢語方言和南島語，都是在日治時期由小川尚義奠定基礎的。是他最先發現台灣南島語言保存了最多古南島語的現象。他的一生都奉獻給台灣語言研究。

對台灣南島語言有研究和貢獻的日本語言學者，有以下這六位：小川尚義、淺井惠倫、土田滋、森口恒一、月田尚美和野島本泰。雖非語言學者，但在這一方面也有貢獻的，還包括伊能嘉矩、安倍明義、村上直次郎、清水純等人。小川和淺井的調查研究工作大都在二次世界大戰之前完成的，而土田是在戰後，他們三人對台灣南島語言都有全面性的調查研究和掌握。小川、淺井（1935）合著的《台灣高砂族傳說集》和土田的博士論文《古鄒語音韻》（英文）至今仍然是經典之作。其他三人都稍晚才開始，而且只專注於少數特定的語言：森口之於噶瑪蘭、布農、雅美，月田之於阿美和太魯閣，野島之於布農。

台灣南島語言如今都是瀕危的語言。幸而在日治時期有好幾位日本學者爲我們記錄和留下了各種語言很多珍貴的資料，包括他們生前已公開發表的著作和未發表的許多稿件，大都保存下來，現珍藏在日本東京外國語大學和南山大學，而且都已公開上網。

關鍵詞：小川，先驅，南島語，瀕危語言，語言資料，平埔族，日本

1. 前言

對於台灣南島語言研究有貢獻的日本學者其實不少，但是其中有好幾位的專長並非語言學，因此品質就參差不齊了。跟語言學家小川尚義同時代到台灣來調查研究的非語言學者，就有鳥居龍藏和伊能嘉矩（1867-1925）。伊能對已消失平埔族語言的調查研究，常爲我們留下很珍貴的紀錄，往往是各地方言唯一的詞彙資料，而且他用羅馬拼音，雖不很精確，卻要比用日文片假名記音要好得多。安倍明義（1930）的《蕃語研究》可說是早期較重要的著作，有七種語言（阿美、卑南、排灣、魯凱、布農、雅美、噶瑪蘭）的語

法、會話、詞彙，可惜都用片假名書寫。他的《台灣地名研究》（1938）是最早、最全面的台灣地名研究，至今仍然是經典之作。歷史學者村上直次郎對於新港文書的保存、收集、整理有重要的貢獻，包括他的論文〈台灣蕃語文書〉（村上 1930）和專書《新港文書》（村上 1933）爲後世奠定良好的研究基礎。要不是他，我大概很難寫出〈新發現十五件新港文書的初步解讀〉（李壬癸 2002）那篇論文，或跟翁佳音合作在中央研究院執行「新港文書研究」主題研究計畫了。研究成果的一部專書《新港文書研究》（李壬癸 2010），即將在中央研究院語言學研究所出版。

仁平芳郎（Nihira 1988）的 *A Bunun Vocabulary, A Language of Formosa* 是布農語最早的，包含北、中、南部方言的詞典。他是編輯別人所蒐集的語料，按照布農語羅馬拼音的字母次序排序，附有英文索引，查尋尚稱方便。可惜未經跟發音人查核，記音準確度並不夠。他編輯時是在第二次世界大戰末期，要做調查確實有困難。不過，這卻是極少數值得參考的布農語詞典。

日治時期日本學者編寫過的詞典不少，略去簡短的詞彙表不計，較有份量的如赤間富三郎（1932）的《セダッカ蕃語集》（賽德克），馬場藤兵衛（1931）的《タイヤル語典》（泰雅），江口貞吉（1932）的《花蓮港蕃語集》，樋口陸郎（1923）的《パイワン蕃語集》（排灣），平山勳（1936）的《ファボラン語彙》（Favorlang），飯島幹太郎（1906）的

《黥蕃語集》，金須文彌（1932）的《巒蕃ブヌン語集》（巒社群布農），帝國學士院（1941）的《高砂族慣習法語集》，森丑之助（1909）的《ぶぬん蕃語集》（巒社群布農），小川尚義（1930, 1931, 1933）的《パイワン語集》（排灣）、《アタヤル語集》（泰雅）、《アミ語集》（阿美），佐佐木達三郎（1918）的《國語びき蕃語辭典前篇》，佐藤豐名（1931-5）的《阿眉語錄》，台中州警務部（1932）的《巒蕃ブヌン語集》（巒社群布農）和《セーダック蕃語集》（賽德克），台東廳警務課（1914）的四種蕃語集（阿美、魯凱、卑南、雅美）等等，都是以日語排序，只方便說日語的人查詢，非精通日語的人使用起來非常不便，而且都以日文片假名記音，準確度很不夠。以上只有小川是語言學者，以他所編的排灣、泰雅、阿美三本袖珍詞典可信度最高，而且都有國際音標的記音，準確度也最高。

我曾經執行了一個研究計畫，其中一個工作項目是，把日本學者以日文發表的論文，挑選有代表性的幾篇譯成中文，以方便國內學者參考，原著者包括小川尚義、伊能嘉矩、鹿野忠雄、淺井惠倫、中村孝志、宮本延人、波越重之、土田滋等，後來出版論文集（黃秀敏譯，1993）。

對台灣南島語言有研究和貢獻的日本語言學者，只有以下這六位：小川尚義、淺井惠倫、土田滋、森口恒一、月田尚美、野島本泰等。

2. 日本語言學者對台灣南島語言研究的貢獻

2.1 小川尚義（1869-1947）[1]

2.1.1 前言

一般人的習慣是把中國境內的語言分爲漢語和非漢語兩大類。許多年前，中國語言學界就尊稱趙元任先生（1892-1982）爲「漢語語言學之父」，這是當年傅斯年先生送給趙先生的稱號。事隔多年，周法高先生又尊稱李方桂先生（1902-1987）爲「非漢語語言學之父」。趙先生和李先生對中國語言學的傑出貢獻是國際公認的。他們兩位可說是中國境內語言學的先驅者，都可算是第一代的語言學家。第一代除了趙、李兩位而外，還有羅常培先生（1899-1959）。他們三位合作把瑞典漢學家高本漢先生（Bernhard Karlgren, 1889-1979）的鉅著《中國音韻學研究》從法文譯成中文，是學術界的盛事。

至於台灣地區的語言學先驅者就不是中國人了，而是日本學者小川尚義教授（1869-1947）。若論年齡和輩份，小川甚至比起趙、羅、李三人都還要早。比小川晚一輩的淺井惠倫

---

[1] 本節初稿曾刊於李壬癸（1996b: 240-244）以及國語日報《書和人》第1004期，93年5月22日，以及日文版（三尾裕子譯）〈台灣言語學の先驅者小川尚義教授〉，見三尾等（2005），《小川尚義・淺井惠倫台灣資料研究》，282-287。今再修訂為本文。

（1895-1969）才大致和趙、羅、李三人的年代相當。

台灣的語言學研究，包括漢語方言和南島語，都是在日治時期由小川尚義教授奠定基礎的。

小川於1896年到台灣來，直到1936年從台北帝國大學（今台灣大學）退休回到日本，在這四十年期間，他大都在台灣從事日語教學和各種語言的調查研究工作。回到日本之後，他仍然繼續做台灣南島語言研究，發表相關的論文至少有七篇。他未發表的各種筆記和調查資料數量相當驚人，而且有不少是非常珍貴的語言資料和創獲。台灣各種平埔族群的語言今日大都已消失，幸而有他留下不少的稿件，我們對它們才有最基本的認識，尤其是西部幾種平埔族群：Taokas, Papora, Babuza, Hoanya等。對於蘭陽平原的噶瑪蘭語、大台北地區的Basay語、南部平原西拉雅語群的方言差異，都要透過他的稿件我們才能有所掌握。對於荷蘭時代以來，有文獻紀錄的兩種平埔族群語

奠定台灣語言學基礎的小川尚義（攝於1936）

言，Siraya和Favorlang，他也都下了很多功夫去做整理和研究。我們要慶幸能夠接收他那一批珍貴的文化資產。

小川在台灣四十年期間，只有一年半的時間（1916年12月至1918年5月）他到中國大陸（溯長江而上到漢口、也到福建調查了四個月）和南洋菲律賓、婆羅洲北部、馬來半島、緬甸、印尼等地，去收集和台灣地區有密切關係的語言資料。

他所蒐集的各種語言資料有一部分毀於砲火。但幸而他早有防備，事先把大部分的資料都埋在地下，因而逃過此劫。他最後的遺言是：他那些珍貴資料都要保存在學術研究機構。一直到晚年他都念念不忘他的研究工作，可說是至死方休。我們若說他的一生都奉獻給台灣的學術研究，絕不爲過。

我在1980-82年所發表的有關泰雅語群比較研究的幾篇論文，發現一些過去還沒有人觀察過的語言現象，當年還自以爲有一些創獲。近幾年前才看到在小川的筆記本中，他確實已注意到若干現象，只是他生前並沒有發表罷了。類似這樣的例子還不少。

2.1.2 小川尚義奠立了台灣語言學的堅實基礎

令人遺憾的是，小川的卓越貢獻在他生前國際學術界幾乎完全不知道，他的創獲並沒有受到當時國際學術界應有的肯定。例如，德國學者Otto Dempwolff (1934-38) 的南島語言比較研究鉅著竟然都沒有引用小川的研究成果，造成南島語言學史上的一大憾事。他的創見要等到他死後十多年，才引起美國名南島語言學者Isidore Dyen (1965) 的注意，並向西方學術界介紹。此後，凡是南島語言比較研究學者，如挪威的Otto Dahl，美國的Robert Blust, John Wolff, Stanley Starosta, Lawrence Reid，澳洲的Malcolm Ross等人，都很重視台灣南島語言的各種資料和現象。

語言學是一個冷門的學問，南島語言學更是冷門中的冷門。從事冷門的學術研究工作要耐得住寂寞。尤其難得的是，小川教授一生都在寂寞中度過。他的創獲雖然重要，當年卻得不到學術界的迴響，只有極少數日本學者，如馬淵東一，才稍微知道他的研究工作的重要性。小川卻能秉持對純學術的良知和愛好，一直堅持下去，這種精神確實值得我們的欽佩。何以他生前沒得到國際學術界應有的重視和尊敬呢？最主要的原因是，他的著作全部都用日文發表，沒有一篇用外文發表。因此，他在國際的知名度卻反而不如淺井惠倫、馬淵東一這幾位，他們同是日本學者，但都有一些論文用英文發表。他的研究工作也沒有受到當局和權威方面的保護或鼓勵，因爲他研究的對象並不是比較熱門的中國北方官話或通行南洋的馬來語（馬淵 1948）。稍可安慰他的一件事是，他和淺井合著的專書《原語による台灣高砂族傳說集》在1936年榮獲「恩賜賞」（日本天皇獎）。儘管他的學術貢獻並不爲當時國際學術界所知，但他對於國際學術界的動態和進展卻非常注意，也瞭如指掌。翻閱過他所留下的所有遺稿之後，對於他當時的處境和研究精神，我才有進一步的瞭解。

曹雪芹創作《紅樓夢》，前後花了十年的時間，都還沒完成。他自題詩道：「字字看來皆是血，十年辛苦不尋常。」小川教授對台灣語言的研究工作卻是前後有五十年之久，比起曹雪芹的創作更是艱苦備嘗了。他當年所冒的危險更非一般人所能想像。

台灣地區的南島語言種類繁多，大約有二十多種，彼此差異很大。在荷蘭據台時期（1624-1662）的短短38年當中，荷蘭傳教士爲我們留下了一些珍貴的平埔族語言資料，包括西拉雅和法佛朗語。可是在清朝治台二百多年間（1683-1895）卻沒有爲我們留下多少語言資料。眞正爲台灣地區的語言最早做有計劃的調查研究的，是在台灣割讓給日本之後，由小川尙義他一人單獨進行的。正如馬淵（1948）所說的，「小川教授就是以當時似可稱爲台灣唯一語言專家的身分，在這幾乎未有人開拓的荒野上，揮下了第一鋤。」（余萬居譯）那時語言學還沒有獨立成爲一個學科，語音學還在起步的階段，因此小川還要摸索如何用正確的語音符號去記錄實際的語言。從1897到1926年近三十年的時間，他大部分的時間都在從事日語（就是當時所稱的「國語」）教學和研究台灣閩南方言，主要的成果是編纂出版了《日台大辭典》（1907）、《台日大辭典》（1931, 1932）和《新訂日台大辭典》（1938）三大部工具書。

他積極對於台灣南島語言進行調查研究，是在1926年以後，之前他在這一方面的研究工作可說比較零碎，所發表的論文雖有十多篇，但眞正有份量的並不多。1930-1935年這五年間可說是豐收期，在這段時間他出版了三本袖珍小辭典（排灣、泰雅、阿美）和好幾篇重要的學術論文。他和淺井惠倫合作出版了劃時代的鉅著《原語による台灣高砂族傳說集》（1935），內容包括所有高山族語言，由小川負責：泰雅、賽夏、魯凱（大南社、talamakaw社）、排灣、卑南、阿美等七種語言，而由淺井負責賽德克、布農、鄒、卡那卡那富、沙阿魯阿、魯凱（下三社）、雅美等七種語言的語法概說及文本（texts），共783+55頁。這段期間他所發表的好幾篇論文都是有很重要的發現和創見：

(1) 小舌音 q 和舌根音 k 在排灣語及其他一些台灣南島語言顯然有別，可是在台灣地區以外 q 音大都已變成 h、χ 或 ʔ，或完全丟失。這種分別應該上推到古南島語（他當時管它叫做印度尼西安語）。

(2) 台灣南島語大都像排灣語一樣的區分 ts 類音和舌尖塞音 t，他把 t 叫做 t_1，ts 類音叫做 t_2。這種分別在台灣地區以外的語言全部都已消失了，可見台灣地區的語言保存了古語的特徵。同樣地，台灣地區的語言還保存另外兩種分別：一個是 d_1 和 d_2 的不同，另一個是 n_1 和 n_2（語音上多為邊音l），而這種區別在台灣地區以外也大都已消失了。第一種和第二種 d 在南洋的語言都一樣是 d，但根據台灣第二種類型的 d (d_2) 據他推測原爲捲舌音。第一種和第二種 n 在南洋群島的語言都是相同，大致都只是 n，但在台灣第二種 n 多爲邊音 l, ɬ，少數爲擦音 χ 或 ð。

(3) 南洋群島的語言都只有一種舌尖擦音 s，然而台灣地區的語言卻反映有兩種不同類型的 s。第一種類型各地區大致相同，但是第二種只有台灣地區的語言才保存爲 s 或 ʃ 音，在其他地區或變作h或消失。

(4) 台灣地區的語言 r_1 對應於南洋群島語言的 r, l, d，即RLD法則；r_2 對應於南洋群島語言的 r, g, h，即RGH法則。

(5) 台灣地區的語言保存不少構詞和句法上的特徵。

小川把動詞分爲兩大類，其中之一就是我們現在所說的名物化的（nominalize）動詞。第一類動詞以主事者當主格，稱爲「主體主」，第二類動詞以主事者當屬格，可細分爲三種：(1) 以受事者當主格，稱爲「客體主」，(2) 以處所當主格，稱爲「位置主」，(3) 以工具爲主格，稱爲「工具主」。此外，他又把動詞的變化類型分爲「現實式」（realis）與「非現實式」（irrealis）。

根據馬淵教授（1948）的追悼文，小川大規模調查台灣南島語言時，他年紀已經不小了（大約61歲），他的聽力已經退化了，不太靈光了。可是一到調查記音的時候，他的辨音能力就變得非常靈敏，即使微細的差別，他也能分辨得清清楚楚，使當時比他年輕26歲的淺井惠倫大爲驚服。這件事使我想起1993年元旦那天，我帶著一群國際南島民族學者到東部去參觀訪問，年近80歲的戴恩（Isidore Dyen）教授對於卑南、阿美、魯凱、排灣等各種語言，其辨音能力確實使我們年輕一輩的非常歎服。我在1970年首次調查魯凱語大南方言，事後對照小川的記錄，就發現我的記音有不少的錯誤。在記音和分析各方面，我都從小川教授的著作（以至他未發表的稿件）中學到很多寶貴的知識和經驗。

從小川的事蹟中，我們可以領會到他做學問很有眼光，視野寬闊。他不僅調查研究台灣地區的語言，而且積極收集南洋和亞洲大陸的語言資料，以資比較。因此，他才能理出不同地區的主要差異，並且進一步判斷哪些現象是原來古語就有的，哪些才是後起的。他那些資料都是自己親手整理、抄寫的，並沒有助理幫忙。我們現在從事研究工作的人要比他幸運多了。如果我們的研究成果還趕不上他，那就太慚愧了。

本人跟日本的土田滋教授都從事台灣南島語言的調查研究工作有三、四十年之久，最能體會小川尚義的傑出貢獻。爲了表示對他的崇高敬意，把我們兩人合編的《巴宰語詞典》（Li and Tsuchida 2001）奉獻給他。

日本人精神可佩的地方還不止於此。日本所任命的台灣總督上山滿之進退休時，把他所收到的「餞別金」（按當時的慣例，在總督退休時，凡是擔任公職的人都要提撥一部分薪資來贈送給他做為「餞別金」）全數都捐出來，送給台北帝國大學的土俗人種學研究室和言語研究室做爲調查研究費用。這一筆資金後來發揮了很大的作用，就是對台灣高砂族進行了人類學和語言學的全面調查研究，五年後出版了兩部劃時代的重要著作：移川子之藏、宮本延人、馬淵東一（1935）的《台灣高砂族系統所屬の研究》和小川尚義、淺井惠倫（1935）的《原語による台灣高砂族傳說集》，至今仍是相關領域的經典之作。可見日本大官也相當重視學術文化工作，不但大公無私，而且有眼光，盼望我國大官也能有這樣的眼光和胸襟。

2.1.3 小川的台灣南島語言調查研究資料

大約一百年前，小川就開始著手調查研究台灣南島語言了。在那個時代，尚有少數平埔族語言日常仍在正常地使用，包括巴宰語、邵語、噶瑪蘭語；此外還有一些平埔族語言雖然日常已經不講，但仍有一些老人還記得一些話。因此他當時的記錄就成爲非常珍貴的語言資料了。他生前雖然發表了不少重要的論文跟專書，但仍有大量的田野調查筆記未及整理出來，且另有一些未發表的稿件未及出版他就去世了（1947年11月20日）。

他那一批珍貴的語言資料到哪裡去了呢？據了解，他去世後，大約在1950年，在名古屋南山大學任教的淺井惠倫教授要求校方取得全部遺稿。在三十多年前（1975），我曾寫給日本名人類學家馬淵東一教授，向他請教那一批資料的下落。他回信說：他在南山大學任教時曾向該校同事打聽過，卻不得要領。顯然淺井一個人獨佔使用，別人都無法看到。淺井於1969年去世之後，由於他的遺囑、同事、門生等的共同努力，把他的語言學資料全部都由東京外國語大學亞非語言文化研究所取得並收藏。事後土田教授發現，不僅是淺井個人所蒐集的台灣南島語言資料，而且有很多是小川所做的田野筆記，未發表稿件，以及不少相關的參考資料，同時也

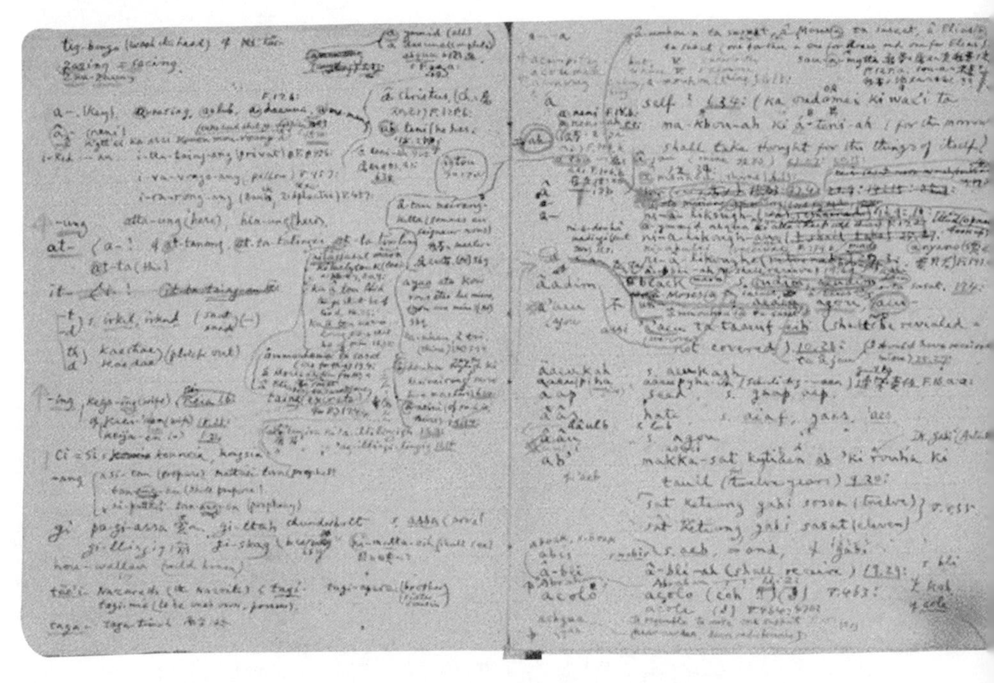

小川尚義的研究筆記

摻雜了其他資料，包括少數伊能嘉矩的手稿在內。根據那一批資料，後來土田教授整理出一部專書《西部平埔族語言比較詞彙表》（Tsuchida 1982，英文）出版，此外又發表了一篇重要的論文〈龜崙：台灣另一種南島語言？〉（Tsuchida 1985，英文）。

1999年6月，我首次到東京外國語大學去看那一批資料。乘此機會，我跟土田教授聯袂到名古屋南山大學人類學研究所，去看他們所保存的三大箱所謂淺井的資料。很意外地，我們發現那一批資料全部都是小川個人所留下的語言研究資料，眞令我們非常驚喜。那一批珍貴的台灣南島語言資料被埋沒了半個世紀之久才又出土！沒有被當廢紙丟棄已是萬幸了！從那一次起，我幾乎每年都到日本東京外國語大學跟名古屋南山大學去一次，每次待個把禮拜，查閱那些語言，重要的也都影印攜回台北做整理跟分析。至今我們已在東京外國語大學出版了一部小川所整理的專書*English-Favorlang Vocabulary*（2003），有本人寫的前言；另有一部也是小川整理的專書，《台灣蕃語蒐錄》（2006），也有本人的前言，也已在該校出版了。本人跟東京外國語大學以及名古屋南山大學合作執行了一個專題研究計畫，「日治時期日本學者對台灣南島語言的調查研究資料」，為期三年（2001/7/1-2004/6/30），目前正在執行另一個研究計畫，「平埔族群：已消失語言資料的收集和研究」（2008/8/1-2010/7/31），都獲得蔣經國學術交流基金會的資助。東京外國語大學亞非語言文化研究所也瞭解那一批資料的重要性，已把絕大部分的資料（含東京跟名古屋的）都掃瞄並上網，也把我所整理出來的目錄及各件主要內容說明都上了網，以方便有興趣的學者隨時上去查尋。❷

2.1.4 小川對漢語研究的貢獻

最早對台灣的漢語方言（閩南語和客語）做普遍調查研究的也是小川教授。他調查研究的主要成果都發表在他所出版的專書中。例如在他那部《日台大辭典》（1907）中所附的「台灣言語分布圖」（請見書前附圖），真可以說是有史以來的第一

❷ 網址為http://jcs.aa.tufs.ac.jp/Asai，查目錄的網址為http://jcs.aa.tufs.ac.jp/Asai/catalog/。

張圖，也是非常珍貴的一張圖，既詳細又精確。大約在一百年前，台灣還是農業社會型態，居民較少做大規模的遷徙，因此這張圖頗能反映早期閩、客人從福建移民到台灣的聚落型態，它有很高的學術參考價值。那張地圖顯示當時的台灣閩、客語分布，跟他後來在1935年出版的專書中所附的「台灣高砂族言語分布圖」（請見書前附圖）同樣地都是第一張。在閩、客語這一方面的研究工作，他所做的工作不但多，而且品質也都很高。

爲了瞭解閩、客語在漢語史中的地位，他廣泛地收集了各種漢語方言資料，而且親自到中國大陸去實地調查，包括長江中下流跟福建等地。他所做的漢字音比較研究（1907），就是採用西方發展出來的現代語言學的研究方法跟歷史比較方法。他的古今漢字音對應表，包括各種漢語方言以及漢字域外譯音的資料，也是漢語語言學史上最先做出來的古今漢字音對應表，比瑞典漢學家高本漢（Bernhard Karlgren）在1915年發表的博士論文《中國音韻學研究》（Études sur la phonologie chinoise）還早了八年（參見洪惟仁 1994）。因此，小川不僅是台灣語言學先驅，他也是漢語史和漢語方言調查研究的開拓者。他就是最先引進西方的現代語言學方法來研究漢語跟南島語言的最大功臣。他的學術研究品質是國際一流的，可是他的傑出貢獻在當時的國際學術界並不知情，而沒有善加引用，實在令人惋惜。

雖然小川對於台灣南島語和漢語這兩大領域的研究都是開拓性的，但他一生澹泊名利，儘管他的著述極爲豐富，除了他所發表的數十篇論文以外，他負責編著的好幾部專書都不是用他的名義出版的；大部頭的書《日台大辭典》（1907）、《台日大辭典》（1931, 1932）和《新訂日台大辭典》（1938），較小部頭的辭書《日台小字典》（1898）、《日台小辭典》（1908）和《台日小辭典》（1932），都是以「台灣總督府」的名義出版。他跟淺井合寫的鉅著《原語による台灣高砂族傳說集》也只是以「台北帝國大學言語學研究室」的名義出版。如果不看序文或編輯說明，我們無從知道這些專書的眞的著作人就是小川尚義教授而埋沒了他的功績（參見洪惟仁前引文）。

2.2 淺井惠倫（1895-1969）

淺井比小川小26歲，是第二代；小川於1936年從台北帝國大學退休時，由淺井接任。他們兩人對台灣南島語言有過全面性的調查和研究，他們合作出版的大部頭專書《原語による台灣高砂族傳說集》（1935），涵蓋所有的十二種高砂族語言和主要方言（但不含平埔族語言），語言資料之豐富至今仍然

淺井惠倫

首屈一指，至今無人能出其右。這兩位日治時代的日本語言學者，對於台灣各地區的各種平埔族群的語言也都有全面性的調查和記錄，雖然所發表的相關論著並不多，但是卻爲後世留下了一批非常珍貴的各種平埔族群語言資料。他們兩人的資料，現在都保存在日本東京外國語大學亞非語言文化研究所和名古屋南山大學人類學研究所這兩處。爲了紀念這兩位學者對台灣南島民族研究的貢獻，日本東京外國語大學亞非語言文化研究所於2005年3月在該所展出「台灣資料展」，並舉辦「台灣原住民研究：日本と台灣における回顧と展望」（關於日本和台灣的回顧與展望）國際研討會；後來又於2006年9月在大阪國立民族學博物館展出1930年代小川和淺井所蒐集的資料，包括田野筆記、契約文書、照片、錄音、錄影等。

淺井所發表的論著中，以他跟小川合著的專書「傳說集」最爲有份量，也最重要。他們所蒐集的文本（texts）並沒有全部都收進去。其他論文，包括他在荷蘭萊頓大學完成的博士論文「雅美語研究」（Asai 1936）以及在1953年出版的「賽德克語」（Asai 1953），從今天的觀點看來，都沒有什麼了不起的創獲。他最大的貢獻並不在他已發表的那幾篇論文或專書，而是在及時搶救平埔族群語言的調查工作（淺井 1937），尤其是有關大台北地區的Basay語言資料，蘭陽平原社頭（Trobiawan方言）十三篇文本和一些歌謠，非常珍貴。要不然，我們今日對Basay語法就毫無所知了。對於荷蘭時代傳教士所留下的平埔族語言文獻資料，淺井（1938）和Asai

(1939) 也有推介和保存之功。他的興趣很廣泛，除語言學以外，對民俗學、體質人類學、文學也都有興趣和相當的造詣。除了調查台灣南島語言，他也調查過菲律賓、中南半島和新畿內亞的語言。他做田野調查，除了文字記錄，也喜歡錄音、攝影和錄影。這在他那個時代可說是很先進的，但很辛苦。他爲原住民傳統歌謠錄製了三張唱片，公開發行。巴賽族發音人講傳說故事的錄影就是他留下的。這些都很珍貴。

淺井在保存台灣南島語言資料方面，也是功不可沒。小川於1947年去世之後（約1950年），淺井在南山大學安排向其家屬取得小川生前所留下所有的相關語言資料，包括田野筆記、未發表手稿等等，有好幾百件，分裝幾十大箱。那批珍貴的語言資料，小川曾經費盡心機把它們都埋藏在地下，才能逃過第二次世界大戰末期砲火的浩劫。後來淺井大概陸續取件回他自己的住處去作參考，所以小川的語言資料就跟他自己的資料都混在一起，但從署名或筆跡我們都可以判定是誰的資料。淺井於1969年去世之後，東京外國語大學亞非語言研究所向他的家屬取得全部的資料。留在南山大學宗教人類學研究所的就是淺井那幾年沒帶回去的那一部分，直到1999年才被本人和土田滋教授所發現（參見Li 2000）。

儘管他擁有很豐富的各種語言資料，從1940年到1969年他去世這三十年期間，淺井並沒有發表多少有關台灣南島語言的論文，原創的論著更是沒有，這是相當令人遺憾的事。除了他自己所調查蒐集的語料之外，小川畢生苦心耕耘的研

究成果也都掌握在他一個人的手中，卻沒有善加利用，實在非常可惜。參見土田滋（1970）的〈故淺井惠倫教授とアウストロネシア言語學〉（故淺井惠倫教授及其南島語言學研究）。

2.3 土田滋（1934-）

第二次世界大戰結束之後，對台灣南島語言研究最有貢獻的日本學者就非土田滋教授莫屬了。從1962年起至今47年來，他對台灣各種南島語言的調查研究工作幾乎持續不斷，而且有全面性的掌握。他所蒐集的各種語言資料之豐富、記音之精確以及他的廣泛認識，很少人能比得上他。他的博士論文*Reconstruction of Proto-Tsouic Phonology* (1976) 是對台灣南島語言比較研究的第一部書，是開創性的重要著作，廣爲國際南島語言學界所引用。除了鄒語群以外，他所發表有關台灣南島語言的論文或專書包括：賽夏、卑南、西部平埔族群、龜崙、西拉雅、卡那卡那富、巴宰、噶瑪蘭等等。其實1988-1993年間，他在東京出版的《言語學大辭典》陸續撰文介紹各種台灣南島語言。他在1983年所繪製的台灣南島語分布圖是自小川、淺井（1935）以來第一次全面更新的分布圖，至今仍然常被引用。土田可說是第三代最重要和最有貢獻的日本語言學者。最近幾年來他跟本人合作編寫了幾部詞典，已出版的《巴宰語詞典》（Li and Tsuchida 2001）和《噶瑪蘭語詞典》（Li and Tsuchida 2006），也合作出版了《巴宰族傳說歌謠集》（Li and Tsuchida 2002），正在編纂中的《卡語詞典》和《沙語詞典》，最近也合寫了一篇論文（Li and Tsuchida, to appear）。

1970年我第一次跟土田認識以來，我們一直是很合得來的朋友。在研究台灣南島語言這個領域，他給我的協助最多，對我的研究工作影響也最大。沒有他，我的研究之路一定更難走和更寂寞。台灣南島語言研究書目在1968年以前的都是由他編輯的，受惠的人絕不止我一人。1970年他親自陪同我到埔里愛蘭去拜訪巴宰族潘啓明先生，經由潘的介紹我才認識我的第一位發音人王伊底女士（Itih）。魯凱語茂林鄉的「下三社」方言，也是當年他告訴我如何看地圖到那裡去找人，而且給了我他所記錄的茂林村Maga方言和霧台鄉好茶方言的詞彙表，我於1971年去調查茂林鄉的三個方言就省事多了。我1979年開始調查泰雅語，次年夏天他到台灣來做泰雅各種方言調查。是他先發現幾個較特殊的方言，包括四季方言、苗栗縣泰安鄉清安方言（洗水坑）、萬大方言等。承他告訴我四季方言保持 *c* 和 *s* 的分別，-*x* 對應 Squliq方言的-*w*，清安方言保存語詞尾的濁音 -*b* 和 -*g* 等幾件重要的發現。因此後來我去調查汶水方言，才發現不但保存 *c* 和 *s* 的分別，而且保持重音前的各種元音，更進一步發現有男性語詞形和女性語詞形的差異，而且語法方面有豐富的格位標記系統。要不是有他坦誠的告訴我他所發現的重要方言現象，我也不太可能於1980年就發表〈泰雅語音韻規律〉（英文，Li 1980），並於1981年發表〈古泰雅音韻的構擬〉（英文，Li 1981），以及後來陸續發表的一系列論文。黃美金以汶水方言寫成專書（Huang 1995）並以它升等爲正教授，可說間接地拜土田教授之賜。1992年起，我爲宜蘭縣史系列叢書撰寫《宜蘭縣南島民族與語言》（李壬癸 1996）的過程中，土田教授協助我在東京外國語大學找到許多宜蘭地區的平埔族語言資料，也就是淺井於1936年所記錄的噶瑪蘭語各種方言的詞彙和文本資料，以及巴賽語（宜蘭社頭和台北新社）的詞彙和文本資料。那一批田野筆記留下了這兩種平埔族群極爲珍貴的語言資料，因爲在二十世紀中葉以前在宜蘭地區的就都已消失了。我那時才能撰成內容較完整的一部專書，該書後來還榮獲行政院國家科學委員會頒發的傑出獎。

更重要的是，小川和淺井的各種台灣南島語言資料保存在東京外國語大學和南山大學，也是透過土田教授的介紹，

日月潭調查邵語（左起：土田滋、李壬癸、石阿松、簡史朗）

我才有機會去瞭解和取得那些珍貴的語言資料（參見三尾、豐島編 2005），我們才能執行兩個國際合作的研究計畫。自2001年以來，我的研究資料就豐富了許多，研究項目也擴充了許多。我能夠同時聘僱幾位專任助理，接連忙了這些年，也都是因爲擁有那批珍貴的台灣南島語言資料之故。

土田教授曾經在菲律賓待過一段時間（1961/6-1962/12），當菲律賓大學的研究生，在馬尼拉調查過四種菲律賓語言：Itbayat, Ibanag, Sambalese, Hiligaynon。因此，他的調查研究並不侷限在台灣南島語言。他認爲巴丹群島的Itbayat語言很重要，因此後來山田幸宏教授才去做詳細的調查研究。

可惜的是，土田教授爲了生活上的需要，退休後仍然必須專任教職而花掉他很多寶貴的時間，以致沒功夫多寫論文，這是南島語言學界的損失。

2.4 森口恒一

森口恒一先後調查研究過的台灣語言包括噶瑪蘭、雅美、布農等三種，所發表的論文或調查研究報告有十多種，以資料性居多，而且以他在語言資料提供方面的貢獻也較大，本人在這一方面的受益也較多。我研究大台北地區的平埔族語言巴賽（Basay）語法時，爲瞭解淺井所記錄的文本，常要參考森口所整理的兩種巴賽語詞彙表：*Basai-English-Japanese-Trobiawan Vocabulary*和*English-Basai-Japanese-Trobiawan Vocabualry*（Tsuchida, Yamada and Moriguchi 1991）。他這兩種詞彙表是根據淺井的田野調查筆記（1936-37）逐條輸入電

左起：森口恒一、清水純、土田滋、作者

腦而成的。有了這兩種詞彙表，要解讀巴賽文本就容易得多了。也因此我才可能於1999年正式發表Some Problems in the Basay language (Li 1999) 一文。

森口是唯一調查過巴丹群島各種方言的人，包括蘭嶼雅美語的朗島方言、巴丹群島的Isamorong方言，Babuyan巴布延群島的Babuyan方言，有詞彙也有句子和文本（Tsuchida *et al* 1987, 1989）。本人1996年到巴丹群島去調查巴丹群的方言時，受益良多。他是極少數親自到過Babuyan島去調查Babuyan方言的語言學者。我們要感謝他所提供的語言資料。此外，布農語北部方言較少人調查研究，他所發表的北部布農文本（Moriguchi 2001, 2005, 2007）又爲南島語言學界提供了很需要的相關語言資料。

森口的興趣包括語言學和人類學，因此他若干論文就是從這兩種學科的觀點去探討問題，例如Moriguchi (1995)。他研究的語言包括數種台灣和菲律賓南島語言，視野尚稱寬廣。但他發表的著作數量並不算很多。

2.5 月田尚美

月田原先是調查研究阿美語馬太安方言和Sakizaya方言的語法，她的碩士論文寫的就是「阿美語馬太安方言的詞綴」（英文，Tsukida 1993），從1991到1993年她所發表的四篇論文都是有關阿美語法。此後她的興趣轉向賽德克太魯閣方

月田尚美（左）與土田滋

言，從1995到2006年正式出版的就有六篇論文。她的博士論文也是寫太魯閣方言，於2009年完成並通過口試。她的語法學訓練相當不錯，對於太魯閣句法的分析已有不少的創獲。難得的是，她學會了講太魯閣方言，不必透過翻譯，這對於她的調查研究工作有很大的便利和佔優勢。她在四年前結婚（2005/3）並育有一女（2006/7），她博士論文的進度顯然受到影響和延誤。

2.6 野島本泰

野島對布農語南部方言調查研究了多年，對它的語言結構系統有良好的掌握，而且也學會講該方言。除了他在1994年完成的碩士論文「布農語南部方言動詞的構造」（日文，Nojima 1994）以外，他後來又發表了三篇相關的論文。他所觀察的布農語動詞現象很有意義，例如他的Lexical prefixes of Bunun verbs (Nojima 1996) 對動詞前綴有清楚的界定。他所撰寫的博士論文，可惜仍未完成。

因爲野島會講布農語南部方言，若由他去調查研究卡那卡那富和沙阿魯阿兩種語言，會有很大的便利。可惜他這些年來因卡在博士論文這一關，使他的調查研究工作沒什麼進展。

3. 結語

日本語言學者對台灣南島語言研究的貢獻是有目共睹的。小川尚義是這個領域的先驅者，由他奠定深厚的學術研究基礎。他一生都奉獻給台灣南島語言學，而且很有眼光。後人都是在他所建立的基礎之上再向前推進或開拓新的研究方向。他所發表的比較研究論文都很有創獲，也贏得國際南島語言學界高度的肯定；可惜他都以日文發表，在他生前並沒有獲得應有的國際迴響。可是後人很幸運地能夠承繼他的遺著和遺稿，也是幸虧他費心採取必要的措施以保護他那批珍貴的語言資料，才能免於二次大戰砲火的浩劫。至少我個人對他是充滿感激之情的。

淺井惠倫對於台灣南島語言研究也是有他的貢獻，尤其對於北部平埔族語言的調查，包括巴賽語和噶瑪蘭語文本的記錄和保存，他當年所做的語言和錄影工作是開創性的，但是非常艱苦（要帶著笨重的設備到交通極不方便的地方去），值得後世的讚揚。小川於1947年去世之後，淺井設法取得他的全部遺稿及相關的各種語言資料，其保存之功不可沒。

土田滋對於台灣南島語言學的貢獻，可說僅次於小川尚義。他的調查研究工作態度嚴謹，數十年如一日。他早年爲國際南島語言學界（如Isidore Dyen, Otto Dahl等）提供很重要的台灣南島語言資訊。國際南島語言學界（包括Robert Blust, Stanley Starosta, Malcolm Ross, John Wolff 等）會重視台灣南島語言，土田教授也是一位重要的功臣。

小川、淺井、土田對各種台灣南島語言都有全面性的調查研究和掌握，而比土田年輕一代或兩代的，如森口、月田、野島等人，都只對少數幾種語言做較深入的調查研究，卻不像老一輩的那樣有全面性的掌握。這豈止是年齡上的差異所能解釋的？此外，在月田和野島之後，並沒有新人對台灣南島語言有興趣。東京外國語大學亞非語言文化研究所自從土田離開之後，就再也沒有人對這一方面的研究有興趣，都是令人遺憾的事。

台灣南島語言學界對日本語言學者的貢獻，應給予高度的肯定和讚賞。我們自己也要更加倍努力才對得起他們的奉獻。

（本文於2009年發表於《台灣語文研究》第四期）

參考書目

三尾裕子、豐島正之編（Mio, Yûko and Toyoshima, Masayoshi, eds.）

2005 《小川尚義、淺井惠倫台灣資料研究》。東京外國語大學アジア・アフリカ言語文化研究所。

土田滋（Tsuchida, Shigeru）

1970 〈故淺井惠倫教授とアウストロネシア言語學〉，《通信》第10號，2-4。東京外國語大學アジア、アフリカ言語文化研究所。漢譯文見黃秀敏譯、李壬癸編審 (1993)。

土田滋、山田幸宏、森口恒一

1991 《台灣・平埔族の言語資料の整理と分析》。東京大學文學部。

小川尚義（Ogawa, Naoyoshi）

1907 〈日台大辭典緒言〉，《日台大辭典》，1-212。台灣總督府。

1930 《パイワン語集》。台北：台灣總督府（1930:3）。

1931 《アタヤル語集》。台北：台灣總督府。

1933 《アミ語集》（1933:6）。台北：台灣總督府。

小川尚義，淺井惠倫（Ogawa, Naoyoshi and Asai, Erin）

1935 《原語による台灣高砂族傳說集》。台北：台北帝國大學言語學研究室。

月田尚美（Tsukida, Naomi）

1993 《アミ語ファタン方言の動詞接詞》。東京大學院修士論文。

平山勳（Hirayama, Isao）

1936 《ファボラン語彙》。台灣社會經濟史全集，第15分冊。台北：台灣經濟史學會。

安倍明義（Abe, Akiyoshi）

1930 《蕃語研究》（1930:12）。台北：蕃語研究會。

1938 《台灣地名研究》。台北：蕃語研究會。

江口貞吉（Eguchi, Sadakichi）

1932 《花蓮港蕃語集》。花蓮港：花蓮廳警察文庫（1932:12）。

佐佐木達三郎（Sasaki, Tatsusaburô）

1918 《國語びき蕃語辭典前篇》（1918:3）。台北：台灣總督府。

佐藤豐明（Satô, Toyoaki）

1931-5〈阿眉語錄 （一）~ (七)〉，《南方土俗》1.2:89-114 (1931:7)，1.3:69-80 (1931:11)，1.4:53-82 (1932:4)，2.1:63-93 (1932:12)，2.3:49-69 (1933:10)，3.2:83-122 (1934:11)，3.4:49-69 (1935:8)。

李壬癸

1996a《宜蘭縣南島民族與語言》。宜蘭：宜蘭縣政府。

1996b〈台灣語言學先驅〉，《宜蘭縣南島民族與語言》，240-244。宜蘭縣政府。

2002 〈新發現十五件新港文書的初步解讀〉，《台灣史研究》9.2:1-68。

2004 〈台灣語言學先驅——小川尚義〉，《國語日報》書和人第1004期，93年5月22日。

2010 《新港文書研究》。中央研究院語言學研究所《語言暨語言學》專刊甲種之34。

村上直次郎（Murakami, Naojirô）

1930 〈台灣蕃語文書〉，《台灣文化史說》1:121-160; second edition in one volume (1935) 1:121-162。（台南：台灣文化三百年紀念會）。

1933 *Sinkan Manuscripts*《新港文書》。台北帝國大學文政學部紀要第二卷第一號。

赤間富三郎（Akama, Tomisaburô）

1932 《セダッカ蕃語集》(1932:9)。台中：台中州警務部。

金須文彌【等】（Kanasu, Bun'ya *et al.*）

1932 《蠻蕃ブヌン語集》。台中：台中州警務部（1932:9）。

帝國學士院（l'Académie Impériale）

1941 《高砂族慣習法語彙》。Tokyo: L'Académie Impériale. Reprinted in Taipei 1992。

洪惟仁

1994 〈小川尚義與高本漢漢語語音研究之比較——兼論小川尚義在漢語研究史上應有的地位〉，《台灣史研究》1.2:25-84。

馬淵東一（Mabuchi, Tôichi）

1948 〈故小川尚義先生とインドネシア語研究〉，《民族學研究》13.2:160-169。

馬場藤兵衛（Baba, Tôbei）

1931 《タイヤル語典》(1931:4)。新竹州：新竹州警察文庫。

高本漢著，趙元任、羅長培、李方桂譯

1930 《中國音韻學研究》。商務印書館。

淺井惠倫（Asai, Erin）

1937 〈熟蕃言語の調查〉，《南方土俗》4.3:55-56 (1937:5)。漢譯文見黃秀敏譯、李壬癸編審（1993）《台灣南島語言研究論文日文中譯彙編》。

1938 〈和蘭（オランダ）と蕃語資料〉，《愛書》10:10-31 (1938:4)。漢譯文見黃秀敏譯、李壬癸編審（1993）。

移川子之藏

1935 《台灣高砂族系統所屬の研究》。台北帝國大學土俗人種學研究室。

野島本泰（Nojima, Motoyasu）

1994 《ブヌン語（南部方言）における動詞の構造》。Unpublished MA thesis, University of Tokyo.

1995 〈ブヌン語のvoice〉。*Tokyo University Linguistic Papers (TULIP)* 14:743-758.

2006 〈ブヌン語における動詞類別〉，《東ユーラシア言語研究》1:378-388。東京。

黃秀敏譯，李壬癸編審
1993 《台灣南島語言研究論文日文中譯彙編》。台東：國立台灣史前博物館籌備處。

森口恒一（Moriguchi, Tsunekazu）
1977 〈數詞からみた高砂族とフィリッピン諸族の言語〉，《日本民族と黑潮文化》，318-331，黑潮文化の會編角川選書91。東京：角川書店。
1980 〈ヤミ語〉，《黑潮の民族・文化・言語》，308-386，黑潮文化の會編。東京：角川書店。
1995 〈フィリピン・台灣高砂諸語における「主語」と「主題」〉，《言語研究》107:87-112。

森丑之助（Mori, Ushinosuke）
1909 《ぶぬん蕃語集》。台北：台灣總督府民政部蕃務本署（1909:4）。（書評）鳥居。〈《ぶぬん蕃語集》〉，《人類學雜誌》25.290:319-320 (1910:5)。

飯島幹太郎（Îjima, Mikitarô）
1906 《黥蕃語集》(1906:3)。台北：台灣總督府警察本署。

台中州警務部
1932a《巒蕃ブヌン語集》。Part I，Part II。
1932b《セーダック蕃語集》。

台東廳警務課
1914a《ヤァミ蕃語集》。
1914b《ツァリセン蕃語集》。
1914c《アミ蕃語集》。
1914d《プユマ蕃語集》。

樋口陸郎（Higuchi, Mutsuo）
1923 《パイワン蕃語集》。

Asai, Erin（淺井惠倫）
1936 *A study of the Yami language, an Indonesian language spoken on Botel Tobago Island*. Leiden: J. Ginsberg.

1939 Gravius's Formulary of Christianity in the Siraya Language of Formosa. In Erin Asai, ed., 《台北帝國大學文政學部紀要》, Vol.4, No.1.

1953 *The Sedik language of Formosa*. Kanazawa: Cercle Linguistique de Kanazawa, Kanazawa University.

Dempwolff, Otto

1934-38 *Vergleichen de Lautlehre des Austronesischen Wortschatzes*. Berlin: Deitrich Reimer.

Dyen, Isidore

1965 Formosan evidence for some new proto-Austronesian phonemes. *Lingua* 14:285-305.

Huang, Lillian M.（黃美金）

1995d*A Study of Mayrinax Syntax*. Taipei: The Crane.

Li, Paul Jen-kuei（李壬癸）

1980 The phonological rules of Atayal dialects. *BIHP* 51.2:349-405.

1981 Reconstruction of proto-Atayalic phonology. *BIHP* 52.2:235-301.

1999 Some problems in the Basay language. In Elizabeth Zeitoun and Paul Li, eds., *Selected Papers from the Eighth International Conference on Austronesian Linguistics*, 635-664. Symposium Series of the Institute of Linguistics (Preparatory Office), No.1. Taipei: Academia Sinica.

2000 Formosan language materials by Ogawa at Nanzan University. 《台灣史研究》5.2:147-158. Also appeared as〈南山大學所藏小川尚義による台灣原住民諸語資料〉，《南山大學人類學研究所通信》No.8:2-7.

Li, Paul J. K. and Shigeru Tsuchida（李壬癸，土田滋）

2001 *Pazih Dictionary*《巴宰語詞典》. Institute of Linguistics (Preparatory Office), Academia Sinica Monograph Series No.A2.

2002 *Pazih Texts and Songs*《巴宰族傳說歌謠集》. Institute of

Linguistics (Preparatory Office), Academia Sinica Monograph Series No.A2-2.

2006 *Kavalan Dictionary*《噶瑪蘭語詞典》. Institute of Linguistics, Academia Sinica Monograph Series No.A19.

To appear. Yet more Proto-Austronesian Infixes. In Bethwyn Evans, ed., *Discovering History through Language: Papers in Honour of Malcolm Ross*. Pacific Linguistics. Canberra. (in press)

Moriguchi, Tsunekazu（森口恒一）

1995 Linguistic and anthropological analysis of avoidance in Bunun, Taiwan. *Tokyo University Linguistics Papers* (TULIP) 14:23-47.

2001 Northern Bunun texts.《フィリピン北部、台灣中南部の少數民族の民間傳承に關する言語學的・人類學的調查研究》，5-132。研究成果報告書。

2005 Bunun texts No.2. *Batanes Islands and Taiwan: Essays in Honor of Prof. YAMADA, Yukihiro on His Seventieth Birthday*, 165-250. 靜岡大學人文學部。

2007 Northern Bunun texts No.3.《台灣、北部フィリピンの少數民族の口頭傳承に関する言語學的、人類學的調查研究》，1-80。研究成果報告書。

Nihira, Yoshiro（仁平芳郎）

1988 *A Bunun Vocabulary, A Language of Formosa*. Tokyo (Privately published).

Nojima, Motoyasu（野島本泰）

1996 Lexical prefixes of Bunun verbs.《言語研究》110:1-27.

Ogawa, Naoyoshi（小川尚義）

2003 *English-Favorlang Vocabulary*, edited by Paul Jen-kuei Li. Asian and African Lexicon Series No.43, Research Institute for Languages and Cultures of Asia and Africa, Tokyo University of Foreign Studies.

2006 《台灣蕃語蒐錄》[A Comparative Vocabulary of Formosan

Languages and Dialects], edited by Paul Jen-kuei Li and Masayuki Toyoshima. Asian and African Lexicon Serieds No.49. Research Institute for Languages and Cultures of Asia and Africa, Tokyo University of Foreign Studies.

Tsuchida, Shigeru（土田滋）

1976 *Reconstruction of Proto-Tsouic Phonology.* Tokyo: Study of Languages & Cultures of Asia & Africa, Monograph Series No.5, Tokyo University of Foreign Studies.

1982 *A Comparative Vocabulary of Austronesian Languages of Sinicized Ethnic Groups in Taiwan, Part I: West Taiwan.* 東京大學文學部研究報告7，語學・文學論文集。

1983 Austronesian languages in Taiwan (Formosa). In S.A. Wurm and Shirô Hattori [服部四郎], eds., *Language Atlas of the Pacific Area. Pacific Linguistics* C-66/67. Canberra: The Australian National University.

1985 Kulon: Yet another Austronesian language in Taiwan? *Bulletin of the Institute of Ethnology* 60:1-59.

Tsuchida, Shigeru, Ernesto Constantino, Yukihiro Yamada and Tsunekazu Moriguchi（土田滋、Ernesto Constantino、山田幸宏、森口恒一）

1989 *Batanic Languages: Lists of Sentences for Grammatical Features.* Tokyo: University of Tokyo.

Tsuchida, Shigeru, Yukihiro Yamada and Tsunekazu Moriguchi（土田滋、山田幸宏、森口恒一）

1987 *Lists of Selected Words of Batanic Languages.* University of Tokyo.

Tsukida, Naomi（月田尚美）

1991 Verbal affix of Fata'an-Amis: *MI-* and *MA-*. *Tokyo University Linguistic Papers* (*TULIP*) 12:119-144.

1993a A brief sketch of the Sakizaya dialect of Amis. *Tokyo University*

Linguistics Papers (*TULIP*) 13:375-413.

1993b The use of the *-en* form in Fataan-Amis. *Asian and African Linguistics* 22:123-140.

1995 Texts in the Truku dialect of the Sediq language. *Asia and African Linguistics*. 24:103-148.

1999 Locative, existential and possessive clauses in Seediq. In Elizabeth Zeitoun and Paul Li, eds., *Selected Papers from the Eighth International Conference on Austronesian Linguistics*, 597-634. Symposium Series of the Institute of Linguistics (Preparatory Office), No.1. Taipei: Academia Sinica.

2000 The CX-un and CX-an forms in Seediq. In Ritsuko KIKUSAWA and Kan SASAKI, eds., *Modern Approaches to Transitivity*, 53-78. Tokyo: Institute for the Study of Languages and Cultures of Asia and Africa, Tokyo University of Foreign Languaegs.

2003 Verbs and their complements in Seediq (1). In Takumi IKEDA, ed., *Basic Materials on Minority Languages in east and Southeast Asia*, 1-14. Kyoto.

2005 Seediq. In Alexander adelaar and Nikolaus P. Himmelmann, *The Austronesian Languages of Asia and Madagascar*, 291-325. Routledge.

2006 Adverbial function of Seediq Conveyance voice future form. In Henry Y. Chang, Lillian M. Huang, and Dah-an Ho, eds., *Streams Converging into an Ocean: Festschrift in Honor of Professor Paul Jen-kuei Li on His 70th Birthday*, 185-204.

2008 Verb classification in Amis. In Mark Donohue and Søren Wichmann, eds., *The Typology of Semantic Alignment,* 277-293. Oxford University Press.

2009 《セデック語（台湾）の文法》[Seediq Grammar]. PhD dissertation, Tokyo University.

第三篇

台灣南島語言的研究方法

台灣南島語言的田野調查

摘要

本文討論台灣南島語言各層次語言資料的搜集：辭彙、句法、文本、歌謠等，並舉例說明。在前言部分強調事前準備工作的重要，進行田野調查時要有工作目標，並儘量把握機會多做。最後以田野調查經驗的點滴和讀者分享，慎選好的發音人是一件特別要注意的事。

關鍵字：南島語、辭彙、句法、文本、歌謠、發音人

0. 前言

自從1970年夏以來，我對各種台灣南島語言和主要方言做田野調查工作已有三十多年的歷史了。今把我所累積的若干經驗和心得講出來，或許對於有志於語言田野調查工作的年輕學者有一點幫助，可以避免我所犯的錯誤，使田野調查工作更為順利一些。

田野調查前的準備工作非常需要，包括所要訪問物件的接洽和安排，所要攜帶的相關參考資料，錄音（或錄影）器材的準備，相關背景資料的閱讀等等。多一分準備工作就可以減少到田野工作時的遺憾。我在進行田野工作時，常會這樣責備我自己，「爲什麼事前沒有想到把某件參考資料一起帶來？」田野調查地點往往離家遙遠，往返費時，而且所費不貲。總之，事前的充分準備，可以事半功倍。

發音人（報導人）的好壞影響田野調查工作的成效和語料的品質。因此愼選好的發音人便成爲調查人的一項重要工作。在做語言調查時，如果發現有一位發音人能夠提供很重要的語言資料，就要好好把握機會，儘量跟他多做，最好別以爲下次還有機會。今略舉幾件我常引以爲憾的事。1976年春，我調查賽夏語時，發現只有五峰鄉一位老先生（朱添福先生）還保存閃音L（如*Langaw*「蒼蠅」，*kaLang*「蟹」），我跟他工作了兩次，搜集了數百個辭彙和若干文本資料，第三次再去找他時就已過世了，我很後悔，常引以爲憾事。同樣地，1978年8月，我調查鄒語，在久美找到一位老先生（吉太平先生）還保存r音（如rimo「五」），跟他工作了三天，搜集了約八百個語詞。後來再去找他時，他的健康已欠佳，無法再跟我工作了。以上所舉的兩個例子，賽夏語的閃音來自古南島語的*l和*R（李壬癸（Li, 1978）），鄒語的 r 音來自古南島語的*l（李壬癸（Li, 1979）），都是重建古語的重要資訊，在其他賽夏和鄒語的方言都已消失或改變了。

做田調有如探險一般，隨時都可能有令人驚喜的發現。

正在調查霧社方言的作者（右一）

能有這種興致和體會的人，才能以田野調查工作爲樂。1979年12月，我無意中在苗栗縣泰安鄉發現：泰雅語汶水方言具有男性語言和女性語言的差異，後來因而解決了泰雅語群令國際南島語言比較學者納悶已久的一個構詞方面的學術問題（李壬癸（Li, 1980, 1982））。

1. 各層次語言資料的搜集

各層次語言資料，包括：辭彙、句法、文本（text）、歌謠等等，都可以搜集。對相關的語言背景愈瞭解，所能搜集的語言資料也就愈豐富和完整。剛開始做田野調查時因爲還在摸索階段，所得的語言資料有限，所能觀察的現象也受到局限。當田野工作者對於一個語言的結構系統和文化背景有進一步的瞭解時，他所能搜集的語料就會逐漸豐富起來。

1.1 辭彙

辭彙資料可以從文本中去採集，也可以分類（如自然環境、動物、植物、身體各部名稱、親屬稱謂、動詞、代名詞、數詞等等）去問發音人（報導人）。從文本中採集的辭彙資料最大的優點是有上下文，辭彙的意義和用法很明確。但是合適的發音人有限，他們所能提供的文本也是有限。而且有些辭彙在文本中一再重複，而有些辭彙在文本中卻不出現。所以分類去問發音人也是必要的手段。

分類去搜集辭彙的好處是：發音人可以主動提供必要的資訊，不再受限於調查人的知識和經驗。例如，各種台灣南島語言都有好幾種竹子的名稱（如箭竹、桂竹、麻竹等等），卻沒有竹子的通稱。又如，牙齒雖有通稱，卻又有門牙（傳統去齒）、臼齒、獸牙的不同名稱。類似這些，都是多年來我從發音人那兒學習所得來的，我確實向他們學到很多相關的知識。

採集動、植物的名稱，最好要有彩色圖鑑，以便發音人指認，學名也才能確認。動物可分爲鳥類、獸類、爬蟲、昆蟲、魚類等等去採集，植物可分爲人工栽培和野生兩大類。

採集動、植物語料的人，對該語言地區所分布的動、植物群得要有基本的認識才好。

南島語言的動詞和名詞的界限有時並不分明，名詞很容易就變成動詞，因此按詞類（如名詞、動詞、形容詞、副詞等）去採集並不妥當。台灣南島語言的形容詞就是靜態動詞，副詞就是主動詞（很少有真正的副詞），因此名詞和動詞是兩大類，其餘的大都是語法詞（grammatical particles）。雖有名詞和動詞之分，名詞加上詞綴就成爲動詞了，例如「血」和「流血」，「淚」和「流淚」，「糞便」和「大便」（動詞），「雨」和「下雨」，「衣服」和「穿衣服」等可能分別由同一語根衍生而來，如巴宰語*damu*「血」，*maxadamu*「流血」。

辭彙最好都要有例句，沒有例句的語詞其意義既不明確，用法也不明。尤其是動詞的不同變化更需要有各種變化的例句。虛詞（或語法詞）也一定要有例句，例句愈多愈好。

一邊採集語言資料，一邊要做初步的整理和分析，才能逐步理出語言結構系統來，也才知道下一步要問發音人什麼問題才會有意義。每一個人的生活經驗不同，有的男人擅長的是打獵，有的女人擅長的是紡織和縫補或巫醫，因此最好找合適的發音人詢問相關的問題，無論採集辭彙或文本都是如此。

語言田野調查者進行工作時，並非漫無目的地搜集語言資料。即使搜集辭彙，也要有特定的工作目標。例如數詞，要觀察基數（cardinal numerals）之間的關連性，十進法的語言數詞11至19大概都是採用加法，20，30至90大概都是用乘法。

然而，1至10有的語言可能採用加法，如巴宰語幾乎是五進法：6＝5＋1, 7＝5＋2, 8＝5＋3, 9＝5＋4；有的語言採用減法，如邵語、賽夏語和兩種西部平埔族語言的9＝10－1；又有的語言採用乘法，如泰雅語群和邵語的6＝2×3, 8＝2×4。數詞因「屬人」（human）和「非屬人」（nonhuman）而有不同的變化形式。不僅基本數詞如此，連跟數詞相關的語詞，「多」，「少」，「多少」也都區分屬人和非屬人而有不同的語詞（參見下文1.2.3以及李壬癸（Li, 2006））。能夠注意辭彙之間的關聯性（lexical relationship），才能體會一種語言的奧妙，研究才會有深度。

1.2 句法

1.2.1 格位元標記，主題標記，連接詞

台灣南島語言的動詞富有變化，所以句子是以動詞為中心。一般的名詞通常都沒有什麼變化，但是有些語言出現在名詞前面的有格位元標記（case marker），用來標記該名詞在句子中的語法功能：主格、斜格、屬格、處格、人名等，例如噶瑪蘭語（參見李壬癸，土田滋（Li and Tsuchida, 2006）），- 號表示詞綴，< >表示中綴，=號表示依附詞：[1]

---

[1] 例句中用縮寫：主＝主格，斜＝斜格，處＝處格，連＝連接詞，主焦＝主事焦點，受焦＝受事焦點，處焦＝處所焦點，具焦＝工具焦點，非現＝非現實（irrealis）。

(1) mwaza ya bRasuq na zais-ku.
多 主 粉刺 屬 臉-我的
我臉上的粉刺很多。

(2) ti-kawit ni abas tu wasu ya Rais.
工具-牽 屬 人名 斜 狗 主 繩子
繩子是Abas用來牽狗的工具
＝Abas用繩子牽狗。

除了常見的格位元標記，還有連接名詞和修飾詞的連接詞（ligature），如噶瑪蘭語的*sunis a yau*「那個孩子」中的*a*是連接名詞*sunis*「孩子」和修飾詞*yau*「那個」。出現在動詞之前而且在句子最前面的通常是主題，例如噶瑪蘭的*nani*：

(3) aiku nani, yau=iku ta patRungan.
我 主題 在=我 處 新社
至於我呢，我是住在新社。

1.2.2 人稱代詞

名詞有變化的就只有人稱代詞、少數疑問詞和數詞。因此要掌握句法結構，除了動詞的變化以外，就要把這幾個特定的名詞弄清楚，尤其是人稱代詞，每一種語言都有幾套人稱代詞，各代表不同的格位功能：主格，屬格，斜格等等。換言之，人稱代詞兼具有格位元標記的功能，因此相當重要。

如何找出一種語言人稱代詞的各種變化？可從最容易做的先著手，例如噶瑪蘭的屬格（所有格）：

(4) 例子	分析結果
sunis-ku 我的子女	-ku 我的
sunis-su 你的子女	-su 你的
sunis-na 他（們）的子女	-na 他（們）的
sunis-nyaq 我們的子女	-nyaq 我們的
sunis-ta 咱們的子女	-ta 咱們的
sunis-numi 你們的子女	-numi 你們的

請注意這一套人稱屬格並非自由式，而是尾碼。屬格不僅用來表示「所有」，而且也用來表示主事者（Agent）出現在非主事焦點的結構（non-Agent-focus construction，參見下文1.2.5節）。例如，

(5) nanum-an-ku nani, nngi ya Rak a zau.
喝-受焦-我/屬 連接 好 主 酒 連 這
我喝了，這是好酒。

(6) ki-kirim-an-na nani, mai pakara-na.
重-找-受焦-他/屬 連接 沒 找到-他/屬
他一直找，但沒找到。

(7) tayta-an-ku=isu.
看-受焦-我/屬=你/主
你被我看到了＝我看到你了。

請注意有二個人稱代詞同時出現時，有一定的詞序：在噶瑪蘭語是屬格在前，主格在後，例如上面例句 (7) 中的-*ku* 和 *isu*。

一個句子的不及物動詞（含靜動詞）通常只有一個名片語，這一個名片語就是句子的主詞，例如下面例句 (8) 中的 *iku*：

(8) m-nanum=iku.
主事焦點-喝=我/主
我喝水。

例句 (9) 和 (10) 看起來各都有兩個名片語，似乎都是及物動詞。但是近幾年來研究台灣南島語和西部南島語的學者，如帥德樂（Starosta, 1997, 1998, 2002），Reid，廖秀娟（Liao, 2004）等等，大都主張主事焦點的句子（如 (9a)和 (10a)）並非眞正的及物動詞，非主事焦點的句子（如 (9b)和 (10b)）才是及物動詞。這要做深入的句法分析和詳盡的討論才能瞭解其中的道理。

(9a) q<m>ann=isu　tu　sauR　ni?
吃<主事焦點>=你/主　斜　飛魚　嗎
你吃飛魚嗎？

(9b) qann-an-ku(=ti)　ya　sauR.
吃-受焦-我/屬=了　主　飛魚
我吃飛魚了。

iku「我」，*isu*「你」等都是主格的形式，在句子中當主詞用。跟這一套主格形式的人稱代詞相對應的一套叫作斜格，當受詞用。例如，

(10a) t<m>ayta=iku timaisu.
看<主焦>=我/主 你/斜
我看到你了。

(10b) tayta-an-ku(=ti) aisu.
看-受焦-我/屬=了 你/主
我看到你了。

人稱代詞有的是自由式，如*timaisu*，而有的是非自由式。非自由式有二種：一種是詞綴，附著在動詞或名詞之後（或之前，但較少見），如*-ku*；另一種是依附式，依附在單詞或片語之後（或之前，但較少見），如*iku*。試比較自由式*aiku*和依附式*iku*：

(11) aiku nani, kbaran=iku.
我 主題 噶瑪蘭=我/主
至於我呢，我是噶瑪蘭人。

屬格有自由式和非自由式兩種形式，如*zaku*和*-ku*「我的」。例如，

(12) makken a zaku.
眞的 主 我的
眞的是我的。

(13) zata ya rawraw a yau.
咱們的 主 島 連 那
那個島嶼是咱們的。

(14) zaku'ay wasu zau.
我的 狗 這
這是我的狗。

噶瑪蘭語還有一套處格的人稱代詞，形式上都有尾碼*-an*：

(15) tiana t<m>ayta timaisuan?
誰 看<主焦> 你/處
誰看到你了？

有不少台灣南島語言都有處格形式的人稱代詞，當受格用，也可以指某人的家或地方，例如：

(16) qatiw=pa=iku timaimuan.
去-將-我/主 你們/處
我要到你們的地方去。

台灣南島語言的人稱代名詞系統相當複雜，各種語言之間的差異又很大。有的語言（如賽夏語）人稱代名詞全部都是自由式，而且有七、八套的不同形式和功用，而有的語言卻幾乎都非自由式（如魯凱語萬山方言）。第三人稱常是由指示代名詞轉化而來，有近指和遠指之分，而有的又有看得見（視界內）和看不見（視界外）之分，如鄒語和魯凱語。可參見李壬癸（Li, 1997），黃美金等（Huang *et al*, 1999）。

1.2.3 數詞

絕大多數的台灣南島語言數詞形式都分兩套：屬人和非屬人，大都以不同的詞綴作區分，少數語言（卑南，賽夏）以不同語詞作區分。數詞指一般的數詞：一、二、三…，但也包括跟數詞相關的語詞：「多」，「少」，「多少」等（參見李壬癸（Li, 2006））。例如，

邵語 (17a) la-piza wa fatu?
非人-多少 連 石頭
有多少石頭？

(17b) kan pa-piza maniun?
去 屬人-多少 你們
你們多少人要去？

噶瑪蘭 (18a) u-tani=ti=isu　tasaw　tazian?
非人-多少=了=你　年　在此
你在這裡有幾年了？

(18b) kin-tani　ya　sunis-su?
屬人-多少　主　孩子-你的
你有幾個孩子？

阿美 (19a) pina　ko　lomaq　no　miso?
多少　主　房屋　屬　你的
你有幾棟房子？

(19b) pa-pina　ko　wawa　no　miso?
屬人-多少　主　孩子　屬　你的
你有幾個孩子？

泰雅 (20a) pia'　pila'　ku'　guqiluh　ka'　hani?
多少　錢　主　香蕉　連　這
這些香蕉多少錢？

(20b) pa-pia'　ku'　'ulaqi'-isu'?
屬人-多少　主　孩子-你的
你有幾個孩子？

排灣 (21a) pida　su-paysu?
多少　你的-錢
你有多少錢？

(21b) ma-pida　su-alak?
屬人-多少　你的-孩子
你有幾個孩子？

卑南 (22a) munuma nu-luma'?
多少 你的-房子
你有幾棟房子？

(22b) miasama nu-walak?
多少 你的-孩子
你有幾個孩子？

賽夏 (23a) niSo' kuza' a kiLibaLen?
你的 多少 連 衣服
你有多少衣服？

(23b) niSo' piza a korkoring?
你的 多少 連 孩子
你有幾個孩子？

1.2.4 疑問詞

南島語言的疑問詞有的當名詞，有的當動詞，因此，有形式上的變化，例如上面所舉的「多少」就是當動詞（謂語）用，因語境的不同而有形式上的不同。有些疑問詞，如「誰」，「什麼」，「何處」，在大家所熟悉的漢語和英語裡都只當名詞用，可是在南島語言卻不能當句子的主詞，卻只能當謂語用。例如，

邵語 (24) tima sa mihu a huruy?
誰 主 你的 連 朋友
誰是你的朋友？

(25) mawra　yaku　ya　tima-tima　sa　k<m>urubuz.
不知　我　　重疊-誰　主　打破<主焦>
我不知道是誰打破的。

(26) numa　s　riqaz-an　nuhu?
什麼　主　看-處焦　你的
你看到的是什麼？

(27) in-a-ntua　sa　mihu　a　huruy?
曾-A-何處　主　你的　連　朋友
你的朋友曾在何處？

請留意誰、什麼、何處等疑問詞，都可能有形式上的變化，而且用法都跟漢語、英語有顯著的不同（參見黃美金（Huang, 1996））。

1.2.5焦點系統

南島語言的動詞有各種形式上的變化，可以表示聚焦在主事者、受事者、處所、工具（或受惠者）。例如，巴宰語（參見李壬癸，土田滋（Li and Tsuchida 2001））：

巴宰 (28) mu-baket　rakihan　ki　aba.
主焦-打　小孩　主　父
父親打小孩。

(29) baked-en　ni　aba　ki　rakihan.
打-受焦　屬　父　主　小孩
小孩被父親打了。

(30) pubatu'-an　　lia　ki　babaw　daran.
鋪石頭-處焦　了　主　上面　路
路面上鋪了石子了。

(31) saa-talek　alaw　ki　bulayan.
具焦-煮　魚　主　鍋
鍋子用來煮魚。

1.2.6 時態與動貌

南島語言的時態只分未來和非未來兩種。更確切地說，只有現實式（realis）和非現實式（irrealis）之分。現實式就是指事件（event）已經成爲事實，可以指現在或過去。非現實式指事件還沒有發生，包括未來、命令、否定等，也都可能表示不同的焦點。時態、動貌跟焦點系統都有密切的關係，而且常可以並用，而有的卻有限制，調查一種語言時，就要作深入的探討。

動詞的動貌可以表示事件正在進行中或重複的動作，常以動詞的語根的重疊形式來表示。另一種常見的動貌是過去已經發生的事件（perfective），常以中綴*<in>*或首碼*ni-*表示。

巴宰 (32) m-angit　lia　ki　rakihan.（現實式）
主焦-哭　了　主　小孩
小孩哭了。

(33) m-apa'-ay rakihan ki ina.（非現實式）
主焦-背-非現 小孩 主 母
母親要背小孩。

(34) m<in>e-ken=siw sumay lia?
主焦<已>吃=你/主 飯 了
你已經吃過飯了嗎？

(35) yaku kaa-ken dukul.
我 重疊-吃 芋頭
我正在吃芋頭。

1.3 文本

文本就是由發音人自然講述出來（spontaneous speech）的長短篇語料。這種語言資料最自然，而且前後有連貫性。即使研究音韻系統的人也應該搜集文本，因爲有些辭彙，特別是語法詞，在問單語時是不會出現的，甚至於在問句子時也不一定出現，只有在文本中才出現。從頭到尾都是一個人在講話固然是文本，兩個人或兩個以上的人自然交談也是文本，這種會話的語料透露發音人之間如何互動，可以顯示語言結構的另一面。

文本的內容可以由發音人講述傳說故事、個人之所見所聞、族人的風俗習慣等等。以我所採集的邵語文本爲例，各篇內容包括：我自己、變鳥、我們從阿里山來、我會做什麼、秋千、過年、出嫁、生子、醫病、埋葬、守靈、開墾耕種、蓋房屋、背嬰兒工作、鬼、夢見故人、船、日月潭、巫婆、捕魚、番戲、死去的女兒、毛家的房子、擊杵音（傳統歌舞）、打仗、生男、收租（以上毛秋香女士所講）；矮人、勇士、猴子、白鹿傳說、貓頭鷹、巫婆、藍鵲、燒墾與秋千、過年、娶妻、捕魚（以上石阿松先生所講）。即使題目相同，兩個發音人所講的內容卻有很大的差異，用語遣詞更是不同，事實上並不重複。

邵族的石阿松先生

調查者常要對發音人提示可以講什麼話題，因為發音人一時想不到他還有哪些話題可以講。在搜集語料的過程中，調查人和發音人一直都有密切的互動關係。

1.4 歌謠

歌謠包括歌詞和歌譜兩部分。除非語言調查者同時懂得民族音樂，也會採譜，否則得要跟民族音樂學者合作，才能對歌謠做較完整的處理。性質上歌謠有祭儀性和非祭儀性的：祭儀性的歌謠只在特定的祭儀才能唱，相當嚴肅而典雅，因代代相傳，有的歌詞並不易理解，而非祭儀性的歌謠（含童謠）隨興而唱，個人也可以創作歌詞，但是曲調仍然維持該族群的特色。

2. 田野調查經驗的點滴

到陌生地方去做田野調查，有一些必須注意的事項，以免造成遺憾。

有一次我要到東河村去調查賽夏語，搭汽車到達南庄時，因爲颱風過境，從南庄到東河的汽車停駛。我想在天黑以前趕到東河，可是才走到一半，天就全黑了，我就打著手電筒繼續向前走。走到溪邊要過橋時，橋已被大水給沖走了。黑暗中不知水有多深，我又背著行李（衣服、筆記本、資料等），因此不敢冒然渡河。那時我進退兩難，惶然無助，人站在溪岸邊猶豫難決。幸虧後來從後面來了一部摩托車，涉溪而過。摩托車既然可以通過，我自然也可以走過去。

又有一次，我到泰安鄉去調查泰雅方言，我採完了清安村洗水坑的資料要到大興村去。有人告訴我可以翻過一座山走快捷方式過去。我爬到山脊，走到雙叉路口，不知要走哪一個方向。忽然聽到有人在講話，但看不到人影兒，正如王維所描寫的，「空山不見人，但聞人語響。」我再仔細聽，辨別人語聲的方向循聲走過去，終於找到有兩個人在那裡砍柴，我就向他們問路。那一次我也是很幸運地碰到有人可以問路，否則走錯了方向就愈走愈遠了，天黑了一個人在山上怎麼辦？

1981年2月，我首次到高雄縣三民村調查南鄒卡那卡那富語，搭汽車到民族村，下車後要走崎嶇不平的小山路到民生村。很快就天黑了，幸而有學生要回在民生村的家，在甲仙等上山的汽車才認識的，我打手電筒跟著他走。他知道如何抄快捷方式，有的地方要爬很陡的山坡。我們摸黑走了三個多小時才到達目的地。我那一次要不是有人帶路，是不可能在黑暗中走到民生村的。

初到一個陌生的地方去採集語料，不一定很快就能找到合適的發音人。要找到好的發音人，常需多方打聽。1979年底，我第一次到苗栗縣泰安鄉錦水村調查泰雅方言時，就發現汶水方言有一些有趣的現象是其他泰雅方言所沒有的，但一時還沒理出系統來。次年元月下旬，我到中興村調查，有人告訴我：汶水方言知道最多的是湯清發先生。三月下旬我去找他，果然他懂得最多，陸續提供給我豐富的各層次的語料資料，包括兩性語言的差異，保存最多古語的特徵，句法的現象也跟最通行的泰雅方言（Squliq）有顯著的不同，後來黃美金教授（Huang 1995）就是根據汶水方言寫出一部很有份量的句法專書來。我發現勤跑田野，多做語言調查，常有意想不到的結果。

（本文於2007年12月發表於《語言學論叢》第36輯）

參考文獻

Gibson, Jeanne D. and Stanley Starosta

1990 Ergativity East and West. In *Linguistic Change and Reconstruction Methodology,* ed. by Philip Baldi, 195-210. Berlin and New York: Mouton de Gruyter.

Huang, Lillian M.（黃美金）

1995 *A Study of Mayrinax Syntax.* Taipei: The Crane.

1996 Interrogative Constructions in Mayrinax Atayal. *Bulletin of National Taiwan Normal University* 41:263-296.

Huang, Lillian, Elizabeth Zeitoun, Marie M. Yeh, Anna H. Chang & Joy J. Wu

1999 A Typological Study of Pronominal Systems in Some Formosan Languages. *Selected Papers from the Fifth International Conference on Chinese Linguistics,* 165-198. Hsinchu, Taiwan: National Tsing Hua University.

Li, Paul Jen-kuei（李壬癸）

1978 A Comparative Vocabulary of Saisiyat Dialects. *Bulletin of the Institute of History and Philology,* Academia Sinica [BIHP]49.2:133-199.

1979 Variations in the Tsou Dialects. *BIHP* 50.2:273-300.

1980 The Phonological Rules of Atayal Dialects. *BIHP* 51.2:349-405.

1982 Male and Female Forms of Speech in the Atayalic Group. *BIHP* 53.2:265-304.

1997 A Syntactic Typology of Formosan Languages—Case Markers on Nouns and Pronouns. In Tseng, Chiu-yu, ed., *Chinese Languages and Linguistics*, IV, *Typological Studies of Languages in China*, 343-378. Taipei: Academia Sinica.

2006 Numerals in Formosan Languages. *Oceanic Linguistics* 45.1:133-152.

Li, Paul J. K. and Shigeru Tsuchida（李壬癸，土田滋）

2001 *Pazih Dictionary*《巴宰語詞典》. Institute of Linguistics (Preparatory Office), Academia Sinica Monograph Series No.A2.

2006 *Kavalan Dictionary*《噶瑪蘭語詞典》. Institute of Linguistics, Academia Sinica Monograph Series No.A19.

Liao, Hsiu-chuan（廖秀娟）

2004 *Transitivity and Ergativity in Formosan and Philippine Languages*. Unpublished PhD dissertation, University of Hawaii at Manoa.

Starosta, Stanley（帥德樂）

1997 Formosan Clause Structure: Transitivity, Ergativity, and Case Marking. In Tseng, Chiu-yu, ed., *Chinese Languages and Linguistics, IV, Typological Studies of Languages in China*, 125-154. Taipei: Academia Sinica.

1998 Ergativity, Transitivity, and Clitic Coreference in Four Western Austronesian Languages. In Anna Siewierska and Jae Jung Song, eds., *Case, Typology and Grammar: In Honour of Barry J. Blake*, 277-307. Amsterdam: John Benjamins.

2002 Austronesian 'Focus' as Derivation: Evidence from Nominalization. *Language and Linguistics* 3.2: 427-479.

第四篇

◇◇◇◇◇◇

平埔族群各種語言的關係

從文獻資料看台灣平埔族群的語言

摘要

本文將先說明平埔族群語言的各種文獻資料，從十七世紀荷蘭傳教士所做的記錄，到十九世紀歐美人士的零星資料，直到日治時期的有計畫的調查，都爲我們留下了珍貴的語言資料。可惜有清一代二百多年間，並沒留下多少語言資料：一則中國傳統文人並不重視田野調查，二則他們也沒有適當可用的記錄工具。

根據我們所能掌握的各種平埔族群語言資料，所有的平埔族群語言可以分爲這三個支群：（一）西部平埔族群：Taokas, Babuza, Papora, Hoanya, Thao，（二）北部Kavalan, Basay和南部Siraya平埔族群，（三）巴宰語。西部平埔族群，有這二種共同的音變並不見於其他任何台灣南島語言：(1) *n跟*ŋ合併，(2) *s跟*t合併。其中Taokas跟Babuza又有二種共同的音變：(3) *k消失，(4) 語詞尾的*-y消失。根據各種音韻演變規則，我們繪出這五種語言的親疏遠近樹圖。北部的Kavalan和Basay，南部的Siraya語群，事實上也跟東部的Amis都有一種共同的音變：(1) *j跟*n合併，並不見於任何其他南島語言。其中Basay跟Kavalan又有二種共同的音變：(2) *j, *n又進一步跟*N合併，(3) *k分化爲k和q，因此這兩種語言的關係最近。對於南部平埔族群的三種語言（Siraya, Taivuan, Makatau），我們也比較它們之間的異同和親疏遠近關係，並且發現荷蘭時期的聖經翻譯都是以Taivuan語爲主，而不是Siraya語。

關鍵詞：平埔族、語言關係、音變、合併、消失

1. 前言

台灣南島語言有兩大特色：（一）語言的差異最大，（二）保存最多的古語特徵（請詳見李壬癸 2007，Li 2008b）。因此，每一種台灣南島語言都值得作深入的研究，包括已消失的各種平埔族語言。

南島語言曾經遍布於台灣全島各地，從平原到高山都有。語言的總數大約有二十種，其中大約有一半屬於平埔族語言。台灣的平原大部分都在西部和西南部，只有一小部分在北部（台北盆地）、東北部（蘭陽平原）和東部（花東縱谷平原）。在西部和南部平原的各種平埔族群因爲最早跟外界接觸，從

明末清初以來就逐步漢化，他們傳統的語言和文化在清代後期就已消失殆盡了。只有開發較晚的埔里盆地一帶和東部縱谷平原還能保留一些。只有三種平埔族語言一直到二十一世紀初都還保存：在西部平原內陸地區的巴宰語和邵語，以及東部的噶瑪蘭語。已消失的平埔族語言，我們或多或少都有一些文獻資料（土田滋 1991, 1992，李壬癸 1992）。

平埔族的語言從北到南主要有這幾種：Kavalan, Basay, Taokas, Papora, Babuza, Hoanya, Pazih, Thao, Siraya。較少人知的有Kulon, Qauqaut, Taivuan, Makatau等。

2. 平埔族群語言的各種文獻資料

2.1 荷蘭傳教士（1624-1662）

台灣南島語言最早有文字記錄的是在十七世紀中葉荷治時代。荷蘭傳教士在台南地區教會了當地的土著使用羅馬拼音來書寫他們自己的語言，把整本的《馬太福音》（Gravius 1661）翻譯成「新港方言」，也就是一般人所知的「西拉雅」語。另有一部《基督教信仰要旨》（Gravius 1662）。除此兩部書以外，另外還有一種資料，叫作Utrecht Manuscript，是在荷蘭Utrecht大學發現的西拉雅語稿件，包括詞彙資料和一篇對談。以上這三種文獻資料是在嘉南平原地區的平埔族語言，是全台灣最早、最豐富、也最重要的語言文獻資料。

西部沿海地區的平埔族群語言今日都已消失了。幸而荷蘭傳教士也爲其中一種留下了珍貴的資料，那就是在彰化地區的Favorlang方言（屬於Babuza語），包括一部詞典（Happart 1650）和一部基督教義傳教語料（共有19種文本，見Campbell 1896）。我們只能依賴這些文獻資料來了解早期西部沿海地區的平埔族群語言的狀況了。

此外，荷蘭傳教士教會了西拉雅人羅馬拼音以後，台南地區一些部落陸續有人用來寫契約文書，稱之爲「新港文書」（Murakami 1933，李壬癸 2009），從康熙年間到嘉慶年間前後一百多年（1683-1818）所寫的那些契約文書，也就成爲了解那個時期各地語言異同的主要依據。

至於明鄭和清治時期前後二百多年（1662-1895），除了若干詞彙和少數歌謠以外，並沒有留下多少語言資料。一則他們沒有適當可用的記錄工具，二則傳統的中國文人並不重視田野調查工作。

2.2 歐美人士（1860-1900）

清朝政府採取閉關政策，八國聯軍進攻北京之後才被迫開放一些港口，1860年以後才有一些歐美人士陸續到台灣來，他們所寫的遊記和有關台灣南島民族的報導、零星的詞彙記錄，都是值得我們做參考的資料。

2.3 日治時期（1895-1945）

對台灣南島語言做有系統的調查研究始於日治時期。日本語言學者小川尚義跟淺井惠倫都曾經在各地做過平埔族群語言的調查，人類學者伊能嘉矩也留下一些相關的記錄。還有一些業餘的人士，包括警察，有時也會爲我們留下珍貴的語言資料。對於多數已經消失的各種平埔族群語言，我們大都仰賴日治時期所記錄的資料（參見Tsuchida 1982, 1985，土田滋1991，Ogawa 2006）。

淺井於1936-37年，爲台灣北部的平埔族群Basay語蒐集了近一千個詞彙（Tsuchida *et al* 1991）以及十幾個文本。這些都是對大台北地區的平埔族語最豐富、最珍貴的資料。只有透過他所記錄的文本的解讀和分析，我們才可能對該語言的語法結構系統有所認識（參見Li 1999）。

3. 平埔族群的類緣關係

從類緣的關係（genetic relationships）看，這些平埔族語言可以分爲三群：（一）西部的Taokas, Papora, Babuza, Hoanya和Thao（Li 2003b），（二）北部的Kavalan, Basay和南部的Siraya, Taivuan和Makatau（Li 2004），（三）在中部內陸地區的Pazih。（參見Blust 1999）

3.1 西部平埔族語言

西部五種平埔族群的語言有這幾種共同的音變（phonological innovations），並不見於其他各種台灣南島語言：

1. *ŋ > n，即*n和*ŋ合併，
2. *s > t（非語詞尾），即*s和*t合併。[1] 例如，

PAN *Caliŋa > Tao[2] *sarina*, Bab *harina*, Pap *sarina*, Hoa *sarina*, Tha *ɬarina* ‘耳’

PAN *qaNuaŋ > Bab *loan*, Pap *loan*, Hoa *loan*, Tha *qnuan* ‘牛’

PAN *asu > Bab *atu*, Pap *hatu*, Hoa *atu*, Tha *atu* ‘狗’

PAN *esa > Tao *taa-nu*, Bab *na-ta*, Pap *ta-nu*, Hoa *itta*, Tha *ta-ta* ‘一’

PAN *Caŋis > Tao *s<am>ani*, Bab *s<um>ani*, Pap *s<m>ani*, Hoa *s<am>ani*, Tha *θ<m>anit* ‘哭’

從上面兩條音變可以看出，西部五種平埔族群語言*ŋ > n的音變（即*n和*ŋ合併）完全相同，但是*s > t有四種語言（沿海的四種）的音變也完全相同：在語詞中的*s才變成t，但在語詞尾的就消失了，而邵語則兩種語境（語詞中和尾）都變成t（即*s和*t完全合併）。因此，邵語跟西部沿海的四種平埔族群語言仍有一些差異。這五種語言的共同祖語*s和*t合併，後來沿海的四種語言*s在語詞尾丟失，而與邵語分開。

沿海四種平埔族群語言還有這兩種音變：（一）*k > ø，（二）*-y > ø（Tsuchida 1982:6），並不見於其他台灣南島語言，包括邵語。例如，

*kuCu > Tao *usu*, Bab *ocho*, Pap *uθu*, Hoa *usu* ‘頭蝨’

---

❶ 排灣語雖也有*s > t，但*s並不跟*t合併（何大安 1998:160）。

❷ 語言名稱縮寫如下：Tao = Taokas，Bab = Babuza，Pap = Papora，Hoa = Hoanya，Tha = Thao，Kav = Kavalan，Ami = Amis，Sir = Siraya，Mak = Makatau。

*pirak > Tao *pira*, Pap *parai*, Hoa *pira* ‘錢’

*babuy > Bab, Pap, Hoa *babu* ‘豬’

*maCey > Bab *macha*, Pap *mapa*, Hoa *maθa* ‘死’

可見這四種語言的關係非常近，他們分化的年代應該相當晚近，大概不到一千年。

西部五種平埔族群語言的關係如下圖所示：

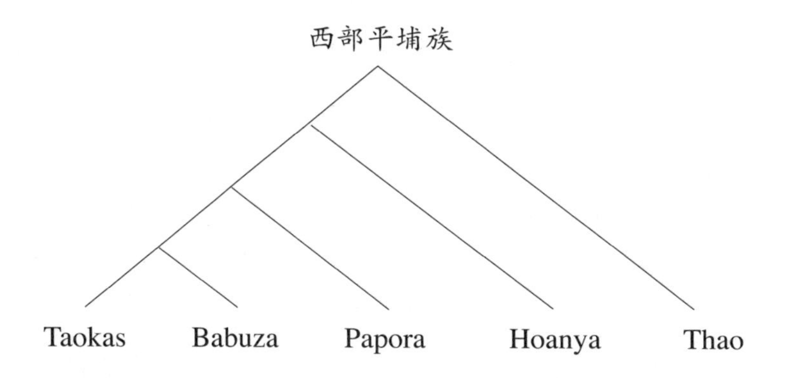

3.2 東部語群 (East Formosan)

在整個南島語系總共約有一千種語言當中，古南島語的*j和*n的合併只見於這四種台灣南島語言：巴賽、噶瑪蘭、阿美、西拉雅，因此這四種語言的關係最密切 (Blust 1999)：

*j, *n > n

*Suaji > Bas *suani*, Kav *suani* ‘弟妹’

*ŋajan > Bas *ŋanan*, Kav *naŋan* (< M),[3] Ami *ŋaŋan* (< A), Sir *nanaŋ* (< M) ‘名字’

---

[3] < M表示metathesis「換位」，< A表示assimilation「同化」。

*ajem > Bas *anem*, Kav *anem* ‘心’

*pajey > Kav *panay*, Ami *panay* ‘稻，穀’

*pijaH > Bas *pina*, Ami *pina*, Sir *pi-pina* ‘多少’

*Sajek > Kav *m-sanek*, Ami *ma-sanek* ‘（食物將變壞）發出氣味’

值得注意的是其中三種語言屬於平埔族，而阿美卻是過去所謂的「高山族」。由此可見，平埔族和高山族之分是沒有任何學術根據的。凡是向清朝政府繳稅的就都叫作「平埔族」。其實阿美族也住在平原地區，因爲開發較晚，在清代並沒有向政府繳過稅，就被歸爲「高山族」了。

Blust（1999:45）指出，這四種語言還有兩種共同音變：（一）*t和*C合併，（二）*q >ʔ。可是，*t和*C合併也見於布農語，*q >ʔ的語言更多，如卡語、沙語、卑南語（南王方言）、賽夏、巴宰等等。因此，這二種音變並不能證明這四種屬於同一支群。

巴賽和噶瑪蘭有兩種共同音變：（一）*j, *n跟*N也都合併爲n（阿美跟西拉雅並沒跟*N合併），（二）*k分化爲k和q（在低元音*a之前），而這種音變並不見於其他台灣南島語言。音變的證據顯示巴賽和噶瑪蘭兩種語言的關係最密切，而跟阿美、西拉雅的關係稍微疏遠一點（參見Li 2004）。

詞形特殊偶然的變化（sporadic changes）也可提供很強有力的證據，支持巴賽跟噶瑪蘭有最密切的關係。例如，*susu > Bas *cicu*, Kav *sisu* ‘乳’（元音異化），*piliq > Bas *p<am>ici*, Kav *p<am>il* ‘挑選’（加插中綴<am>在第一輔音之後）

或Bas *pa-mici*, Kav *pa-mil*（第一輔音的鼻音取代）。

這四種台灣南島語言的關係如下圖所示：

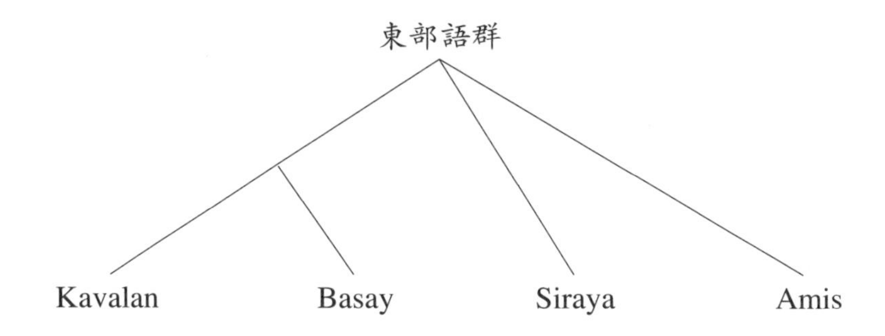

3.3 巴宰語

巴宰族本來在台灣中部內陸地區大甲溪和大安溪中游一

作者與巴宰語的發音人潘金玉

帶定居，如今其傳統語言及文化全部都已消失了，只有道光年間遷至埔里盆地居住的極少數老人還保留一些母語，恐怕時日也不多了。

我（Li 1985）曾把巴宰跟賽夏語歸併在同一分支，而何大安（1998:158）把巴宰跟泰雅併爲一小分支，再跟賽夏合併爲一分支，但是證據都不強。巴宰語的隸屬問題尚有待進一步研究。

4. 南部平埔族群語言的內部關係

根據小川（1917）所整理的詞彙比較表，土田（Tsuchida *et al* 1991:8）指出，南部三種平埔族群語言有這二條音韻演變：（一）Taivuan的 *h* 或 ø 對應Siraya和Makatau的 *l*，（二）Makatau的 *n* 對應Siraya和Taivuan的 *l*，但有不少例外：

Table 1. Sirayaic Reflexes of PAn *l and *N

（西拉雅語群對古音的反映）

	PAn	Siraya	Taivuan	Makatau	
(1)例	*l	r	ø~h	r	
	*telu	turu	too, toho	toru	‘三’
	*lima	rima	hima	rima	‘五’
(2)例	*N	l	l	n	
	*(qa)Nuang	luang	lowan	noang	‘牛’
	*puNi	mapuli	mapuli	mapuni	‘白’

根據新港文書的資料，我發現另外二條音韻演變規則：（三）Siraya的 *s* 對應Taivuan和Makatau的 *r* 或 *d*，（四）Taivuan元音間的舌根音丟失：

Table 2. Sirayaic Reflexes of PAn *D, *-k- and *-S-, *-R-

	PAn	Siraya		Taivuan		Makatau	
		Sinkang 新港	Tohkau 卓猴	Wanli 灣裡	Matau 麻豆	Lower Tamsui 下淡水	
(3)	*D	s	s	r~d	r~d	r~d	
(4)	*-k-	-k-	-k-	zero	zero	-k-~O	
	*S, *R	-g-~-h-	-g-	zero	zero	--	
(3b)	*Daya	saija	saija	raija	--	--	‘東’
	*lahuD	raos	raos	raur	--	--	‘西’
	*DapaN	sapal	--	rapan	--	--	‘腳’
		sa	sa	ra, da	ra, da	ra, da	‘和’
		hiso	hiso	hairo, ro	haijro, do	--	‘若’
		posoh	--	poroh	--	--	‘地’
		maisisang	--	--	--	maeraerang	‘大官’
(4b)		akosaij	akusiuo	ausaij	ausaij	akusai	‘無’
		tarokaij	--	taroaej	--	tarauwei	‘人名’
	*DuSa	soso(h)a	--	--	--	--	‘二’
	*baqeRu	vaho	--	--	--	--	‘新’
		dagogh	dagogh	daoh	daoh	--	‘價’
		ligig	--	liih	--	--	‘砂’
		matagi-vohak	--	mataij-vohak	--	--	‘悔’

綜合各種文獻資料，南部三種平埔族語言共有四條音韻演變規則：

Table 3. Summary of Sirayaic Reflexes of PAn *l, *N, *D, *-k- and *-S-, *-R-

	PAn	Siraya	Taivuan	Makatau
(1)	*l	r	ø~h	r
(2)	*N	l	l	n
(3)	*D, *d	s	r~d	r~d
(4)	*-k-	-k-	ø	-k-~ø
	*-S-, *-R-	-g-	ø	--

除音韻演變不同之外，表示未來的後綴Taivuan的*-ah*也跟Siraya的*-ali*和Makatau的*-ani*有明顯的不同。從音變和構詞兩方面來觀察，Taivuan跟其他兩種語言似乎有較多的差異。這三種語言之間的關係，暫如下圖所示：

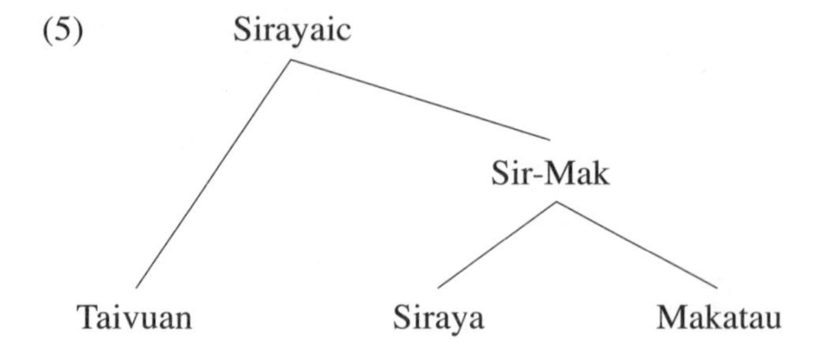

十七世紀荷蘭傳教士所記錄的三種文獻資料各爲什麼語言？試比較它們所顯示的語音對應關係：

Table 4. Utrecht, Matthew and Formulier三種文獻資料的比較

(6)		Utrecht Ms. 烏忒稿本	St. Matthew 馬太福音	Formulier 基督教義	
	*D	*s*	*r, d*	*r, d*	
	*Daya	taga-seia	reia	--	'東'
	*lahuD	taga-raos	raour	--	'西'
	*DapaN	sapal	rahpal	rahpal	'腳'
	*DuSa	so-soa	dou-rouha	rou-rouha	'二'
	*likuD	ricos	rikour	rikour	'背'
		sama	rama	dama	'父'
		sa	ra	ra	'但是'
		soo, sou	rou	dou, rou	'若，當'
		isang	irang	irang	'大'
		sasim	rarim	mou-rarim	'下'
		pesanach	pærænæh	pærænæh	'樹'
		massou	--	marou	'玉米'
		ka-pousoch-ang	pourough	pourogh	'地'
(7)	*-k-	-k-, ø	-k-, ø	ø	
		acoussey	akousi, aousi	aoussi	'無'
	*(i)aku	iau, -au	jau, -au	jau	'我'
(8)	*-S-/*-R-	-h-, ø/-g-, -h-	-h-, ø/-h-, ', ø	-h-, ø/h, ', ø	
	*kaSu	cau [kaw]	kow	kow	'你'
	*DuSa	so-soa	dou-rouha	rou-rouha	'二'

	*CaSiq	t<m>ahy	--	--	‘縫’
	*waRi	wagi	wæ’i	wæ’i	‘日’
	*wiRi	ougi	u-i	ou-i	‘左’
	*baqəRu	vaho	vahæu, va’æu	vahæu, va’æu	‘新’
	*kaRaC	k<m>agat	--	--	‘咬’
		ligig	li'igh	--	‘砂’
		ma-dagoa	--	dæeua	‘總’
(9)		-a, -al, -ale	-ah, -auh	-a, -ah, -al	‘未來’

以上資料顯示：Utrecht稿本是根據Siraya語，而《馬太福音》跟《基督教信仰要旨》那二部書卻都是根據Taivuan語。一般人都誤以爲它們都是西拉雅語。

前面根據音韻演變規律的多寡，我曾暫時認爲Taivuan語大概先分化出來。可是若考慮音韻演變時代的先後，就會有不同的結論。上面表3第3條的音變PAN *D > Siraya *s*，Taivuan和Makatau *r* ~ *d*是在荷蘭人來台之前就已完成，是最早的音變。第4條，元音之間舌根音的丟失是在十七世紀上半才開始，因爲只有部分的詞彙消失，而有些詞彙仍然保存舌根音，音變的時代較晚。第1條，*l 變成 *h* 或丟失的時代更晚，因爲荷蘭時代聖經的翻譯資料都保存，在十八世紀灣裡社的文書（1770年）和麻豆的文書（1781年）也都還保存，直到十九世紀末所記錄的資料才丟失。因此，從音變時代的先後來看，似以Siraya最先分化出來爲宜：

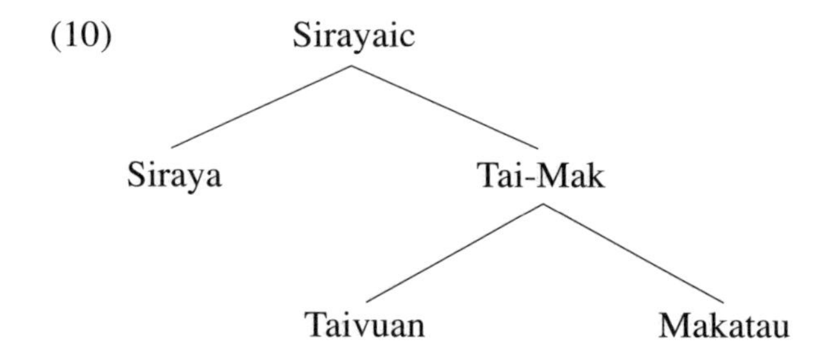

5. 討論和結語

現存的三種平埔族語言：噶瑪蘭、巴宰、邵，本人都親自調查研究了三十多年了，對這些語言現象的掌握自然遠勝於其他已消失的各種平埔族語言。對於已消失的各種平埔族語言，我們必須透過有限的文獻資料進行解讀、分析和研究，對台灣南島語言的歷史才可能有較全面的掌握。

儘管絕大多數平埔族語言的資料並不多，只要我們用心去搜尋、整理、分析，我們仍然可以得到不少有價值的資訊。已消失的各種平埔族語言只有三種有文本資料：南部的西拉雅語群、西部的法佛朗語、北部的巴賽語，因此，對於這些語言的語法結構系統我們才有可能進行分析研究。這三種語言的地理分布還相當不錯，並非集中在某一個小區域；而且它們分別隸屬於兩種不同的支群：法佛朗屬於西北支群，而西拉雅跟巴賽屬於東部支群（參見Blust 1999）。其他已消失的幾種平埔族語言，我們都只有若干詞彙資料，最少的只有十個詞，最多的也只不過三百多個詞（參見李壬癸 1992）。

中部內陸地區的邵族，在地理上也跟它們（貓霧捒、洪雅）相鄰接，語言的關係也還相當接近。這五種平埔族大概在最近二千年內才逐步分化，依序爲邵、洪雅、巴布拉、貓霧捒與道卡斯，由南向北擴散。可是，同樣在中部內陸地區的巴宰語，卻跟這些語言的關係相當疏遠；它的隸屬關係仍然有待進一步研究才能確定。巴宰族分化出來的時代應當更早，大概超過三千年。

由最靠北部的巴賽和噶瑪蘭到南部的西拉雅語群，以至到東部的阿美，這四種語言的關係最接近，可是地理上卻離得最遠。可見語言的隸屬關係跟地理位置並沒有一定的關聯性。即使如此，同樣在北部的巴賽語和噶瑪蘭語它們彼此之間的關係確實也最接近（Li 2004）。這個支群的擴散大概是經由海路，而不是經由陸路，並且是數千年以前的事了。有關各族群的擴散史，請參見Li 2008a。

本文把討論的重點放在西部平埔族支群和「東台」支群，而略去較少人知道的猴猴（Qauqaut）族和龜崙（Kulon）族。其主要原因，一則語言資料實在太少（猴猴只有十個單字，龜崙只有45個單字），二則關於這兩個族群過去已有專文討論過（關於龜崙請參見Tsuchida 1985，關於猴猴請參見馬淵 1931等）。

（本文於2010年發表在《台灣語文研究》第五期）

參考文獻

Blust, Robert

1999 Subgrouping, circularity and extinction: Some issues in Austronesian comparative linguistics. In Elizabeth Zeitoun and Paul Jen-kuei Li, eds., *Selected Papers from the Eighth International Conference on Austronesian Linguistics*, 31-94. Symposium Series of the Institute of Linguistics (Preparatory Office), No.1. Taipei: Academia Sinica.

Campbell, Rev. William

1888 *The Gospel of St. Matthew in Sinkang-Formosan, with corresponding versions in Dutch and English edited from Gravius's edition of 1661*. London: Trubner and Co.

1896 *The Articles of Christian Instruction in Favorlang Formosan, Dutch and English from Vertrecht's Manuscript of 1650*. London: Kegan Paul, Trench, Trübner and Co.

Gravius, Daniel

1661 *Het Heylige Euangelium Matthei en Johannis Ofte Hagnau Ka D'llig Matiktik, Ka na sasoulat ti Mattheus, ti Johannes appa*. Amsterdam: Michiel Hartoch Boekverkoper, inde Oude Hoogstraat, inde Boeck en Papier-winckel.

1662 *Patar Ki Tna-'msing-an Ki Christang, ka Taukipapatar-en-ato tmaeu'ug tou Sou KA MAKKA-SIDEIA, 't Formulier des Christendoms Met de Verklaringen van dien, Inde Sideis-Formosaansche Tale*. Amsterdam: Michiel Hartogh.

Happart, Gilbertus

1650 Woord-boek der Favorlangsche taal, waarin het Favorlangs voor, het Duits achter gestelt is.

Li, Paul Jen-kuei（李壬癸）

1985 The position of Atayal in the Austronesian family. In Andrew

Pawley and Lois Carrington, eds., *Austronesian Linguistics at the 15th Pacific Science Congress,* 257-280. *Pacific Linguistics* C-88.

1999 Some problems in the Basay language. In Elizabeth Zeitoun and Paul Li, eds., *Selected Papers from the Eighth International Conference on Austronesian Linguistics*, 635-664. Symposium Series of the Institute of Linguistics (Preparatory Office), No.1. Taipei: Academia Sinica.

2003a Notes on Favorlang, an extinct Formosan language. In Paul Li, ed., *English-Favorlang Vocabulary* by Naoyoshi Ogawa, 1-13, by Naoyoshi Ogawa. Tokyo: Research Institute for Languages and Cultures of Asia and Africa, Asia-African Lexicon Series No.43. A revised version appeared in Dah-an Ho and Ovid J. L. Tzeng, eds., *POLA Forever: Festschrift in Honor of Professor William S-Y. Wang on His 70th Birthday*, 175-194. Institute of Linguistics, Academia Sinica.

2003b The internal relationships of six western plains languages. *Bulletin of the Department of Anthropology* 61:39-51.

2004. Origins of the East Formosan peoples: Basay, Kavalan, Amis and Siraya. *Language and Linguistics* 5.2:363-376.

2008a Time perspective of Formosan aborigines. In Alicia Sanchez-Mazas, Roger Blench, Malcolm Ross, Ilia Peiros and Marie Lin, eds., *Past Human Migrations in East Asia and Taiwan: Matching Archaeology Linguistics and Genetics*, 211-218. London and New York: Routledge Curzon.

2008b The great diversity of Formosan languages. *Language and Linguistics* 9.3:523-546.

2009 Linguistic differences among Siraya, Taivuan and Makatau. In Alexander Adelaar and Andrew Pawley, eds., *Austronesian Historical Linguistics and Culture History, a Festschrift for Robert A. Blust*, 387-396. Canberra: Pacific Linguistics 601.

Li, Paul J. K. and Shigeru Tsuchida（李壬癸，土田滋）

2001 *Pazih Dictionary*《巴宰語詞典》. Institute of Linguistics (Preparatory Office), Academia Sinica Monograph Series No.A2. Taipei: Academia Sinica.

2006 *Kavalan Dictionary*《噶瑪蘭語詞典》。Institute of Linguistics, Academia Sinica Monograph Series No.A19. Taipei: Academia Sinica.

Murakami, Naojirô（村上直次郎）

1933 《新港文書》。台北帝國大學文政學部紀要第二卷第一號。Formosa: Taihoku Imperial University。

Ogawa, Naoyoshi（小川尚義）

[1917]. Siraia, Makatao, Taivoan. Unpublished manuscripts.

2006 《台灣蕃語蒐錄》*A Comparative Vocabulary of Formosan Languages and Dialects*, edited by Paul Jen-kuei Li and Masayuki Toyoshima. Asian and African Lexicon Series No.49. Research Institute for Languages and Cultures of Asia and Africa, Tokyo University of Foreign Studies.

Tsuchida, Shigeru（土田滋）

1982 *A Comparative Vocabulary of Austronesian Languages of Sinicized Ethnic Groups in Taiwan, Part I: West Taiwan*.東京大學文學部研究報告7，語學・文學論文集。

1985 Kulon: Yet another Austronesian language in Taiwan? *Bulletin of the Institute of Ethnology* 60:1-59.

Tsuchida, Shigeru, Yukihiro Yamada and Tsunekazu Moriguchi（土田滋、山田幸宏、森口恒一）

1991 《台灣・平埔族の言語資料の整理と分析》[Linguistic Materials of the Formosan Sinicized Populations I: Siraya and Basai]。東京大學[University of Tokyo]。

Tsuchida, Shigeru *et al*（土田滋等）

2005 《小川尚義、淺井惠倫台灣資料研究》。東京：東京外國語大學アジア・アフリカ言語文化研究所。

Utrecht Manuscripts

土田滋

1991 〈平埔族諸語研究雜記〉，《東京大學言語學論集》12:146-179。

1992 〈平埔族諸語研究雜記〉，《中央研究院台灣史田野研究通訊》22:9-22，23:26-42。

李壬癸

1992 〈台灣平埔族的種類及其相互關係〉，《台灣風物》42.1:211-238。

2001 〈邵族的地位——兼評白樂思（Blust 1996）的邵族地位說〉，詹素娟、潘英海編，《平埔族群與台灣歷史文化論文集》，165-184。中央研究院台灣史研究所籌備處。

2007 〈台灣南島語言的回顧和展望〉，《原住民族語言發展論叢：理論與實務》，1-11。台北：行政院原住民族委員會。

2010 《新港文書研究》。《語言暨語言學》專刊甲種之34。中央研究院語言學研究所。

何大安

1998 〈台灣南島語的語言關係〉，《漢學研究》16.2:141-171。

馬淵東一

1931 〈研海地方に於ける先住民の話〉，《南方土俗》1.3。

台南和高屏地區的平埔族語言——兼論麻豆社的地位[1]

摘 要

南部平埔族語言大約在十九世紀中葉就都已消失殆盡了。除了十七世紀荷蘭傳教士爲新港社的西拉雅語留下較多的傳教文獻資料（含文本）之外，其他各地大都只有零星的詞彙資料。荷蘭時代和清末歐美人士都用羅馬拼音，清代主要用漢字記音，日治時期才開始用國際音標做記錄。

從嘉南平原到高屏地區的平埔族語言現存的文獻資料只有75種，小川尚義教授就把它們分爲三大類：Siraya (26種), Taivoan (26種), Makatao (18種)，後來又補充了5種。土田滋教授根據這份資料畫出地理分布

[1] 本文的撰寫得到以下的資助：中央研究院主題研究計畫「新港文書研究」和行政院國科會跨領域研究計畫之子計畫「台灣南島語言的內部與對外關係」（計畫編號：NSC 94-2627-H-001-002）。土田滋教授、葉春榮副研究員、翁佳音助研究員和黃秀敏小姐對初稿都提出了寶貴的修正意見。特此一併誌謝。

圖，屬於Siraya, Taivoan, Makatao的各有13種，其餘的並未畫出來。Makatao都在高屏地區，跟在台南平原的Siraya和Taivoan有一段距離，並不混雜。可是Siraya跟Taivoan都在台南平原，雖然Siraya以靠海方向爲主，而Taivoan主要靠內陸，但也有向海的方向延伸，部分地區就有這兩類的語言（見圖一）。近兩年來我們陸續收集和研究新港文書的資料，發現Siraya和Taivoan有三種不同的音韻演變規律以及一種詞綴的差異，它們之間的差異之大已足可構成不同的語言了。我們發現麻豆跟灣裡有相同的音變規律，它們並不屬於Siraya，而是屬於Taivoan。文後附一種麻豆文書的模寫本。

關鍵詞：平埔族，語言，族群分類，音韻演變，新港文書

一、前言

南部平埔族語言大約在十九世紀中葉就都已消失殆盡了。除了十七世紀荷蘭傳教士爲新港社的西拉雅語留下較多的傳教文獻資料（含文本）之外，其他各地大都只有零星的詞彙資料。周鍾瑄（1717）在《諸羅縣志》中用漢字記錄了208個語詞，黃叔璥（1722）在「番俗六考」中收錄了若干社的番歌，也是用漢字記音，而朱仕玠（1763）在《小琉球漫誌》

一書中也用漢字記下了下淡水239個單語。清朝政府於1860年代被迫開關以後，歐美人士到台灣來採集了有限的詞彙資料，如Bullock (1874/5), Maxwell, Ritchie, Steere (1874) 等都採用羅馬拼音。再來就是日治時代的日本學者，如伊能、小川、馬淵、淺井、國分等人的田野筆記才改用國際音標。這些語言資料都很零星，卻常是各地唯一的資料，成爲我們了解南部平埔族語言的重要依據。

嘉南平原跟高屏地區的平埔族語言，學者大都認爲有三種：（一）在台南沿海一帶的西拉雅（Siraya），（二）在台南內陸的四社熟番（Taivoan），（三）在高屏地區的馬卡道（Makatao）。至於這些是三種不同的語言，還是同一種語言的不同方言，學者就有不同的看法了。

土田滋教授（Tsuchida *et al* 1991:7-8）曾舉出詞彙的不同來證明它們應分屬三種不同的語言。其中一個例證就是「人」這個語詞，他們分別各自稱爲siraya, taivoan和makatao或近似的詞形。另一個例證就是「酒」，分別叫作it, tau, lihu。[2] 按其他各種台灣南島語言「酒」都各自有不同的語詞，唯一的例外就是魯凱語的bava和排灣語的vava是相同的語詞，也就是同源詞，因爲語音的對應關係是規則的。第三個例證是「米」，大致上分別叫作pak, hurau, buka。可是屬於馬卡道

[2] 其實屬於西拉雅語的崗仔林新港文書（Steere收藏，Texts 5 & 11，見李壬癸 2002）「酒」也作diho。因此「酒」這個語詞並不足區分這三種語言。

的大傑巔叫作ppa和老埤也叫作pak，卻跟屬於西拉雅的相同或相似。土田教授也指出，比較這個語詞的意義並不大，因爲我們難以掌握原來是指「稻子」、「米」或「穀子」（未去稻殼），常會糾纏不清。反過來，想要找專屬於這三種語言或方言的同源詞，而不見於其他台灣南島語言，卻一個也找不到。當然材料少，有可能是重要因素。

其實語言（language）跟方言（dialect）之間的界線是模糊不清的。一般人常以能否互相溝通（mutual intelligibility）做爲判斷的條件。但這種條件是靠不住的。有的語言內部非常紛歧，例如泰雅（Atayal）跟賽德克（Seediq）彼此固然不通，就泰雅語而言，有些方言的差異很大，如萬大、汶水、四季等三種方言跟最通行的Squliq方言，這四種方言相互之間都無法溝通。又如魯凱語茂林鄉的萬山方言跟另外兩村（茂林和多納）就不通，跟霧台和大南等地的方言更是不通。

費羅禮（Ferrell 1971）根據十七世紀荷蘭人的紀錄和描述，就認爲台灣南部的平埔族可能有五種之多：Siraya, Taivuan, Takaraian (= Makatao), Pangsoia-Dolatok, Longkiau。這也就是說，他認爲高屏地區不僅有Makatao，而且還有另外兩種Pangsoia-Dolatok和Longkiau，這三種都是不同的族群（"all were separate ethnolinguistic groups" (p.226)）。他的主要證據就是：高屏這三個地區的人都聽不懂西拉雅語。如上所述，這種證據是靠不住的。何況高屏三個地區相互之間的關係如何，更是不清楚。

台灣南部的平埔族語言在十九世紀上半年，大約1830

年左右，就已失傳了。新港文書最晚的一件寫於嘉慶23年（公元1818年），可見在十九世紀初還有人會講西拉雅語。美國密西根大學博物學者Joseph Steere，於1873年到崗仔林、萬金庄兩地去蒐集語料時，雖從一位八十多歲的老婦那兒採集到一百多個單語，卻沒有什麼句子，那時也沒有人看得懂新港文書。由此可見，到了十九世紀下半，就已經沒有人會講南部的平埔族語言了（請參見李壬癸 2002）。這就是今日研究南部平埔族最大的困境。

曾在台灣探險半年之久的
美國博物學者Joseph Steere

二、南部平埔族語言的資料

有關台灣南部平埔族語言，有以下這幾種文獻資料：

（一）小川的Siraia, Makatao, Taivoan

能夠全面涵蓋南部平埔族的語言就是小川尚義教授生前所編寫的一份手稿，題目是Siraia, Makatao, Taivoan，共28頁，是整理南部各地所曾記錄過的詞彙比較表，總共大約有75個部落或資料來源，約有160個單詞。最早的紀錄是荷蘭傳教士Gravius (1661) 的，清代周鍾瑄（1717）、黃叔璥

（1722）、朱仕玠（1763）等人都用漢字的記音，十九世紀下半歐美人士用羅馬拼音的紀錄，最晚的是日治時代日本學者或警察的紀錄。這些紀錄大都是很零星的，品質也很不一致。但是除了西拉雅我們有較多的語言文獻資料之外，有關Taivoan和Makatao的語言資料非常少。因此，小川所整理的這一份語言資料提供給我們做進一步研究很大的便利，可說相當珍貴。土田教授（1991）把其中39個部落的地理位置在地圖上標示出來，並且以不同符號來標示分屬三種不同的語言或方言。這又能幫助我們對南部平埔族語言的分布狀況有進一步的瞭解。

（二）新港文書

第二種資料是所謂的「新港文書」。除了村上（Murakami 1933）所收的新港社87件以外，也有麻豆（Matau, 6件）、卓猴（Tohkau, 6件）、大武壠（Taibulang, 1件）、下淡水（Lower Tamsui, 1件）、茄藤（Katin, 3件）、灣裡（Wanli, 12件）等地的文書。其中卓猴（在山上鄉）屬於西拉雅語，灣裡（今善化）、麻豆、大武壠（今頭社）屬於Taivoan語，而下淡水和茄藤卻屬於馬卡道語。村上總共只收了101件，而我們這幾年來又陸續收集了69件：美國密西根大學收藏的16件，日本東京外國語大學收藏的有5件，南山大學收藏小川尚義的1件，中研院史語所的10件，中研院台史所的19件，徐瀛洲的2件，日本天理大學的1件，台灣總督府檔案7件，村上（1933）1件，台灣文獻館1件，高雄市立歷史博物館1件，黃天橫、尤朝恭、蘇哲夫、郭武雄、吳財旺等各1件，總共有170件。村上並沒有收入灣裡的文書，而在東京外國語大學收藏的有三件灣裡的文書，而且都是雙語（西拉雅和漢文）。比較各地的文書，就可以看出語言上的差異，包括語音和詞彙，甚至句法。因此，新港文書是研究南部平埔族語言的重要資料。村上只是收錄和轉寫（transcribed），並沒有內容的解讀，翁佳音（1989, 1990）曾做過幾件新港文書的解讀，而我們正在嘗試作全面的解讀工作。

（三）荷蘭時代傳教語料二種

1. Gravius (1661): *St. Matthew in Formosan (Sinkang Dialect)*馬太福音
2. Gravius (1662): *Formulary of Christianity in the Siraya Language of Formosa*

以上兩種都是荷蘭時代基督教的傳教資料，前者是聖經中四大福音的馬太福音全本的西拉雅文翻譯，後者是有關基督教義的譯文或說明，都是荷蘭傳教士Gravius所編寫的。這兩部書是研究西拉雅語法結構系統的重要素材。小川做過整理和研究，但都未完稿，也未發表。我們接著做下去，已將它們全部輸入電腦，逐詞和逐句翻譯（word-by-word glosses and free translation in English）也已大致完成。陳炳宏（2001, 2005）也曾做過類似的工作。當代荷蘭籍語言學者Alexander Adelaar過去幾年來也在做這一方面的研究工作，並且已發表了五篇

熱心於福爾摩沙傳教事業的Gravius牧師

論文（Adelaar 1997, 1999, 2000, 2004a, b）。據了解，他也準備出版一部專書。土田（Tsuchida 1996, 2000）教授也做過這一方面的研究，並且發表了二篇論文：一篇有關人稱代詞系統，另一篇是關於動詞前綴諧音的現象。以上這幾位都是對於解讀西拉雅語法少數有貢獻的人。由以上可見，眞正在研究西拉雅語的人屈指可數。

爲了方便研究西拉雅語，我們有必要編兩部西拉雅語詞典，一部可以從Gravius (1661, 1662) 這兩部書中去取材，另一部專收新港文書的詞彙。但都必須先做一番整理功夫，包括把前後不一致的地方改成一致，十七世紀荷蘭傳教士把荷蘭文羅馬拼音方式都帶到西拉雅語的羅馬拼音並不盡妥當，也必須重新詮釋才行。類似這樣的工作，都需要投入相當多的人力才可望達成。

西拉雅語文研究，小川生前已爲我們做好了不少的基礎工作，土田和Adelaar又把這個研究工作向前推進了一大步。只可惜我個人的時間和能力有限，工作雖有進展，但無法加快腳步，而國內的語言學者卻還沒有人對這個研究有興趣，我只能走一步算一步了。

三、語言上的差異[3]

語言的差異包括詞彙、音韻、構詞、句法等幾個不同的層次。一般說來，詞彙很容易移借（borrowing），並不夠穩定。歷史語言學者大都以音韻演變的差異來區分語言，並認爲音韻演變需要較長的時間，也就是說，音韻系統較穩定。語言歷史的重建以音韻方面所累積的經驗和成果最爲豐富，而構詞和句法兩方面都較少，不像音韻那樣地成系統。

南部平埔族語言，除了第一節提到的詞彙上的差異之外，音韻上的差異更爲重要，因爲這是系統上的差異，穩定性較高，値得我們仔細觀察。從各地收集到的新港文書看來，音韻系統上的差異是相當規則的，尤其是新港社和卓猴社的s對應灣裡社（今善化，屬Taivoan）和麻豆社的r或d。例如，

Siraya		Taivoan		Makatao	
新港/s/	卓猴/s/	灣裡/r, d/	麻豆/r, d/	下淡水/r, d/	< 古南島*D, *d
_s_a	_s_a	_r_a, _d_a	_r_a, _d_a	_r_a, _d_a	‘and’
hi_s_o	hi_s_o	haij_r_o, _r_o	haij_r_o, _r_o, _d_o	----	‘if, as’
_s_aija, _s_ia	_s_aija, _s_ia	_r_aija	----	----	‘east’ < PAN *Daya
rao_s_	rao_s_	rau_r_	----	----	‘west’ < PAN *laHud

*s*apal	----	*r*apan	----	----	‘foot’ < PAN *DapaN
po*s*oh	----	po*r*oh	----	----	‘land’
mai*s*i*s*ang	----	----	----	mae*r*ae*r*ang	‘magistrate’

雖然有一個例外，但是個借詞：

*s*it	*s*it	*s*it	*r*itd, *z*it	‘day’ (借自閩南語dzit ‘日’)

值得注意的是，下淡水的這個音韻演變跟Siraya語一致，而跟Taivoan語不同。

另一個語音上的差異就是語詞後頭元音的有無。例如，

新港	灣裡	
tini	tin	‘its, his’
nini	nin	‘their’

但目前只見到這兩個人稱代詞所有格的例子，因此遠不如上面那一條的重要。

小川和土田都把麻豆社（在灣裡社之北）歸屬於Siraya，但是它的語音演變卻跟屬於Taivoan的灣裡社相同或相近。因此，把麻豆歸屬於Taivoan較妥當。這是根據新港文書的資料而可以改正小川分類的例子。從土田所繪製的南部平埔

❸ 新港文書資料所顯示的音韻上的差異，包括新港、卓猴、灣裡、麻豆等社，由「新港文書研究」計畫助理黃秀敏小姐協助提供。

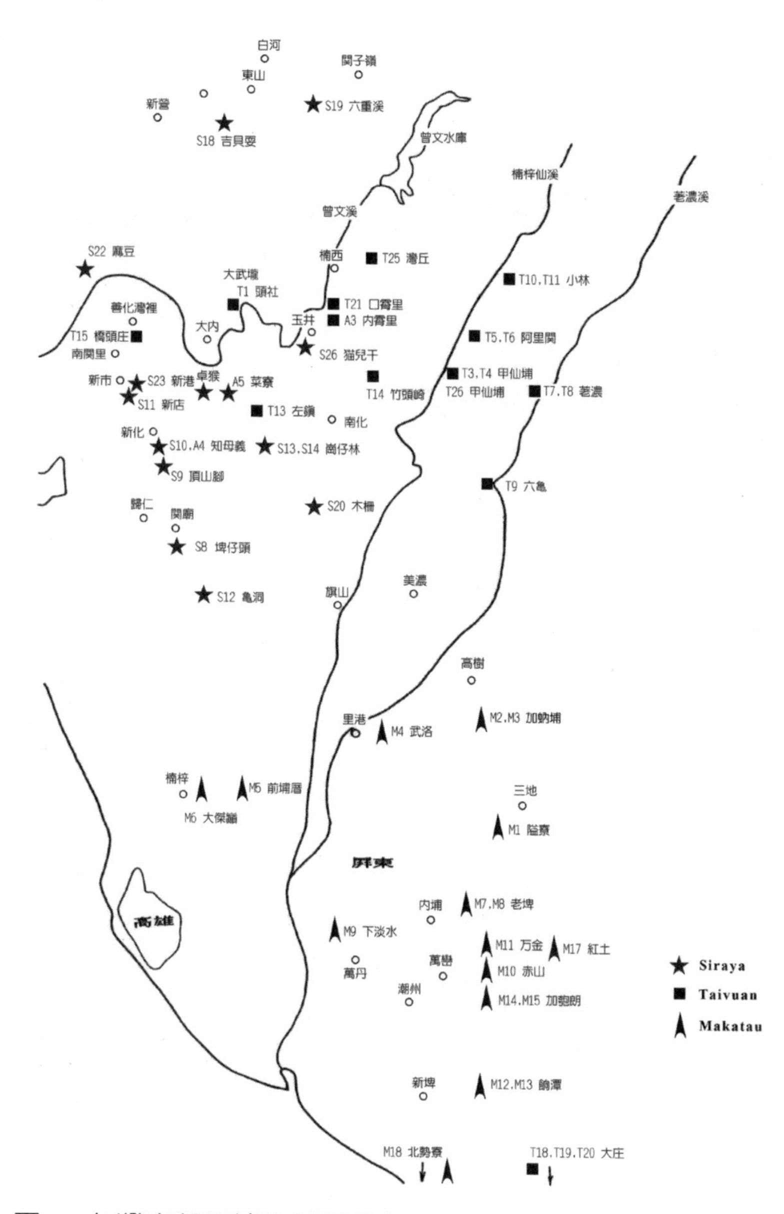

圖一　台灣南部平埔族諸語分布圖（土田滋 1991: ix）

立盡賣絕根田契人蔴荳社番民 腊呼 斗六 有承父物業水田壹所大小共肆坵坐落土名番仔橋埤田東至郭家田西至謝家田南至
車路北至番人昰田四至明白為界今因乏銀別置將田先盡問番親兄弟等不肯承買外托中引就與郭宅出頭承買三
面言議實值時價番鏡銀叁拾貳大員其銀即日仝中支訖將田隨付郭宅前去掌管耕作永為己業不敢阻當立
契以後壹賣千休後日不敢言贖亦不敢言贖並不敢言及增添契尾找洗等情保此田係是腊呼等承父鬮分田物業
與番親兄弟等無干亦無重張典掛他人財物以及來歷交加不明為碍如有不明等情腊呼等自出頭抵當不干郭宅之
事此係公中言明二比甘愿後日各無反悔口恐無憑立盡賣絕根田契壹紙併契後番字付郭宅收執存炤
即日仝中收過契內番鏡銀叁拾貳大員完足再炤

乾隆貳拾年正月 日立盡賣絕根田契番民 腊呼 斗六

為中人
代書人番童 吧京 達
知見人番父目根
允勝 僉

[illegible]

麻豆林家文書的模寫本

族語言分布圖（圖一）可以看出，這四個部落的地理位置相近，也是兩種語言交界的地區。地理位置相近的語言，詞彙的移借是很容易的，例如，麻豆的「人」是siraiya，而不是taivoan。

此外，有一個語詞指「厘錢，文錢」，在新港社的新港文書都作loma*s*i，而荷蘭傳教士Gravius在《馬太福音》中的譯文卻作lauma*r*i，其語音特徵是Taivoan語。一般人的理解是，Gravius在十七世紀所譯的語言是Siraya，怎會是Taivoan呢？確實令人費解。[4]

新港社西拉雅語的「沒有」作a*k*o-saij，而灣裡社和麻豆社的Taivoan語作au-saij，元音之間的 k 音脫落。新港和卓猴的dagogh「價錢」對應於灣裡和麻豆的daoh，新港的ligig「砂」對應於灣裡的liih（按荷蘭文的書寫系統，語詞尾的gh, g, h都相同），新港的matagi-vohak「後悔」對應於灣裡的mataij-vohak，也都是元音之間舌根音 g 的脫落，看來是密切相關的音韻演變規律。如能再找到其他更多的例子，就是另一條或二條音韻對應規律了。

從構詞（morphology）方面的現象來看，麻豆社也跟灣裡社相近，而跟新港、卓猴兩社不同。例如，表示「未來」的動詞後綴，新港社是-ali或-ili，卓猴社是-ati或-ili，而灣裡

---

❹ 類似的例子還有新港文書的haosong「偷」對應於馬太福音的haouroung，新港文書的ka-hasim-ing「將得到寬恕」對應於馬太福音的ka-harim-auh。這些例子都顯示馬太福音的譯文含有Taivoan語的成分。

社是-ah，麻豆社也是-ah，下淡水卻是-ani，跟Siraya語同源（-ali對應-ani），而跟Taivoan不同源。語言學大師薩皮耳（Sapir 1921:202-204）曾經指出：語言各層次的系統，穩定性最高的是構詞，而詞彙、音韻、句法都比較容易改變或互相影響。如果他的說法可信，那麼構詞的證據也是指向麻豆跟灣裡同屬一種語言，Taivoan。

我們過去的理解是：Siraya語是在台南沿海一帶，而Taivoan靠內陸地區。麻豆、灣裡等社的地理位置都相當靠近海岸，何以竟是Taivoan語言呢？其實，麻豆在地理上很靠近灣裡和橋頭庄（屬Taivoan），而且就在它們靠西北邊的外圍，靠它們東邊有大武壠（頭社，屬Taivoan），這一帶連成一片都是Taivoan，是很自然的事。假如麻豆是屬於Siraya，反而有點奇怪了。此外，左鎮（屬Taivoan）卻是處於Siraya地區。換言之，在新港社附近，是這兩種語言的交界和過渡地帶。整體看來，Taivoan的地理分布是在Siraya的東邊和北邊，有包圍Siraya之勢。南關里最近有重要的考古資料出土，正處於這兩種語言之間。（請見書前的西拉雅語群分布圖）

土田（Tsuchida *et al* 1991:8-9）曾指出南部三種平埔族語言在音韻演變方面的差異，大體上包括以下兩條規律：

	古南島語	Siraya	Taivoan	Makatao
(1)	*l	r	ø~h	r
(2)	*N	l	l	n

第（1）條規律顯示Taivoan跟其他兩種語言的差異，而第（2）條規律顯示Makatao跟另外兩種的差異。根據這兩條音韻演變規律，就可以把南部三種平埔族語言區分開來。例詞如下：

	古語	Siraya	Taivoan	Makatao	
(1)	*telu	turu	tuhu, too	toru	'three'
	*lima	rima	hima	rima	'five'
	*Calinga	tangira	tangya	taringa, tangira	'ear'
	*Zalan	daran	raan	raran	'path'
	*bulaN	vural	buan	buran	'moon'
例外	*dila	dadira	rarira	rarira	'tongue'
	*bali	vari	vari	vari	'wind'
(2)	*(qa)Nuang	loang	loang	noang, loang	'cow'
	*puNi	mapuli	mapuli	mapuni, mapuri	'white'
	*waNiS	walih	wali	wari	'tooth'
	*baNituk	manituk	malituk	(paisu)	'silver'
例外	*quZaN	udal/n	uran	uran	'rain'
	*waNak	alak	alak	alak	'child'
	*DaNum	dalum	ralum	ralum	'water'

以上二條音變都有不少例外。雖然有例外，但大致上都還可以用借詞或同化作用來解釋（請詳見Tsuchida *et al* 1991:9）。而且，各種語言資料原記錄人的精確度就不很可靠。以

上所顯示的語音對應關係只不過是「大致的趨勢」（general tendency）如此罷了。

值得注意的是：麻豆對古南島語*l 的反映是零或 h，例如*telu > tao「三」，*lima > hima「五」，都合乎Taivoan語的音變規律。但是也有例外，如*Zalan > darang「路」，大概受到基督教宣教的影響，按「路」都作darang。

綜合這一節的討論，南部平埔族語言有以下這幾種音韻演變的差異：（一）Siraya和Makatao的 r 對應Taivoan的 h 或消失，（二）Siraya和Taivoan的 l 對應Makatao的 n, l 或 r，（三）Siraya的 s 對應Taivoan的 r 或 d，（四）Siraya在元音之間的舌根音 k 和 g 在Taivoan已脫落。（一）和（二）這兩條規律是土田根據小川所收集的詞彙比較表所歸納出來的音韻演變規律，而（三）和（四）是根據我們從各地採集的新港文書語料所爬梳出來的音韻演變規律。這使我們對南部平埔族語言的差異有了進一步的瞭解。

台灣南島語言的歧異性很大，即使同一種語言（如泰雅語、魯凱語等等）的不同方言之間的差異也不小，也有不同的音韻演變。所以上面這幾條音韻演變的差異雖然不能就證明南部這三種平埔族是不同的語言（即不同族群），還是同一種語言的不同方言（同一族群），但是音韻演變規律的差異有三、四條之多，再加上構詞的差異：表示「未來」的後綴Siraya跟Taivoan也不同。也就是說，它們之間的差異相當大，屬於不同的語言的可能性要大得多。

以上這些差異，是三種語言之間的差異，特別是Siraya

跟Taivoan之間的差異，還是只是Siraya內部方言的差異？其實每一種語言內部都有方言的差異，Siraya語也不會例外。然而，就語言學的證據而言，從土田教授所提出的詞彙差異跟音韻演變規律，到本文作者所增補的兩條音韻演變規律以及構詞上的差異，這些都是顯示Siraya跟Taivoan之間有顯著的不同。我們語言研究的結果，有些部落的歸類跟清代的文獻記錄即使有出入，也可以據之以改正以前的文獻記錄。

四、台南平原是最古老的居住地

語言學跟考古學的證據都顯示，台南平原很可能是南島民族最古老的居住地，也就是古南島民族的擴散中心（Starosta 1995）。最近幾年在南部科學園區預定地考古的發掘，有不少的器物和人骨出土，最早的年代據碳14的測定大約在五千年前（臧振華，個人交談）。早期陸續有幾個族群（依序為（一）魯凱5000BP，（二）鄒族4500BP，（三）西北部族群、布農、排灣／卑南，4000BP（參見Li 2006））分化和擴散出去之後，一直留在南部平原定居的南島民族，大概就是後來我們所知的西拉雅、四社熟番、馬卡道等族群。他們南下向高屏地區擴散而成爲後來的馬卡道，大約在3500年前。大約在3000年前這支平埔族才進一步南下經由海路向東部擴散，逐步分化成現在所知的阿美（Amis, 2500BP），巴賽（Basay, 2000BP）和噶瑪蘭（Kavalan, 1000BP）。（請見書前的台灣南島民族遷移圖）

如果以上推測大致無誤的話，那麼在南部平原的平埔族大約在三千多年前也已開始分化成爲後來的Siraya, Taivoan, Makatao等族群。它們分化的時間既然這麼早，語言之間的差異應該相當大。可是從十八到二十世紀上半所記錄的詞彙資料看來，它們的關係又似乎相當接近，這又怎麼解釋呢？自從十七世紀荷蘭據台以後，在台南的西拉雅語成爲南部的共通語言（lingua franca），其他地區的語言也深受它的影響，大量移借西拉雅語彙是很自然的事。總之，從語言學和民族學（如李國銘 1995）的觀點，Siraya, Taivoan, Makatao分屬三種不同的族群和語言，這種說法大概是可以成立的。

五、結語

從嘉南平原到高屏地區的平埔族語言，現有的文獻資料只有75種，日治時期小川尙義教授就把它們分爲三大類：Siraya (26種), Taivoan (26種), Makatao (18種)，後來又補充了五種。土田滋教授根據這份資料畫出地理分布圖（圖一），屬於Siraya, Taivoan, Makatao的各有13種，其餘的並未畫出來。Makatao都在高屏地區，跟在台南平原的Siraya和Taivoan有一段距離，並不混雜。可是Siraya跟Taivoan都在台南平原，雖然Siraya以靠海方向爲主，而Taivoan主要靠內陸，但也向海的方向延伸，部分地區就有這兩類的語言。（請見書前附圖）

近兩年來我們陸續收集和研究新港文書的資料，發現Siraya和Taivoan有幾種不同的音韻演變規律以及一種詞綴的差異（見下表）。更意外地，我們發現麻豆跟灣裡有相同南部三種平埔族群的主要差異：

	Siraya	Taivoan	Makatao	古南島語
音韻演變				
(1)	r	ø~h	r	< *l
(2)	l	l	n	< *N
(3)	s	r, d	r, d	< *D, *d
(4)	-k-	ø	-k-	< *k
	-g-	ø	----	< *S
詞綴「未來」	-ali	-ah	-ani	

或相似的音變規律。換言之，麻豆並不屬於Siraya，而是屬於Taivoan。對新港文書繼續研究下去，或許還會有新的發現。

本文主要是討論西拉雅跟Taivoan的不同，對於馬卡道只是約略提及，還沒有做深入的研究。至少我們已知馬卡道跟Taivoan有一種共同的音變：*D, *d > r, d，可是馬卡道跟西拉雅卻有相同的表示「未來」的後綴。因此，這三種語言的關係初步看來是等距離。可惜馬卡道語言的記錄實在太少，高屏地區的新港文書也很罕見。將來若對馬卡道的有限語言資料再做深入的探討，說不定也會有新的發現。

南部平埔族語言彼此之間是有不少的差異，但也有相同的音韻演變。例如，它們對於古語*j 的反映都是 n：*bukij > Siraya *vaukyn*, Taivoan *vukin*, Makatao *bukin*「山」。這就是東部支群（含西拉雅、阿美、噶瑪蘭、巴賽）的特色。

（本文於2006年8月發表於《建構西拉雅研討會論文集》）

參考書目

小川尚義（Ogawa, Naoyoshi）

[1917] Siraia, Makatao, Taivoan詞彙比較表，手稿28頁。

[ ] Sideia-English Vocabulary.稿件.

田代安定

1898 〈南部台灣の諸蕃族〉，《東京人類學會雜誌》146:307-310。

伊能嘉矩

1908 〈南部の四社熟蕃と稱せらるる支那化土蕃は何れの種族に屬せしむべきか〉，《東京人類學會雜誌》207:433-437。

朱仕玠

1763 〈下淡水社寄語〉，《小琉球漫誌》。台灣文獻叢刊。

李壬癸（Li, Paul Jen-kuei）

2002 〈新發現十五件新港文書的初步解讀〉，《台灣史研究》9.2:1-68。

李壬癸，谷智子

2005 〈新港文書目錄〉，《小川尚義、淺井惠倫台灣資料研究》，152-180。

李國銘

1995 〈屏東平埔族群分類再議〉，《平埔研究論文集》，365-378。中央研究院台灣史研究所籌備處。

洪敏麟

1979 《台灣地名沿革》。台中市：台灣省政府新聞處。

翁佳音

1989 〈二十三號新港文書與西拉雅族的姓名制考〉，《中央研究院台灣史研究通訊》13:45-47。收入翁佳音著，《異論台灣史》，97-102 (1991)。台北：稻香。

1990 〈一件單語新港文書的試解〉，《民族學研究所資料彙編》1:143-152。

陳炳宏

2001 《台南Siraya語馬太福音字彙解讀》*Notes on Vocabulary of Siraya Version of Matthew*。台南平埔原住民協會。

2005 《台（南）Siraya語基督教信仰要項解讀》*Notes on Formulary of Christianity in Formosan Siraya Dialect—with translation in English, Chinese and Dutch.*

國分直一

1943 〈知母義地方の平埔族について〉，《民族學研究》1(4):57-83。

劉澤民編

2002 《平埔百社古文書》。南投市：國史館台灣文獻館。

劉澤民、陳文添、顏義芳編譯

2001 《台灣總督府檔案平埔族關係文獻選輯》。南投市：台灣省文獻委員會。

Adelaar, K. Alexander

1997 Grammar notes on Siraya, an extinct Formosan language. *Oceanic Linguistics* 36.2:362-397.

1999 Retrieving Siraya phonology: A new spelling for a dead language. In Elizabeth Zeitoun and Paul Li, eds., *Selected Papers from the Eighth International Conference on Austronesian Linguistics*, 313-354. Institute of Linguistics (Preparatory Office), Academia Sinica.

2000 Siraya reduplication. *Oceanic Linguistics* 39.1:33-52.

2004a The coming and going of ‘lexical prefixes’ in Siraya. *Language and Linguistics* 5.2:333-361.

2004b Le siraya: interprétation d’un corpus datant du XVIIéme siécle. *Les Langues Austronésiennes*, 123-140. OPHRYS.

Bullock, T.L.

1874-5 Formosan dialects and their connection with the Malay. *China Review* 3:38-46.

Campbell, Rev. William

1903 *Formosa Under the Dutch, Described from Contemporary Records with Explanatory Notes and a Bibliography of the Island*, 629 pp. London: Kegan Paul, Trench, Trubner and Co.

Ferrell, Raleigh

1971 Aboriginal peoples of the Southwestern Taiwan plains. *Bulletin of the Institute of Ethnology* 32:217-235.

Klaproth, J. H.

1822 Sur la langue des indigenès de l'île de Formose. *Asia Polyglotta*, 380-382. Paris.

1824 Vocabulaire Formosan. *Mémoires relatifs à l'Asie* 1:354-368.

1867 Formosan Vocabularies, *Notes and Queries on China and Japan* 1.6:70-71.

Li, Paul J. K.（李壬癸）

2001 The dispersal of the Formosan aborigines in Taiwan. *Language and Linguistics* 2.1:271-278.

2004 Origins of the East Formosan peoples: Basay, Kavalan, Amis and Siraya. *Language and Linguistics* 5.2:363-376.

2006 Time perspective of Formosan aborigines. In Alicia Sanchez-Mazas, Roger Blench, Malcolm Ross, Ilia Peiros and Marie Lin, eds., *Past Human Migrations in East Asia and Taiwan: Matching Archaeology Linguistics and Genetics.*

Murakami, Naojirô（村上直次郎）

1933 *Sinkan Manuscripts*. Memoirs of the Faculty of Literature and Politics, Taihoku Imperial University, Vol.2, No.1. Formosa: Taihoku Imperial University。

Sapir, Edward

1921 *Language*. New York: Harcourt, Brace & World.

Starosta, Stanley

1995 A grammatical subgrouping of Formosan languages. In Paul Li, *et al.*, eds., *Austronesian Studies Relating to Taiwan*, 683-726. Institute of History and Philology, academia Sinica.

Steere, Joseph Beal

1874 [The aborigines of] Formosa. *Journal of the American Geographical Society of New York* 6:302-334. New York.

Thomson, John

1873 Notes of a journey in southern Formosa. *Journal of the Royal Geographical Society* 43:97-107. London.

Tsuchida, Shigeru

1996 〈シラヤ語人稱代名詞〉，《台灣原住民研究》1:132-157。日本順益台灣原住民研究會。漢譯文見黃秀敏譯，〈李壬癸教授著《高雄縣原住民語言》問世寄語〉，《山海文化雙月刊》，14:94-114。也見於Nothofer, Bernd, ed., *Reconstruction, Classification, Description. Festschrift in Honor of Isidore Dyen*, 231-247. Hamburg: Abera Verlag.

1998 English index of the Siraya vocabulary by Van der Vlis. 《台灣原住民研究》3:281-310.

2000 Lexical prefixes and prefix harmony in Siraya. In Videa P. De Guzman and Byron Bender, eds., *Grammatical Analysis: Morphology, Syntax, and Semantics, Studies in Honor of Stanley Starosta*, 109-128. Honolulu: Oceanic Linguistics Special Publication No.29.

Tsuchida, Shigeru, Yukihiro Yamada and Tsunekazu Moriguchi

（土田滋、山田幸宏、森口恒一）

1991 *Linguistic Materials of the Formosan Sinicized Populations I: Siraya and Basai*《台灣・平埔族の言語資料の整理と分析》。University of Tokyo東京大學。

Van der Vlis, C. J.

1842 Formosaansche woorden-lijst, volgens een Utrechtsch Handschrift. Voorafgegaan door eenige korte aanmerkingen betreffende de Formosaansche taal. *Verhandelingen van het Bataviaasch Genootschap* 18:437-452 (Notes), 453-483 (Glossary), 484-488 (Conversation).

巴賽語的地位[1]

摘要

巴賽（Basay）是原來住在大台北地區的平埔族。本文主旨在使用語言的資料和現象來探討巴賽的地位問題：（一）巴賽隸屬於台灣還是西部南島語？（二）巴賽在台灣南島語言中的地位，它跟哪些語言較接近？

音韻演變的證據顯示：巴賽也是一種道地的台灣南島語言，尤其是它保存了古南島語的 *S爲s，如 *bukəS > bukəs‘頭髮’。

巴賽語跟噶瑪蘭語的類緣關係最接近，包括詞彙、音韻、構詞、句法等各層次的證據。它們有五種共同的音變，其中兩種音變只見於巴賽與噶瑪蘭，是屬於這兩種語言的共同創新。此外，還有幾個同源詞又共

[1] 本文在「平埔族群與台灣社會」國際學術研討會（2000年10月23-25日）宣讀時，承何大安、齊莉莎、黃智慧三人提出寶貴的修訂意見，後來兩位匿名審查人更進一步提供不少具體的修正意見，在此一併致謝。

有很特殊的演變：*susu > 巴*cicu*，噶*sisu*‘乳’（元音異化），*piliq > 巴*pam-ici*，噶*pam-ili*‘選’（鼻音取代語根首輔音*paN-*），這些不常見的演變可說是兩種語言關係最密切的強有力證據。在構詞方面，人稱代詞有相同的形式與功能。在句法方面，受事焦點與處所焦點在這兩種語言都合併了。

此外，本文也初步探討巴賽—噶瑪蘭語群跟西拉雅、阿美的親疏關係。

關鍵詞：平埔族，巴賽，噶瑪蘭，東台灣，比較研究

1. 前言

在台灣北部的平埔族，包括現在的大台北地區、基隆市、台北縣，原來大都是屬於巴賽（Basay）族。本文主要是根據日治時期，伊能、小川、淺井等人所蒐集的巴賽語田野筆記資料所做的分析，希望釐清平埔族巴賽的類緣關係，也就是它的親屬地位。本人相信族群的關係最好用語言學的方法來釐清。

一般人對於大台北地區的平埔族知道的很少。從公元一八九六年起，日本學者伊能嘉矩（1996）才開始對這個平埔族群進行系統的文化人類學（含語言）調查研究工作。他率先把它命名為Ketangalan，因此，一般人也都只知道台灣北部有「凱達格蘭」這個平埔族。其實應該叫作Basay才正確

（參見馬淵 1953-4，Tsuchida 1985）。這個平埔族群跟其他平埔族群以及各種南島民族的關係又如何？至今還沒有人好好探討過這個問題。費羅禮（Ferrell 1969:25, 64）只根據古南島語 *t 跟 *C 兩個輔音的合併現象，把它歸在「排灣語群二」(Paiwanic II）中，並且把噶瑪蘭與凱達格蘭擱在一起："Kuvalan/(Ketagalan-extinct)"，但並未詳細說明它的依據，大概只是根據同源詞的多寡。白樂思（Blust 1999:45）主要根據三條共同音變的現象（(1) *t 與 *C合併，(2) *j與 *n合併，(3) *q > ʔ），把Basay-Trobiawan（社頭）與噶瑪蘭歸在「東台灣」（East-Formosan）支群之下的「北支」（Northern branch）。我們將在下文第三節詳細討論這個問題。

如同其他多數台灣平埔族群，十七世紀的西班牙和荷蘭文獻都沒有爲巴賽族留下什麼語言資料。因此，對於當時台灣北部的語言實際狀況，我們並沒有多少認識。但根據西班牙傳教士的文獻記錄，在台灣北部通行的語言是巴賽，有些說不同語言的人也學會巴賽語做爲不同語言背景的人的共通語（lingua franca），例如，有些噶瑪蘭人也學會了巴賽語（參見 Borao 1992）。令人遺憾的是：有關當時巴賽語的資料都沒有留傳下來。中村孝志（1936）曾撰文探討存在不明的淡水語兩本書。近幾年來，鮑曉鷗（Borao）曾在馬尼拉、馬德里、亞威拉（Avila）、賽維爾（Sevila）、墨西哥等地的檔案努力搜尋，可惜至今仍毫無所獲。

根據伊能嘉矩等人的調查資料，土田滋教授（Tsuchida 1985）經過一番整理、分析和研究，我們才知道十九世紀末巴賽語的地理分布和一些方言的差異。可是因爲語言資料極受限制（只有少數詞彙），對於巴賽語的語法結構系統我們仍然毫無所知。幸而淺井惠倫教授於1936-37年間從事各種平埔族語言調查，在貢寮鄉新社和宜蘭的社頭分別找到了兩位高齡的發音人，我們才有較爲豐富的詞彙（約一千個單字）和文本資料。他所記錄的巴賽語詞彙在1991年土田滋等才整理出來公諸於世，而部分文本資料我（李 1996）曾發表在專書《宜蘭縣南島民族與語言》中。大部分的文本後來由黃秀敏小姐逐步譯解出來，我們才有眞正的巴賽語的語法研究資料，可供進一步分析研究。

2. 巴賽隸屬於台灣還是西部南島語？

從事台灣南島語言研究的學者大概都知道，多數台灣南島語言有一些特徵跟西部南島語（菲律賓、印尼、馬來西亞等地的語言）截然不同。在音韻方面，只有台灣南島語區分古語的 *t 和 *C，*n 和 *N，而西部南島語都不分；也只有台灣南島語保存了古南島語 *S和 *q，而西部南島語大都已消失，只有少數語言 *S 演變成爲 h，*q 變成 h 或喉塞音ʔ，唯一的例外，是菲律賓的Calamian語和Agotaya語，這兩種語言都還保留了q，但被誤記作 k（參見小川 1940）。

巴賽語如同西部南島語一樣地不分*t 和 *C，*n 和 *N，*q 也已丟失，至於*S 下文再談。此外，巴賽語有若干詞彙含有一些輔音群，是同部位的鼻音和塞音的組合 /mp, nt, ŋk/，這也是西部南島語的特色之一。但巴賽語並沒有像西部南島語言那樣，有鼻音與語根第一個輔音融合（nasal accretion）的現象。

在詞彙方面，台灣南島語擁有一些詞彙，例如*uka‘沒有’，*waNuH‘蜜蜂’，*pataS‘紋身’，卻都不見於西部南島語（參見Li 1995），反之亦然。自從森口（1991）公布了淺井所調查的巴賽語詞彙之後不久，我（Li 1995）就指出：巴賽語含有一些詞彙是屬於台灣地區以外的，例如：

(1)

	台灣南島	西部南島	巴賽
‘獨木舟’	—	*baŋka	baŋka
‘香蕉’	*bəNbəN	*punti	puti
‘鳥’	*qayam	*manuk	manuk
‘數（動）’	*SupəR	*bilaŋ	bilaŋ[2]

在構詞方面，巴賽語社頭文本中同時出現 *tama-imu*‘你（們）的父親’和 *tama-numi*‘你們的父親’（李1996:179），如果-*imu*表示單數，那就是西部南島語的另一項證據了（參見Blust 1977）。

這就表示有這一種可能：巴賽語原來在南洋群島，是後

[2] 噶瑪蘭語也有bilaŋ‘數’這個詞，大概借自巴賽語。除了 (1) 所列舉的四個例詞之外，我（Li 1999）另外列舉出巴賽語的mau‘希望，乞求’常見於馬來和印尼語，後來發現其實沙阿魯阿語也有。

來才遷移到台灣來的。幾年前我雖曾提出這種可能性，但後來經過檢驗更多資料的結果，如今認為這種假設成立的可能性並不大。理由分述如下：

（一）西班牙曾經佔領台灣北部十六年（1626-1642）。那幾年間，巴賽人很可能跟南洋（尤其菲律賓人）有直接的接觸和密集的往來，在語言和文化若有所移借，並不足為奇。‘獨木舟’和‘數’都是屬於文化的詞項，很容易移借。大台北地區大概原來並不出產香蕉，所以從菲律賓引進也是可能的。較難解釋的是，何以要移借‘鳥’這個詞？

（二）在音韻方面，台灣南島語不分古南島語的*t 和*C，*n和*N的尚有布農、噶瑪蘭等，並不限於巴賽；阿美跟西拉雅也不分 *t 和 *C，但卻區分 *n 和 *N。*q > ʔ > ø 的音變除巴賽外，還有噶瑪蘭、魯凱和西拉雅。其實，要區分台灣南島語和台灣地區以外的最好指標是：*S的保存與否（參見Tsuchida 1976:13及註8，Blust 1993）。除了卑南語以外，幾乎所有台灣南島語都保存 *S 為 s 或ʃ。[3]

巴賽語保存古語的 *S，如下面所舉各例：

(2)	*buSuk	>	busukke, vusuk	‘醉’
	*bukəS	>	bukəs	‘毛’

[3] 沙語雖也丟失，但跟它關係最接近的卡語卻保存，可見沙語的丟失 *S 乃是較晚近的事。大多數台灣南島語對古南島語 *S的反映都是s，只有賽夏和邵語的反映是ʃ。

*Səpat	>	səpat	‘四’
*daqəS	>	laise	‘臉’
*qamiS	>	amis	‘北，西’
*iSiq	>	ese（當作isi）	‘尿’
*iSu	>	isu, -su	‘你’

上面 (2) 這些單語詞大都是日常用語和重要詞彙，也就是語言學界所慣稱的「基本詞彙」（basic vocabulary），不太容易移借，而前面 (1) 所列舉的幾個詞彙卻大都是文化項目，容易移借，只有‘鳥’一詞較難解釋。

（三）前面提及社頭文本中出現的*tama-imu*和*tama-numi*，原來*-numi*‘你們的’乃借自噶瑪蘭語，因爲社頭在蘭陽平原，他們的語言難免受到周圍噶瑪蘭的影響，當年淺井所找到的那一位碩果僅存的社頭發音人吳林氏伊排（ipai），口語中確實摻雜著兩種語言的成分（請參見李1996:24-26, 164-166）。簡單的說，在她的口語中*-imu*和*-numi*都是指第二人稱複數。第二人稱單數*isu*、*-su*、*misu*、*isuan*、*suan*都出現在貢寮新社的語料中（例見李 1996:67），而貢寮地區並非緊鄰噶瑪蘭的地方。也就是說，*-imu*只能指第二人稱複數，正如一般的台灣南島語言，並非較晚才從南洋遷移到台灣來的。

（四）在語法結構上，巴賽語非常類似其他台灣南島語。它的人稱代詞系統跟其他台灣南島語都很相近。它的焦點系統卻和噶瑪蘭語最為相似：受事焦點和處所焦點合併，這也可能是因為社頭唯一的發音人受到噶瑪蘭語的影響所致；噶瑪蘭語有指事焦點 *ti-*（參見土田 1993，李 1996:73-76，張 2000:111-112），而在巴賽語文本中尚未發現。

總之，從最新各種證據（詞彙、音韻、構詞、句法）看來，我們幾乎可以確定：巴賽語也是一種典型的台灣南島語言，而不是西部南島語言（以上請參見Li 1999）。

3. 巴賽在台灣南島語言中的地位

前文已經提到在音韻演變方面，巴賽合併了古南島語的 *t 和 *C，*n 和 *N，這種現象也見於布農和噶瑪蘭。從構詞和句法結構兩方面來看，巴賽跟布農的差異都相當大，它們不太可能有親近的類緣關係。而在詞彙（參見李 1995）、音韻、句法（如焦點系統）三方面，巴賽跟噶瑪蘭都有不少共同的成分或類似的現象。只不過它們在地理上相鄰接，我們必須考慮排除可能相互影響的成分。一般說來，詞彙較容易移借，而音韻演變規則穩定性較高，不易移借。讓我們先觀察這兩種語言在音韻演變的現象：

---

❹ 淺井的巴賽語記音資料顯示 *l* 和 *r* 常有混亂的情形，例如 *pila* ~ *pira*‘銀錢’，*li* ~ *ri*‘在’，*ram* ~ *lam*‘牡蠣、蛤’，*sulap* ~ *surab*‘燒’。因此巴賽語的 *l* 與 *r* 之區分條件並不清楚。噶瑪蘭的 *r*，*l*，*R* 的演變條件也不很清楚（參見Li 1982）。

3.1 音韻演變與詞彙的關係

(3)

古南島	巴賽	噶瑪蘭	舉例（特殊音變之說明，請見(4)）
*p	p	p	*paCay > 巴patay‘打’，噶patay ‘死’
*b	b	b	*baki > 巴baki，噶baqi‘祖父’
*t	t	t	*t-amaH > 巴tama，噶tama‘父親’
*C	t	t	*maCa > 巴mata，噶mata‘眼睛’
*D	r, l[4]	z	*DuSa > 巴lusa，噶u-zusa‘二’
*Z	r, l[4]	z	*Zalan > 巴cacan (<A)，噶razan (<M)‘路’
*R	r, l	r, l, R	*biRaq > 巴bila，噶biRi‘葉’
*k	k, h/-*a	k, q/*a, *u	*kaka > 巴kaka，噶qaqa‘兄姊’
*q	ø	ø	*quluH > 巴ucu，噶uRu‘頭’
*H	ø	ø	*batuH > 巴batu，噶btu‘石頭’
*ʔ	ø	ø	*kaʔən > 巴k<um>an，噶q<m>an‘吃’
*l	c	r, l, R	*lima > 巴cima，噶rima‘五，手’
*s	c	r, l, R; s[5]	*piliq > 巴pam-ici，噶pam-ili‘選’
			*siku > 巴ciku，噶siku‘肘’
*S	s	s[5]	*Siup > 巴siupe，噶siup‘吹’
*j	n	n	*-ajəm > 巴anəm，噶anəm‘心’
*n	n	n	*t-inaH > 巴tina，噶tina‘母親’
*N	n	n	*tiaN > 巴tian‘腹’，噶m-tian‘懷孕’
*m	m	m	*i-mu > 巴imu，噶imu‘你們’
*ŋ	ŋ	ŋ	*ŋajan > 巴ŋanan，噶naŋan‘名字’
*w	w	w	*wasu> 巴wacu，噶wasu‘狗’
*y	y	y, l/*a_a	*Naŋuy > 巴nanuy，噶naŋuy‘游泳’
*a	a	a, i/*q	*kaRat > 巴harate，噶qaRat‘咬’

古南島	巴賽	噶瑪蘭	舉例
*i	i	i	*i-Su > 巴isu，噶isu‘你’
*u	u	u	*kuCu > 巴kutu，噶qutu‘頭蝨’
*ə	ə, u, i	ə, i	*Səpat > 巴səpat，噶spat‘四’
			*bəRas> 巴bulace，噶bRas‘米’
			*qiCəluR> 巴 (telud’)，噶tiRuR‘蛋’

從以上音韻演變比較表可以看出，巴、噶兩種語言除了*p, *b, *m, *ŋ, *w, *y, *i, *u基本上保持不變之外，有五種共同的音變：(1) *t與 *C的合併爲t，(2) *D, *Z的合併，但在巴賽語 *R也與之合併，(3) *q, *H, *ʔ的合併並消失，(4) *j, *n, *N的合併爲n，(5) 噶語*k分裂爲k與q（後元音之緊鄰），而巴語*k分裂爲k與h（在後元音 *a之前），和噶語的音變平行，在早期很有可能是同一音變，即：*k > k, q，後來巴語才進一步q > h。[6]這兩種語言的主要不同演變是：(6) 巴語合併 *l與*s爲c，而噶語合併*s與*S爲s。此外，噶語有兩條個別的音韻演變規律：(7) *a分裂爲a與i（*q之緊鄰），(8) *y分裂爲y與l（在*a_a之間，僅‘鳥’一例）。上面 (1)-(3) 這三種音變，其他

---

❺ 噶瑪蘭對*S的反映通常是 s，若後面的央中元音 ə 消失而造成成雙的輔音（geminate consonant）時，就會變成喉塞音，例如，*Səsi > ʔsi‘肉’，*Səmay > ʔmay‘飯’。

❻ 巴賽語 *q > h* 的演變有方言差異的證據。例如新社方言與社頭方言有以下這些 *h ~ q* 的差異：*harona ~ qaLuna*‘螞蟻’，*habateŋ ~ mia-qabateŋ*‘病’，*habitte ~ q<um>avit*‘割稻’，*haed’ ~ qael*‘鮑魚’。

台灣南島語言雖然也可以找到相似的演變，但卻找不到同時擁有上述這五種音變的語言。尤其第(4) 條，*j, *n與 *N的合併，第 (5) 條，*k的分裂爲k與q，只有巴、噶才有這兩種獨一無二的共同創新（exclusively shared innovations）。因此，我們可以說巴、噶不但擁有最多的共同音變，而且還有共同創新。這些共同音變與創新，似乎跟地緣沒有什麼關聯，而很可能是類緣的關係。

同源詞舉例如下：

(4)

古南島	巴賽	噶瑪蘭	詞義
*t-inaH	tina	tina	‘母’
*t-amaH	tama	tama	‘父’
*baki	baki	baqi	‘祖父’
*kaka	kaka	qaqa	‘兄姊’
*Suaji	suani	suani	‘弟妹’
*baHi	b-in-ay	bai祖母	‘女’
*ma-RuqaNay	-----	Runanay (< A)[7]	‘男’
*Cau	tau	-----	‘人’
*aNak	wanake[8]	-----	‘小孩’
*Duma	-----	zuma	‘別人’
*qasawa	cawaa	-----	‘丈夫’
*i-ku, *i-aku	yaku	iku	‘我’
*i-ta, *i-kita	-ita, kita	ita	‘咱們’
*i-mi, *i-kami	(yami)[9]	imi	‘我們’
*i-Su, *i-kaSu	isu	isu	‘你’
*i-mu, *i-kamu	imu	imu	‘你們’

古南島	巴賽	噶瑪蘭	詞義
*quluH	ucu	uRu	'頭'
*lima	cima	rima	'手，臂，五'
*maCa	mata	mata	'眼睛'
*siku	ciku	siku	'肘'
*tiaN	tian	m-tian懷孕	'腹'
*CuqəlaN	(tulan)	tiRRan	'骨頭'
*Cinaqi	tinai	-----	'腸'
*-ajəm	anəm	anəm	'心'
*qiCəluR	(telud')[10]	tiRuR	'蛋'
*Səsi	ci	ʔsi	'肉'
*SimaR	-----	simaR	'脂肪'
*ku(S)kuS	k<an>ukus (安倍)	q<n>uqus	'指甲'
*buSək	bukəs	buqəs	'頭髮'
*kuCu	kutu	qutu	'頭蝨'
*susu	cicu (< D)	sisu (< D)[11]	'乳'
*luSəq	-----	rusi	'淚'
*sibu	cubu (< A)	-----	'尿'
*babuy	babuy	babuy	'豬'
*wasu	wacu	wasu	'狗'
*luCuŋ	(lutuŋ)	Rutuŋ	'猴'
*laŋaw	-----	raŋaw	'蒼蠅'
*qayam	-----	alam	'鳥'
*kuRita	-----	qlita	'章魚'
*bəRas	bulace	bRas	'米'
*Səmay	sumay	ʔmay	'飯'
*kaʔən	k<um>an	q<m>an	'吃'

古南島	巴賽	噶瑪蘭	詞義
*səpsəp	cəpcəp	s<m>əpsəp	‘吸’
*utaq	uta	m-uti	‘吐’
*panaq	pana投擲	p<m>ani	‘射’
*taktak	taktak	taktak	‘砍（樹）’
*sakay	c<um>aka-cakay	saqay	‘走’
*Naŋuy	nanuy (< A)	naŋuy	‘游泳’
*Cawa	-----	tawa	‘笑’
*Caŋis	t<um>aŋice	-----	‘哭’
*alap	acap	-----	‘拿’
*Sajək	-----	m-sanək	‘臭味’
*kaRat	harate	qaRat	‘咬’
*kita	-----	m-qita	‘看’
*ma-Suab	-----	kar-suab	‘打呵欠’
*qinəp	-----	qa-inəp	‘睡’
*taSiq	-----	tais (< M)	‘縫’
*kaRaw	halaw	qaRaw	‘搔（癢）’
*mula	(pa-luma (< M))[12]	pa-ruma (<M)	‘種’
*piliq	pam-ici	pam-ili	‘選’
*Siup	siupe	siup	‘吹’
*paCay	patay打	patay死	‘殺’
*laRiw	rareu	RaRiw	‘逃’
*pija	pina	-----	‘多少’
*əsa	ca	issa	‘一’
*DuSa	lusa	u-zusa	‘二’
*təluH	cuu	turu	‘三’
*Səpat	səpat	spat	‘四’

古南島	巴賽	噶瑪蘭	詞義
*ənəm	anəm	ənəm	'六'
*pitu	pitu	pitu	'七'
*walu	wacu	waru	'八'
*Siwa	siwa	siwa	'九'
*DaDaN	raran	ra-razan (< D)	'千'
*ŋajan	ŋanan	naŋan (< M)	'名字'
*layaR	rayar (< A)	RayaR (< A)[13]	'帆'
*busuR	vucal (-a-例外)	busuR 弓弦	'弓'
*qaSəluH	(li-cu)	saRu	'杵'
*ZaRum	-----	razum (< M)	'針'
*DamaR	ramar	zamaR	'火'
*qabu	abu	ibu	'灰'
*batuH	batu	btu	'石頭'
*siNaR	cənal	-----	'日'
*bulaN	bucan	buran	'月'
*bali	baci	bari	'風'
*quDaN	uran	uzan	'雨'
*DaNum	lanum	zanum	'水'
*biRaq	bila	biRi	'葉'
*RaməC	lamit	-----	'根'
*Zalan	cacan (< A)	razan (< M)	'路'
*Daya	laya	zaya	'西'
*Rabiʔ iH	rabi	sa-Rabi-an	'夜'
*quay	wa-wai	uway	'籐'
*ma(ŋə)taq	mata	mati	'生，未熟'
*cəŋəN	-----	tŋən	'黑（色）'

古南島	巴賽	噶瑪蘭	詞義
*Raya	-----	Raya	‘大’
*NiSəpis	-----	inpis (< M)	‘薄’
*ma-buSək	-----	m-busuq (< A)	‘醉’
*i-babaw	-----	ibabaw	‘上面’
*i-nu	a-inu	-----	‘何處’

---

❼ < A表示同化（assimilation），< D表示異化（dissimilation），< M表示換位（metathesis）。

❽ 巴賽語常在輔音尾後加上-e音，如 *siupe*‘吹’，*harate*‘咬’，*busukke*‘醉’，*bulace*‘米’，*bukuce*‘頭髮’，*cacace*‘舌’，*tumaŋice*‘哭’，*laise*‘臉’，顯然這是後起的語音增添現象。根據安倍（1930:431）的紀錄‘魚’為 *vaut*，並沒有加 *-e* 音。根據我（Li 1993）的田野調查筆記資料，曾潘蟯（她小時候住貢寮新社，1987年時83歲）的發音，也有含*-e*音（前中元音，非央中元音）的語詞：*cacace*‘舌’，*bukuce*‘頭髮’，*bulace*‘米’，*tumaŋice*‘哭’等；按照她的發音，另有央中元音，如 *anəm*‘六’，*sulukən*‘衣服’。這種後起的 *-e* 音只加在塞音、塞擦、擦音之後，但有例外，如 *acap*‘拿’，*səpat*‘四’，*kanukus*‘指甲’，*bukəs*‘髮’。

❾ 凡有一個語音不合音變規則的，暫以（　）表示。本文在巴賽語書寫方面做了以下的改變：*ts* 改為 *c*，*au* 改為 *aw*，*ai* 改為 *ay*。

❿ 巴賽語的 *o* 與 *u* 元音似乎並沒有辨異作用，因此本文把淺井原來記作 *o* 的都改為 *u*，包括 *telod'*‘蛋’，*lotoŋ*‘猴’，*vocal*‘弓’。

⓫ 從古南島語到巴、噶兩種語言，‘乳’這個詞都有元音異化的共同演變。

⓬ 按規律的音變，*mula > 巴賽語應作 *muca*，而實際作 *paluma*，可能借自噶瑪蘭語。

⓭ 古南島語*layaR‘帆’這個語詞在台灣僅見於三種語言：排灣 *la-laya*‘旗子’，巴賽 *rayar*（首尾輔音同化），噶瑪蘭 *RayaR*（也是首尾輔音同化），後者有可能是借字。

上面 (4) 所列舉的保持古南島語的同源詞當中，有幾個詞形顯示是巴、噶兩種語言共同的創新 (shared innovations)：*susu > 巴*cicu*，噶*sisu*‘乳’，元音異化；*ku(S)kuS > 巴*k<an>ukus*，噶*q<n>uqus*‘指甲’，加中綴-(a)*n*-；*piliq > 巴*p-am-ici*，噶*p-am-ili*‘選’，兩種語言似乎也都加了中綴-*am*-。[14]這些變化都是不常見的（sporadic）而又很特殊的音韻變化，並不見於其他台灣南島語言，可以說是巴、噶兩種語言關係最密切的強有力證據。

從上面 (3) 所列的語音對應關係，我們可以看出下列各語詞巴、噶兩種語言的形式雖然很相近，但並不合規律的對應關係，可見並不是同源詞，而是借字。根據十七世紀西班牙傳教士的記載（Borao 1993），巴賽是強勢的語言，鄰接地區噶瑪蘭人也得學巴賽語，因此移借的方向不言可喻（參見李1995）：

(5)

巴賽	噶瑪蘭	詞義
bilaŋ	bilaŋ	‘數（動詞）’
tabun	tamun	‘蔬菜’
rayar	RayaR	‘帆’

[14] 土田教授（個別交談）指出，沒有一種南島語言有-am-中綴，所以在這兩種語言，‘選’這個語詞的詞形發生了鼻音取代（nasal substitution）的可能性較大，即：巴pam-ici，噶pam-ili < *paN-piliq，只不過這種語音演變在台灣南島語言也很少見。

巴賽	噶瑪蘭	詞義
kulaba	kraba	‘鴨’
kalabaw	qabaw	‘牛’
kapuwa	kpua	‘棉花’(cf. Pazeh kapua)
hawpit[15]	qawpiR	‘地瓜’(cf. Taokas *kaupit*, *kaupik* (Tsuchida 1982:71), Saisiyat *ʔæwpir*)

然而，詞形如果完全相同，語音對應關係即使並無不合，我們卻無法排除其爲借字的可能性。例如：

(6)

巴賽	噶瑪蘭	詞義
tasaw	tasaw	‘年’
vaut, baute	baut	‘魚’
tnayan	tnayan	‘竹’
mutun	mutun	‘老鼠’

這是歷史比較方法上的一種限制，目前並沒有更好的辦法來區辨屬於這一類的語詞。如果能確定是同源詞，它們卻屬於共同的創新。這種共同創新的語詞數量一多，就可增強巴、噶類緣關係最接近的證據。

以下是僅見於巴、噶兩種語言的同源詞（uniquely shared cognates），都合乎語音的對應關係，但並非傳承自古南島語

[15] 根據上面 (3) 所示的音韻演變規則，*k在 *a元音前在巴語會變成 *h*，在噶語就變成 *q*，輔音尾的 *l'* 或 *t* 淺井的記音並沒有充分的掌握，例如，*hatal'* ~ *hatat*‘不潔’，*batsat'* ~ *vatsal*‘船’。

或東台灣支群，可以用來支持兩種語言密切關係的重要證據：

(7)

巴賽	噶瑪蘭	詞義
bancaw	baŋRaw	‘牙’
pakaw	paqaw	‘蜘蛛’
kulupu	qrupu	‘睫毛’
sabak	sabaq	‘穀’

3.2 人稱形式

噶瑪蘭的五個人稱代詞，主格形式都以 *i* 元音起始：*iku*‘我’，*isu*‘你’，*ita*‘咱們’，*imi*‘我們’，*imu*‘你們’（第三人稱除外）。巴賽語也有三個人稱代詞*isu*，*imu*，*ita*，不僅形式相同，用法也相同（例見Li 1999:640-641）。遍查其他各種台灣南島語言，最多只有一種人稱代詞具有相同的形式和類似的用法，如賽夏和沙阿魯阿的*ita*。根據Blust（1977）的構擬，古南島語的人稱代詞 *iku, *iSu, *ita, *imi, *imu等都是屬格，而不是主格。把屬格轉變成主格來使用，可說是巴賽和噶瑪蘭的共同創新。試比較：沙語的 *-iku*，阿美語跟魯凱語茂林、多納兩方言的*-isu*，*-ita*的形式，沙語、布農北部方言、茂林、多納的*-imu*都還當屬格用，保持了古語的用法。而泰雅、賽德克雖也有*isu*，*ita*的形式，但用法都不同，既不是屬格，也不是主格，而是中性格（neutral case），常當主題用。順便一提：巴賽語的*-ia*‘他的'保存古南島語的形式和用法，卻不見於其他台灣南島語。

3.3 焦點系統

巴賽和噶瑪蘭主要都只區分主事焦點（Agent-focus）與非主事焦點（non-Agent-focus），而把非主事焦點的受事焦點（Patient-focus）與處所焦點（Locative-focus）合併爲一種，以動詞尾*-an*表示，這是兩種語言共同演變的句法現象。不過噶瑪蘭尚有較少用的指事焦點，以動詞的前綴*ti-*表示（參見土田 1993a，李 1996:73-77，張 2000:99-112），巴賽似乎沒有指事焦點的用法（參見 Li 1999）。

4. 巴賽、噶瑪蘭跟什麼語言類緣較接近？

從以上的討論，包括詞彙形式、音韻演變、人稱代詞、焦點系統，巴賽、噶瑪蘭兩種語言都有不少共同創新的現象，似乎可以證明這兩種語言的類緣關係最爲接近，還沒有另一種台灣南島語言具有這些或更多相近的條件。如果這個結論是正確的話，那麼我（Li 1990）在十年前曾把噶瑪蘭跟阿美歸併在同一分支（根據同源詞的數量），如今我們也已掌握巴賽語言的資料，至少得要做局部的修正：跟噶瑪蘭類緣最接近的族群和語言是巴賽，而不是阿美。[16]阿美語與噶瑪蘭、

[16] 換言之，噶瑪蘭跟巴賽才是親姊妹（siblings），而噶瑪蘭跟阿美卻得退為堂姊妹（cousins）的關係了。

巴賽至少有三種共同的音變：(1) *t與 *C的合併，(2) *d, *D與*Z的合併，(3) *j與 *n的合併，但在阿美 *N並沒有合併；此外，這三種語言似乎都共有*q > ʔ的平行演變，只是在阿美語 *q只是咽頭化，而在巴、噶兩種語言後來進一步消失罷了。因此，白樂思（Blust 1999:45）才把這三種語言，外加西拉雅，都歸在「東台灣」分支之下。

跟巴、噶這個分支群最接近的語言到底又是什麼呢？我們可以先從音韻演變的現象來觀察。阿美語跟西拉雅語都有四條音變跟巴、噶支群相同或相近：(1) *t與*C的合併爲 *t*，(2) *D與*Z的合併，(3) *j 與*n 的合併爲 *n*，但*N並沒有跟它們合併，(4) *q，*H，*ʔ的合併（*q在阿美語變成咽頭化塞音，在西拉雅語消失，巴、噶也消失）。白樂思（Blust 1999:45）就根據上面這些共同的音變現象，把以上四種語言都歸在「東台灣」（East-Formosan）支群之下，而三個分支並立：(1) 「北支」：巴賽－社頭，噶瑪蘭，(2) 「中支」：阿美，(3) 「西南支」：西拉雅。茲引它的原文如下：

2. East Formosan:1) merger of *t/C, 2) merger of *j/n, 3) shift of *q > ʔ
   2.1. Northern branch (Basay-Trobiawan; Kavalan): 1) merger of *q/ø, 2) merger of n/N; 3) irregular change in *susu > /sisu/ ‘breast’
      2.1.1. Basay-Trobiawan: 1) merger of *s/l
      2.1.2. Kavalan
   2.2. Central branch (Amis)
   2.3. Southwest branch (Siraya)

這三個分支是否眞的完全同等和並立？有沒有哪兩個分支彼此更接近些？單從音韻演變而言，阿美與西拉雅兩種語言的 *N並沒有跟*n，*j合併，這個現象相當特別：它們一方面跟巴、噶兩種語言不同，另一方面又跟其他各種台灣南島語言不同，因此可以認定是阿美與西拉雅共有的特殊現象，並有可能屬於同一分支。然而，就句法現象而言，阿美語的焦點系統完整，包括主事、受事、處所、受惠四種焦點，有如菲律賓語言以及多數台灣南島語言，而西拉雅語並不區分受事焦點與處所焦點（Adelaar 1997），這個現象卻與巴賽、噶瑪蘭相似。Blust的三分法，只是採取較穩健的辦法，但並不是理想的解決辦法。

台灣南島民族各種族群的聚落大小與類型彼此都有不少的差異（variation），而這種差異正是反映這些族群社會組織上的差異（Mabuchi 1960），就社會組織這一方面的現象而言，跟西拉雅最接近的就是阿美了（Shepherd 1993:458, 註88）。

綜合以上已知的三種現象，其中兩項西拉雅與阿美接近，我們可以暫做以下的分類：

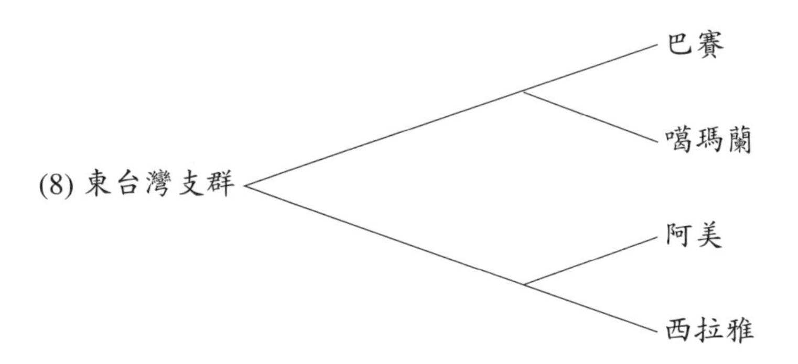

要為這四種語言做很精確的分類，尚須做更深入和更全面的比較研究。

既然巴賽也是一種道地的台灣南島語言，那麼，這個族群在台灣本島定居的年代應該跟其他台灣南島民族一樣長久，大約五、六千年的歷史了。

（本文於2001年7月發表於《語言暨語言學》）

引用文獻

Adelaar, K. Alexander

1997 Grammar notes on Siraya, an extinct Formosan language. *Oceanic Linguistics* 36.2:362-397.

Blust, Robert (白樂思)

1977 The proto-Austronesian pronouns and Austronesian subgrouping: A preliminary report. *Working Papers in Linguistics* 9.2:1-15. Honolulu: University of Hawaii at Manoa.

1993 *S metathesis and the Formosan/Malayo-Polynesian language boundary. *Language-A Doorway between Human Cultures: Tributes to Dr. Otto Chr. Dahl on His Ninetieth Birthday*, ed. by Øyvind Dahl, 178-183. Oslo: Novus Forlag.

1999 Subgrouping, circularity and extinction: Some issues in Austronesian comparative linguistics. *Selected Papers from the Eighth International Conference on Austronesian Linguistics*, ed. by Elizabeth Zeitoun and Paul Li, 31-94. Symposium Series of the Institute of Linguistics (Preparatory Office), No.1. Taipei: Academia Sinica.

Borao, Jose Eugenio (鮑曉鷗)

1993 The aborigines of northern Taiwan according to 17th century Spanish sources.《台灣史田野研究通訊》*Newsletter of Taiwan History Field Research* 27:98-120. Taipei: Academia Sinica.

Ferrell, Raleigh (費羅禮)

1969 *Taiwan Aboriginal Groups: Problems in Cultural and Linguistic Classification*. Taipei: Institute of Ethnology, Academia Sinica Monograph No.17.

Li, Paul Jen-kuei (李壬癸)

1982 Kavalan phonology: Synchronic and diachronic. *GAVA: Studies in Austronesian Languages and Cultures Dedicated to Hans Kähler* 17:479-495. Berlin: Dietrich Reimer Verlag.

1990 Classification of Formosan languages: Lexical evidence. *BIHP* 61.4:813-848.

1993 New data on three extinct Formosan languages. *Bulletin of the Institute of History and Philology, Academia Sinica* 63.2:301-323.

1995 Formosan vs. non-Formosan features in some Austronesian languages in Taiwan. *Austronesian Studies Relating to Taiwan*, ed. by Paul Li *et al.*, 651-681. Taipei: Institute of History and Philology, Academia Sinica.

1999 Some problems in the Basay language. *Selected Papers from the Eighth International Conference on Austronesian Linguistics*, ed. by Elizabeth Zeitoun and Paul Li, 635-664. Symposium Series of the Institute of Linguistics (Preparatory Office), No.1. Taipei: Academia Sinica.

2001 The dispersal of the Formosan aborigines in Taiwan. *Language and Linguistics* 2.1:271-278.

Mabuchi, Tôichi (馬淵東一)

1960 The aboriginal peoples of Formosa. *Social Structure in Southeast Asia,* ed. by George P. Murdock, 127-140. Chicago: Quadrangle.

Shepherd, John Robert (邵式柏)

1993 *Statecraft and Political Economy on the Taiwan Frontier,* 1600-1800. Stanford: Stanford University Press.

Tsuchida, Shigeru (土田滋)

1976 *Reconstruction of Proto-Tsouic Phonology.* Tokyo: Study of Languages & Cultures of Asia & Africa, Monograph Series No.5, Tokyo University of Foreign Studies.

1982 *A Comparative Vocabulary of Austronesian Languages of Sinicized Ethnic Groups in Taiwan.* Part I: West Taiwan. 166 pp.

東京大學文學部研究報告7，語學・文學論文集 [Memoirs of the Faculty of Letters, University of Tokyo, No.7].

1985 Kulon: Yet another Austronesian language in Taiwan? *Bulletin of the Institute of Ethnology* 60:1-59.

小川尚義 (Ogawa, Naoyoshi)

1940〈Calamian語とAgotaya語〉，《安藤正次教授還曆祝賀紀念論文集》，1215-1228。

土田滋 (Tsuchida, Shigeru)

1993a〈カバラン語〉，《言語學大辭典》5:89-99。東京：三省堂。

1993b〈バサイ語〉，《言語學大辭典》5:301-302。東京：三省堂。

土田滋、山田幸宏、森口恒一

1991《台灣・平埔族の言語資料の整理と分析》*Linguistic Materials of the Formosan Sinicized Populations I: Siraya and Basai*。東京大學。

中村孝志

1936〈存否不明の淡水語ニ書並に日西辭典について〉，《愛書》6:57-69 (1936:4)。Taihoku。漢譯文見黃秀敏譯、李壬癸編審 (1993)《台灣南島語言研究論文日文中譯彙編》，155-163。

伊能嘉矩著，楊南郡譯註

1996《平埔族調查旅行：伊能嘉矩〈台灣通信〉選集》。台北：遠流。

安倍明義

1930《蕃語研究》。台北：蕃語研究會。

李壬癸 (Li, Paul)

1995〈台灣北部平埔族的種類及其互動關係〉，潘英海、詹素娟編《平埔研究論文集》，21-40。台北：中研院台史所籌備處。

1996《宜蘭縣南島民族與語言》。宜蘭：宜蘭縣政府。

李壬癸，黃秀敏

1998〈凱達格蘭族的原語傳說故事集介紹〉，《宜蘭文獻雜誌》32:97-104。

馬淵東一 (Mabuchi, Tôichi)

1953-4〈高砂族の移動及び分布〉（第二部），《民族學研究》18.2: 23-72。

淺井惠倫 (Asai, Erin)

1936-7 Basai田野筆記。東京外國語大學亞非語言文化研究所庋藏。

張永利 (Chang, Yung-li)

2000《噶瑪蘭參考語法》。台北：遠流出版公司。

新發現十五件新港文書的初步解讀[1]

摘要

本論文的研究主題是要嘗試解讀新近才發現的十六件新港文書。除了一件是用漢字書寫的以外，其餘的十五件都是用西拉雅語以羅馬字母拼寫的契約文書，而且都只是單語的。我們所要進行的工作有這幾項：

---

[1] 本文初稿於2002年3月1日在中央研究院舉辦的「文化差異與社會科學通則：紀念張光直先生學術研討會」上宣讀，承蒙評論人劉翠溶及與會學者施添福、黃富三、陳秋坤、周婉窈等幾位教授提供寶貴的意見，特此一併誌謝。張光直教授是我一向非常敬佩的學者，不僅他的知識淵博兼有深度和廣度，而且為人敦厚，培植晚輩的人才不遺餘力。我個人跟他雖無師承關係，卻連我也深深感受到他如沐春風。本文的撰寫，特別要感謝密西根大學考古學教授Professor Henry Wright先提供新港文書的影本，後又協助拍攝幻燈片及數位照相。其次要感謝我的助理簡靜雯小姐把十五件新港文書手寫稿轉寫（transcribe）出來，並且做了初步的解讀工作，對我的解讀工作有很大的助益。最後我要特別感謝土田滋教授、翁佳音先生、黃秀敏小姐指出這幾件新港文書轉寫跟解讀的一些問題，讓我有機會更正不少的錯誤。本文的寫作經費由中央研究院語言學研究所籌備處及國科會特約研究計畫（編號NSC90-2411-H-001-007）資助，特此銘謝。

（一）轉寫（transcribe）這些手寫的書寫體爲印刷體字母，因爲有些字母不容易辨認，（二）嘗試逐字翻譯，包括實詞與虛詞，（三）決定詞界，有些語詞的書寫方式是幾乎每個音節都分開來寫，得要連起來才能成爲有意義的個別語詞，也才能解讀，（四）嘗試解讀各件文書的內容。最大的困難是今日已沒有人會說西拉雅語了。我們一方面要藉助於村上直次郎（1933）一書中所錄的那些新港文書的文字和內容，另一方面也要藉助於小川（未發表）當年對該書中的各種契約文書所做的整理工作。此外，我們也要參考最近幾年Adelaar (1997, 1999, 2000, 2001) 跟Tsuchida (1996, 1999) 對西拉雅語法結構的研究報告。根據以上這些基礎的而又重要的工作，希望能夠進一步解讀新發現的這一批新港文書。

關鍵詞：西拉雅，新港文書，契約文書，姓名制，轉寫

一、前言

西拉雅是最早文字化的台灣南島語言，自從荷治時期（1624-1662）荷蘭傳教士教了西拉雅人以羅馬字母拼寫他們自己的母語以後，許多契約文書都以西拉雅文來書寫。這個傳統，在荷蘭人離開台灣之後，又延續了約一個半世紀之久（Steere 1874-5, Murakami 1933:XV）。書寫的形式有三種：（一）

契約文書只用西拉雅單種語文來書寫，（二）有的文書同時用西拉雅和漢文兩種文字，（三）也有的只用漢文書寫。從南島語言學工作者的立場，第一、二種文書比第三種有價值，而第一種（單語）比第二種的解讀難度高得多。日治時期日本學者村上直次郎（1933）總共收集了101件新港文書來出版，最早的一件是康熙二年（公元1663年），最晚的一件是嘉慶十八年（1813），地點是遍布於嘉南平原和高屏地區的各社。當年村上（Murakami 1933:XV）實際所知道的卻有141件，而小川、國分直一、王世慶等人後來又陸續發現或收藏的又有十多件（參見翁佳音 1990）。近年來中央研究院台灣史研究所

單語的新港文書

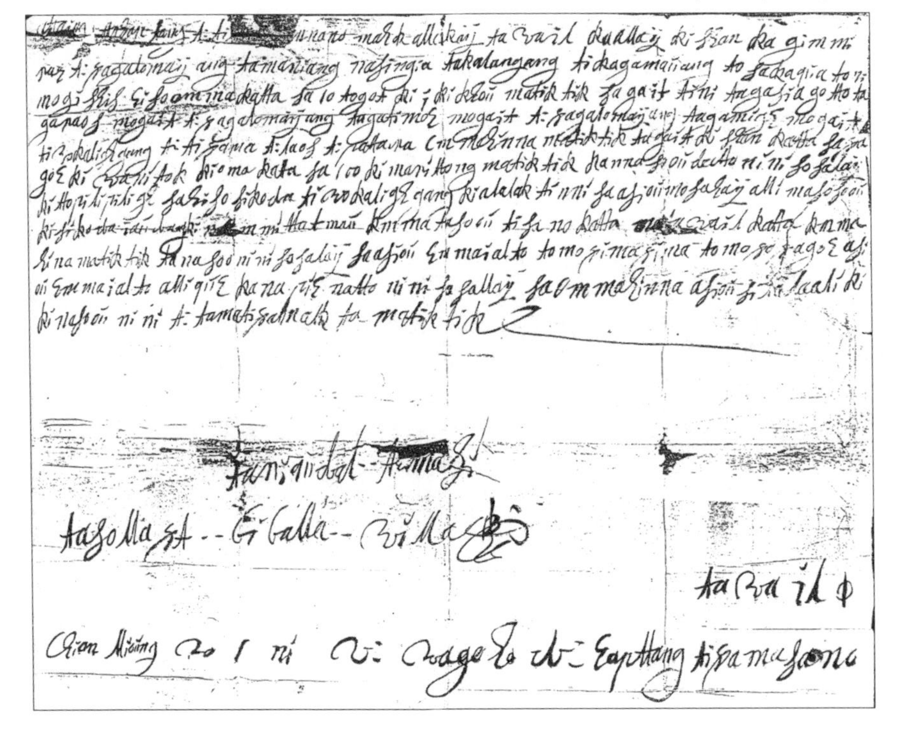

研究員陳秋坤又收到了蔡承維所收集的十六件新港文書，有單語的，也有雙語的。以上是目前學界所知的概況。

一九九九年二月，我收到從密西根大學人類學博物館Henry Wright教授寄來二十件新港文書的影印本。據了解，那些都是該校已故動物學者Joseph Beal Steere於1873-4年在台灣調查時，在南部崗仔林（Kongana）所收集的。經過我的助理簡靜雯小姐細心轉寫和比對之後，發現其中有兩件已在村上（1933:52 (No.28), 67 (No.41)）的專書中發表過，另有兩件只是登錄一些人名或地名，其餘十六件契約文書卻都是從未披露過的。除了有一件用漢文所寫的以外，其餘十五件都是用西拉雅文拼寫的，而且都是單語的。因此，這一批新發現的文書資料兼有語言學和民族學的研究參考價值。文書中記有年代的，雍正年間有三件❷：分別爲八年（1730）、九年（1731）、十年（1732），乾隆年間有八件：分別爲元年（1736，兩件）、十年

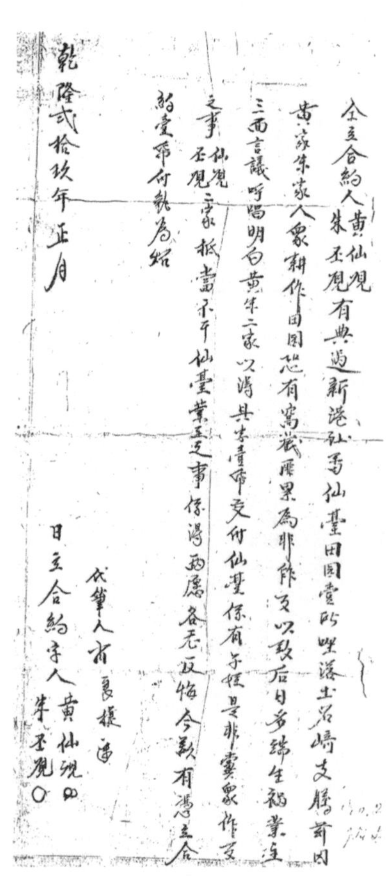
仝立合約人黃仙娘朱丕觀有典過新港社番仙臺田園壹所坐落土名崎支腳前因
黃家朱家人眾耕作田園恐有窩藏匪累爲非作歹以致后日多端生禍業主
三面言議呼喝明白黃朱二家以得其本責帶交付仙臺保有子侄是非囂眾作歹
之事仙觀丕觀二家抵當不干仙臺業主之事保得兩愿各無反悔今歎有憑立合
約壹帋付執爲炤
代筆人肖良撰
乾隆弎拾玖年正月　日立合約字人黃仙娘　朱丕觀

漢文書寫的新港文書

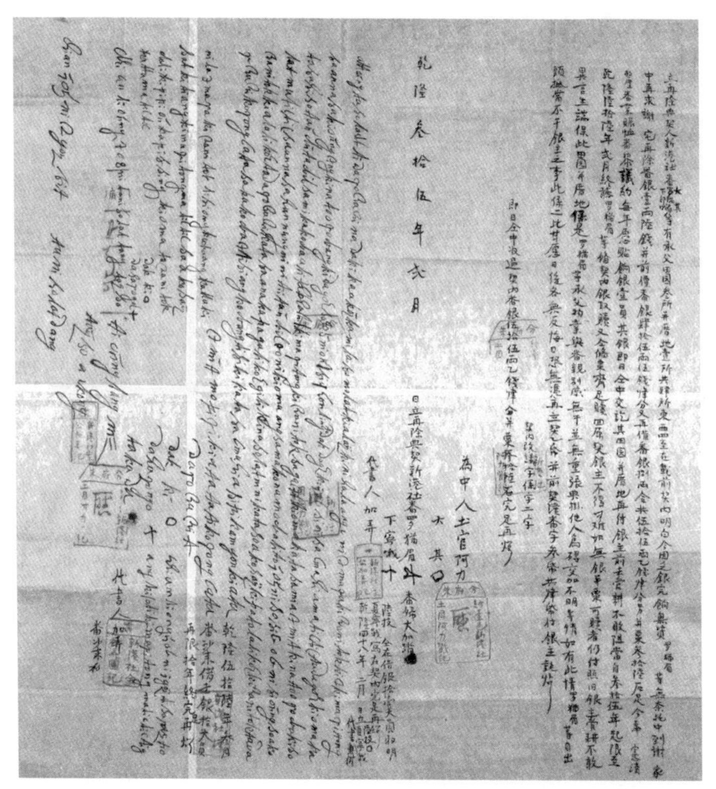

雙語對照的新港文書

（1745）、十五年（1750）、十六年（1751）、二十一年（1756）、二十二年（1757）、三十四年（1769），嘉慶年間只有一件：十五年（1810），時間的分布並未超出村上所收的文書。文書契約內容以賣田地或借錢質押田地的居多。

---

❷ 根據Steere (1874-5) 的報告，他所收到的新港文書雍正年間有四件，乾隆年間有十六件，嘉慶年間一件。可惜密西根大學現在保存的顯然有些文書已遺失了。

二○○一年十二月間，我親自到密西根大學Bentley Historical Library，查閱Joseph Steere教授於十九世紀下半年在台灣所蒐集和採集的各種資料檔案。包括他的日記、手稿、信件、未出版的書稿 *Formosa and Its Inhabitants*（福爾摩莎及其住民）、台灣南島語言田野筆記，以及他所收集的平埔族文物（如服飾、木匙、木盤、網袋、籃子等，現藏密大人類學博物館）。珍貴的收藏品還不少，尤其是Steere所收藏的新港文書，根據他的記載，原件本來有二十九件，可惜今僅存二十一件。[3] 重要的文稿我大都已影印了一份，而新港文書和文物，我都已拍攝幻燈片帶回來。二○○二年六月我再到密大去，並以數位相機拍下各件新港文書，帶回檔案。

二、新港文書所能顯示的訊息

（一）西拉雅語何時消失？

西拉雅語何時才消失，雖然史無明文記載，但我們仍然可以從新港文書的流傳情形來作個推斷。荷蘭人於1662年撤

[3] 2002年6月上旬我再度赴密西根大學，影印其中幾件新港文書，並以數位相機拍下所有的新港文書，回來後經核對才發現其中有一件（乾隆34年正月）是早先Henry Wright漏寄給我的。如此一來，新發現的新港文書應仍為十六件。因時間來不及轉寫及解讀出來，將俟之他日再補做。後記：第十六件即將刊載在中研院台史所出版的Joseph Steere原著書稿 *Formosa and Its Inhabitants,* 附錄四。

出台灣，而最後的一件新港文書卻寫於嘉慶二十三年（1818；見王世慶（1978）編號638），村上所收的最晚的一件是嘉慶十八年（1813，村上 1933:42-43），密西根大學所藏的最晚的一件是嘉慶十五年（1810），可見當時（1810-1818）還有西拉雅人會說母語。然而，到了1873年Steere在台灣南部收集資料時，已經沒有人能講西拉雅語了；他們雖珍藏著一些新港文書，卻沒人懂得。Steere (1874/5及手稿) 在崗仔林附近，從一位八十多歲的老婦那兒蒐集到一百多個單詞，卻沒有收到任何句子，然而他在埔里一帶，卻記錄了若干部語跟巴宰語的句子。可見那位老婦人小時候還聽到人講西拉雅語。那位老婦人還告訴他：即使她父母在世時，他們都已經很少使用西拉雅語了。從以上這些線索我們可以推斷：西拉雅語大約在1830年左右，就已成為死語了。按：有別於動、植物生命的終結，語言的消失不是一朝一夕的事，而是逐漸消失以至若干年後才完全滅絕。

（二）西拉雅族的姓名制

過去西拉雅人不但有名，而且有姓，並且男女的名字有別（翁佳音 1989）。現存的各種台灣南島語言，都是男女的名字有別。跟西拉雅血緣關係最接近的族群是阿美、噶瑪蘭和巴賽等三種（Blust 1999, Li 2001）。阿美族男性跟女性名字不同（阮昌銳 1969:83-85），噶瑪蘭也是如此（根據本人的田野筆記），西拉雅自然也不會例外。若只從西拉雅單語的新港文書去看，我們無從辨別何者為男名，何者為女名。幸而在雙語的新港文書中，漢語文載有「番婦」、「紅毛婆番」、「夫」、「妻」、「婦」、「母舅」、「大姨」、「胞弟」、「胞妹」、「男子」、「女子」、「子」、「女」、「妹」、「妹夫」、「女婿」、「子婿」、「孫婿」、「男孫」、「女孫」、「姊妹」等字眼。根據這些資料，我們可以整理出一些西拉雅男性名跟女性名，如下所列（按：荷蘭文的重複輔音（geminate consonant）只代表短元音，不具辨義作用：gh 和 h 都代表舌根擦音x：k, ck都代表舌根塞音k）：

女性名：

dagi = dagial = dagian (東淵, 冬淵), doringo (羅寧哦), hanio = haniou (翰娘, 瀚娘, 寒娘), ilam (惟南), ilong = illong (移朗, 惟朗, 維朗), karaijo (加勝油), lagos (勝牛揀), lingoh = lingogh = linggoh (寧哦), litogh = litoh = littogh= llitogh (厘獨, 厘卓, 利毒), maijioung (媽雍), moiong = moijong = moijoung (梅雍), sakalaij (沙加來), samowal (勝話), saran (沙南), sino = sinno (余來, 于來), takada (加踏, 佳踏, 腳踏, 大加踏), taranau (安劉), tarasi (礁時閂), tauatal (投仔達), tiramal (地南鑾), vokaligh = vokalih (目加禮).

男性名：

dahalimang (下里忙), daharongo (下寧哦, 夏寧哦, 霞能哦, 李文貴), ihdang (伊同), lais = llais (勝逸), saraij (沙來), takalang = tacalang (大加弄, 大腳弄, 加弄), talaij = tallaij (達來), gangol calang (憨允加弄), tarikowal (大哩觀), tarinau (大里劉), virong (里郎?).

有趣的是，在契約文書中出現的女性名似乎比男性多。這也可說是西拉雅族爲母系社會的另一項例證。

密西根大學所藏的新港文書中，出現的西拉雅人名有不少也都是有名有姓的，例如：

dagalomaij dango, ragati dango, (　　)gh tilock (Text 1)
singia takalang, biballa villa (Text 2)
vihau dagallamaij, kadoo domok, daki domok (Text 3)
tago dagalomaij, asipao saraij, dago saraij (Text 4)
dahalau kagang, vogoh kagang,
　　tarikowal dagalomaij (Text 5)
ckauwan dauwa, ckaga maudang, tapbari tikinis,
　　bibala villa, dahavalak kagang (Text 6)
doringo carodal, rockong takalang (Text 8)
talogogh kohong, karaijau kohong (Text 9)

至於西拉雅的姓氏是像排灣族、魯凱族和邵族的家名呢？還是像泰雅族的父子連名呢？或是像噶瑪蘭和巴宰的連名制呢？還是其他？（參見翁佳音 1989的討論）。雖然目前我們所能掌握的西拉雅語資料似乎還不足以完全解決這樣的問題，但我們已經可以得到初步的答案了；見下一段的討論。

同一個名字出現在同一個契約中，即使拼寫法不完全一致，應該是指同一個人，例如Text 1中的*taowang*與*tahowang*，*takaraij*與*karaij*，Text 14中的*dagalomaij-ang tomining*與*dagalomaij tomonining*。如果同一個名字出現在不同的契約書中，例如單名*dagalomaij*出現在Texts 5, 6, 10中，也有可能指同一個人。然而，*dagalomaij dango* (UM1.1) [4] 與*dagalomaij tomining* (UM14.1,5) 一定指不同的人，因他們有不同的姓氏或家族，而且*tomoning ti dagalomaij* (UM9.1) 即*dagalomaij*之子*tomoning*又是另外一個人。可是*tago dagalomaij* (UM4.1) 跟*tomoning ti dagalomaij* 雖不是同一人，卻很可能是兄弟姊妹的關係。最有趣的是*dagalomaij*既是人名，如*dagalomaij dango* (UM1.1)，也是姓氏，如*tago dagalomaij* (UM4.1)；又如*takalang*是名也是姓，如*takalang varis* (25.6)，*takalang tipaijou* (25.6)，*laos takalang* (6.1; 13.1,9)。出現在《新港文書》第22號，同時有*vanis vagakaij*和*vokaligh vanis* (22.6)，也就是說*vanis*既是名也是姓。這些例子似乎顯示：西拉雅人採父子或母子連名制，有如跟它血緣關係很接近的噶瑪蘭的連名制一般。果眞如此，不管是名或姓相同，就很有可能是同一家或家族的人了。Steere (1874-5) 所收的那些契約文書，都是從崗仔林部落的酋長手中收集來的。[5]

---

[4] 括號中的數字代表密西根大學新港文書編號和第幾條，如（UM1.1）代表密大Text 1，第1條，（UM14.1,5）代表密大Text 14第1和第5條。

（三）新港文書的主要內容、特殊的表達方式及其相關問題

如前所述，這批文書的契約內容以賣田地或以田地抵押借錢的居多。契約文書都有一定的格式。首先寫出立約雙方的姓名。如果是買賣田地或以田地做抵押品，一塊田地的範圍都交代得很清楚，例如：東至____，西至____，南至____，北至____。在契約中也載明田地的售價若干或所借貸的錢數若干。定契約的雙方（或兩造）的名字、證明人（知見）、中人以至代書的名字，有時也都會寫出來。立約的日期都用清朝皇帝的年號，何年何月何日通常也都會寫出來，但有的月和日並沒有寫出來。

數字的傳統寫法跟現代不同，例如，“201 ni” 表示21年，“101 goij” 表示11月，“208 sit” 表示28日。銀錢的數目表示方法更奇特，例如，

ki vanitok ki 10 ki maritong togot ki 5 maritong (Text 6)
賓銀 10 銀員 和 5 銀員
‘15個大銀元’

---

❺ 在他的書稿 *Formosa and Its Inhabitants* 第5章中，他說明了他取得近三十件新港文書的詳細過程，是他全部從崗仔林的酋長手中以他的槍枝交換來的。劉翠溶教授指出，「如果這幾件文書中相同的人名是指同一個人或同一家人，那麼這些文書也許可以連串起來研究，透過這些借錢典地的事情，也許可以對某人或某家的經濟狀況有一些了解。」研究台灣經濟史的人，可以考慮去嘗試看看。

20 niuo togot ki 6 ki niuo (Text 1)
20 兩 和 6 兩
‘26兩（銀）’

以上把數字15說成10加5，把22說成20加2，26說成20加6都還容易理解。又如：

ki 4 ki tallagh ‘四間（或棟）房子’
四 房屋

有如一般台灣南島語言一樣，西拉雅語的修飾詞出現在核心詞之後，例如，

na-soo nini ‘他們的話’
pl-話 他們的

在上面這一個例子中，數詞“四”是核心詞，而“房子”才是修飾詞。也因此，當兩個人名相連而中間有ti（人名標記）作標記時，表示父子或祖孫的關係，例如：

ti vogogh ti daki-au ‘Daki之子Vogogh’ (UM14.5)
ti rouwa ti padia ‘Padia之子Rouwa’ (UM14.1)
capoli ti dorong ‘Dorong之子Capoli’ (UM12.1)
takalang ti kapoli ‘Kapoli之子Takalang’ (UM7.1)

momo takioung ti domok 'Domok之孫Takioung'(UM10.6)
孫 人名 冠 人名

凡是受到漢文化的影響，借用的漢字都是以台語發音，可見西拉雅人會說台語的人大概不少。大概是因西拉雅語沒有塞擦音*dz*或*ts*，就以擦音*s*取代，例如：日*dzit*寫成*sit*，石*tsio*寫成*sio*，叢*tsang*寫成*sang*，雍正 *jongtsing*寫成*joungsing*。[6] 此外，它也沒有送氣音，*kh*就以*k*，*ch*或*h*取代，如嘉慶*kakhing*寫成*kaking*，*kahing*或*kaching*。

最令人困擾的是拼寫法不一致，增加我們辨識語詞的困難。這種拼寫不一致的例子極多，不勝枚舉，例如*taowang* ~ *tahowang*「人名」（UM1.3,6），*takaraij* ~ *karaij*「人名」（UM3.1,5），*vihauwaung* ~ *vihauang*「人名」（UM3.1,5），*salaij* ~ *saraij*「人名」（UM4.1,8），*rikos* ~ *ricos* ~ *rikour*「後面」，*soladt* ~ *souladt* ~ *solat*「書寫」，*asi* ~ *asio* ~ *asiou* ~ *asiu* ~ *aso* ~ *assei* ~ *assi* ~ *assio* ~ *assiou*「否定」等等。

契約的內容有些不易了解。例如Text 15中，立約借錢的人是*tomining*和*kiung*，爲什麼由*kagamaw*典當他的稻田做爲抵押？這有可能借錢的人沒有什麼値錢的不動產，只好借

---

[6] 翁佳音先生認為，「若考慮荷蘭人本身的發音問題，應該不會下結論說西拉雅人沒有dz或ts音。荷蘭人當時往往以s來拼寫dz或ts，例如sapsicko“十四哥”。」Adelaar (1999:331) 研究西拉雅語音韻系統，也認為十七世紀荷蘭傳教士設計以羅馬字母拼寫西拉雅，它的c在i或y之前是擦音 (sibilant) 或塞擦音。

dausing dadapilang kisbatkagema ang [illegible] maamemo [illegible] [illegible] [illegible] [illegible]
makata [illegible] [illegible] [illegible] kimoro akkeda kimaaring tabaakan [illegible] [illegible] [illegible]
kipantkan kagiakada kimakagoma [illegible] [illegible] [illegible] [illegible] [illegible]
adadamig [illegible] gomalaga [illegible] kagiakada kimakagoma [illegible] [illegible] [illegible]
kaulaga [illegible] tabaakanoro kagiakada [illegible] [illegible] [illegible] kaukigoma [illegible]
[illegible] [illegible] [illegible] samikakadaakan podonong [illegible] pakaking takaga-somaodang [illegible]
nangang [illegible] [illegible] [illegible] [illegible] [illegible] [illegible] [illegible] [illegible]
[illegible] kimaking satinglaga [illegible] [illegible] [illegible] [illegible] kime [illegible]
[illegible] [illegible] [illegible] [illegible] samikakoda [illegible] kimaking [illegible]
[illegible] takaga somaodag [illegible] nanangang [illegible] lagakigoma [illegible] [illegible] [illegible]
daakan [illegible] [illegible] [illegible] kimakagma [illegible] [illegible] [illegible]
[illegible] [illegible] [illegible] kitagiadag [illegible] [illegible] [illegible] [illegible]
kigomaitakata [illegible] [illegible] [illegible] [illegible] motakat [illegible] [illegible] motakat [illegible] [illegible]
sapatagamy kamo [illegible] kigoma [illegible] [illegible] somotakat [illegible] [illegible] [illegible] [illegible]
takaaakigoma [illegible] [illegible] [illegible] [illegible] [illegible] motakata [illegible]
dakamataga [illegible] [illegible] kigomakata [illegible] [illegible] [illegible]
kigomakata [illegible] [illegible] [illegible] [illegible] papotanagi [illegible] [illegible]
[illegible] papopami salimtagi [illegible] [illegible] [illegible] [illegible] [illegible]
[illegible] [illegible] kigomakata [illegible] [illegible] nipopigi [illegible] [illegible]
[illegible] [illegible] [illegible] [illegible] [illegible] [illegible] [illegible] [illegible]
[illegible] [illegible] [illegible] [illegible] [illegible] [illegible] [illegible]
[illegible] maamemo [illegible] [illegible] [illegible] [illegible] [illegible] [illegible]
kanapagibasal [illegible] [illegible] [illegible] [illegible] [illegible] [illegible] [illegible]

難以解讀的Text 11新港文書

他們至親好友的田地來做抵押了。

Text 11問題更多，更不易理解，因此大部分的句子都還沒能解讀出來。類似這種問題還不少，希望日後再做更多的研究之後可以解決若干問題。若想要解決所有的問題，恐怕那只是一種奢望罷了。

（本文於2002年12月發表於《台灣史研究》，以上爲縮簡版，未收錄專業性很高的第三節，有興趣的讀者請參閱《新港文書研究》（2010，中研院語言所））

參考書目

王世慶編（Wang, Shih-ching (ed.)）

1978 《台灣公私藏古文書彙編》，第二輯目錄。台北：環球書社。

翁佳音

1989 〈二十三號新港文書與西拉雅族的姓名制考〉，《中央研究院台灣史田野研究通訊》13:45-47。收入翁佳音著，《異論台灣史》，97-102 (1991)。台北：稻香出版社。

1990 〈一件單語新港文書的試解〉，《中央研究院民族學研究所資料彙編》1:143-152。

Adelaar, K. Alexander

1997 Grammar notes on Siraya, an extinct Formosan language. *Oceanic Linguistics* 36.2:362-397.

1999 Retrieving Siraya phonology: A new spelling for a dead language. In Elizabeth Zeitoun and Paul Li, eds., *Selected Papers from the Eighth International Conference on Austronesian Linguistics,* 313-354. Institute of Linguistics (Preparatory Office), Academia Sinica.

Blust, Robert

1999 Subgrouping, circularity and extinction: Some issues in Austronesian comparative linguistics. In Elizabeth Zeitoun and Paul Li, eds., 31-94.

Murakami, Naojirô（村上直次郎）

1933 *Sinkan Manuscripts*《新港文書》. Memoirs of the Faculty of Literature and Politics, Taihoku Imperial University, Vol.2, No.1.[台北帝國大學文政學部紀要第二卷第一號]. Formosa: Taihoku Imperial University.

Ogawa, Naoyoshi小川尚義（小川文學士稿）

[n.d.] Notes on Siraya. Unpublished manuscripts.

[n.d.] Notes on 《新港文書》[*Sinkan Manuscripts*]. Unpublished manuscripts, 現藏名古屋南山大學人類學研究所圖書館。

Steere, Joseph Beal

1874-5 The aborigines of Formosa. *China Review* 3:181-185.

1878 *Formosan and Its Inhabitants*. Institute of Taiwan History (Preparatory Office), Academia Sinica, 2002.

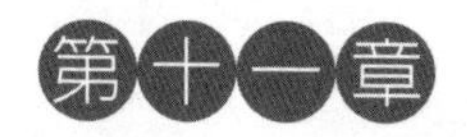

第十一章 消失的借據——新港文書

台灣最重要的人文特色，就是在寶島上已居住了至少五、六千年歷史的台灣南島民族。國際上知名的南島語族學者大都承認台灣南島語言的重要地位，因爲在這個島上的語言最爲紛歧，彼此的差異最大，顯示它的年代縱深最長，也最有可能是古南島民族的起源地。

台灣南島民族至少有二十多種語言，大約有一半已經消失，有的已經瀕臨滅絕的邊緣，只剩極少數老年人還會講，例如巴宰（只剩一人），邵（只剩十人），卡那卡那富（只剩五人），沙阿魯阿（只剩十多人）。依目前流失的狀況來推算，其餘的語言大概不出半個世紀也大都會消失掉，因爲族語並沒有傳承給下一代。語言一旦消失，族群也就不存在了。

自古以來，各種台灣南島語言都沒有什麼文字記錄，直到十七世紀荷蘭傳教士到台灣來以後，才開始使用羅馬拼音來拼寫平埔族語言，包括在台南一帶的西拉雅（Siraya）語和在彰化一帶的法佛朗（Favorlang）語。因此，這兩種平埔族語言便成爲台灣最早有文字紀錄的語言，留下了非常珍貴的平埔族語言資料。台灣西部沿海一帶的各種平埔族語言，如今都已消失了。透過這兩種語言的文獻紀錄，我們才可能對他們的語言有一些認識。其中，尤其以西拉雅語的文獻資料稍微豐富一些，包括以下三種：（一）聖經馬太福音整本的西拉雅語翻譯，（二）西拉雅語的基督教義要旨，（三）新港文書，俗稱「番仔契」，是唯一以原住民語言書寫的契約文書。

「新港文書」是以羅馬拼音來書寫西拉雅語的契約文書。新港（今台南新市）是荷蘭時期西拉雅的一個社名，也因此，凡是以羅馬字母所寫的契約都被通稱爲「新港文書」，包括台南西拉雅的麻豆、卓猴、大武壠、灣裡，以及屏東馬卡道的茄藤、下淡水等社。這些契約文書有不少是「借據」，某某人向某某人借多少銀錢，以座落在什麼地方的土地做抵押，借期若干年，屆時不還時，債主就有權繼續使用那塊地，甚至永久歸他所有。但是往往那一塊地不只值當初所借的錢，借期到了而無力償還而又缺錢花用時，就要求債主再追加多少錢，稱之爲「找洗」或「找賣」。要求贖回土地或追加土地價錢的就叫作「言贖言找」或「找贖」。在這種情況，通常要再補訂一張契約文書。同一塊地有的甚至前後訂了三張契約，都載有年月，以及訂約的人。以一塊田地作抵押時，也可在契約內載明債主或佃農每年要以若干數量的稻穀提供給原地主。

新港文書絕大多數都是單語的，就是只以西拉雅語寫成，但也有少數是雙語的，即同時有西拉雅文和中文，內容雖大致相同，但也有不少出入。日治時期日本學者村上直次郎（1933）曾經收集了101件新港文書正式出版，其中只有21件是雙語的。這些年來，國內外的學者陸續收集，目前已累積到170多件，加上已知而尚未公開的大約一共有180件之多，其中也有少數幾件是雙語的。雙語的文書都寫在同一張紙上，大都是分左右（或上下）來寫：中文在右，西拉雅文在左（或下方），或者西拉雅文在上，中文在下。單語的西拉雅文都是由左至右書寫。契約的末尾有立約人的姓名和花押，有的契約上還蓋了土目的印章，而且有立約的年月（用清朝年號）。

台灣的一些學者正在執行一項跨領域的研究計畫「新港文書研究」，其中一個目的，就是要全面收集和考訂目前可見之新港文書，這項工作進行得還很順利；另一個目的，是在進行新港文書內容的解讀，逐詞的翻譯和整篇的意譯，這項工作難免碰到一些瓶頸。除了村上所收的101件之外，還有新收的約69件新港文書：美國密西根大學收藏的16件，日

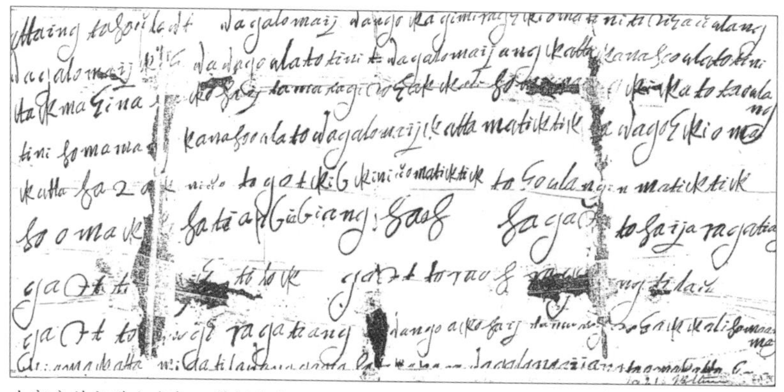

大部分的新港文書都以單語書寫

本東京外國語大學收藏的5件（已見於村上），南山大學收藏的小川尚義所收的1件，中研院史語所收藏的10件，台史所的19件，台灣文獻館1件等等，台大人類學系1件，徐瀛洲私人收藏的2件，黃天橫私人收藏的1件等等。希望今後還可以陸續收到更多，才能掌握更全面的現象。

新港文書最早的一件是寫於康熙二十二年（1683），最晚的一件是嘉慶二十三年（1818），地點遍布於嘉南平原和高屏地區的各社。有趣的是，自從荷治時期（1624-1662）荷蘭傳教士教了西拉雅人以羅馬字母書寫他們自己的母語以後，許多契約文書都以西拉雅文來書寫。這個傳統，在荷蘭人離開台灣之後，又延續了大約一個半世紀之久（1683-1818）。到了十九世紀上半（大約1830年左右）西拉雅語消失了，這個書寫系統也就斷絕了。這些契約文書資料兼有語言學、歷史學和民俗學的研究參考價值。例如，我們可以藉它們來考訂西拉雅語消失的年代，西拉雅人的姓名制，西拉雅是母系社會（多由女性出面訂約），西拉雅人當時的家庭經濟狀況等等。此外，我們也要試圖從各社的契約文書文字上的差異，理出各地方言上的差異。

學界現在進行的工作有這幾項：（一）轉寫（transcribe）這些手寫的書寫體爲印刷體字母，因爲有些字母很不容易辨認清楚，（二）嘗試逐詞翻譯，包括實詞與虛詞，（三）決定詞界，有些語詞的書寫方式是幾乎每個音節都分開來寫，得要連起來才能成爲有意義的個別語詞，更進一步還要決定到哪裡才是完整的句子，才能解讀，（四）嘗試解讀各件文書的內容。最大的困難是今日已沒有人會說西拉雅語了，無法得到發音人的協助而得到較完整的解讀。唯一的途徑就是，我們一方面要藉助於荷蘭時代有關的語文資料，以及村上直次郎（1933）一書中所錄的那些新港文書的文字和內容，另一方面也要藉助於小川尚義（未發表稿件）當年對該書中的各種契約文書所做的整理工作，同時也要參考最近幾年外國學者對西拉雅語法結構的研究報告。

鑽研西拉雅語的源頭、語法、演變，從功利的角度來看是一件沒有物質「效益」的工作，但是尋根溯源、親近歷史、感受先祖的生活與經驗，卻能帶給我們精神上另一種滿足。我們做研究的人有這樣的體認，相信所有具人文關懷的人，也會心有同感。

（本文於2004年8月29日發表於《中國時報》「時報科學與人文」）

第五篇

台灣南島語言的隱喻

人體各部位名稱在語言上的應用[1]

摘要

本文的主旨在討論從人身體的觀點所發展出來的知識體系和語言現象。世界各種語言，方位的指標（template）包括天體、地景、人體，而以人體的方位詞爲最多。主要的數詞系統都是由人體發展而來。身體名稱的轉移都遵循這幾個基本原則：（一）從上到下，（二）從前到後，（三）從部分到全部。通常是以上面的部位爲高級，而以下面的爲低級或不雅。人體部位名稱常擴展到指稱其他有生命或無生命的東西，應用的原則包括形狀、大小、功能、相對位置等幾個因素。但也有少數從其他的名稱（如器具、親屬稱謂）擴展到人體名稱。人體各部名稱在語言的應用可

[1] 本文初稿曾分別於2006年11月15日在中山大學，2007年3月6日在台灣師範大學及5月23日在世新大學各演講過一次，承與會學者和學生參與討論並提供寶貴意見，我特別要感謝林慶勳、蔡美智、鄭錦全、洪國樑、何大安幾位教授，尤其黃秀敏提供日語的例子。匿名審查人也提出一些改進的意見，使本文減少錯誤或疏漏，在此一併致謝。

說無所不在。漢字許多部首就是身體部位的名稱，共有24個部位名稱當部首。許多人體部位的名稱都屬於基本詞彙。以上種種都可以說明人體名稱在語言使用的重要性。

人體名稱的用法常是隱喻的，而且絕大部分的人體名稱都有這種用法，這就大大地擴增人體名稱的使用範圍了。本文把隱喻用法暫作分類，並列舉實例。

關鍵詞：人體，部位名稱，方位，轉移，擴展，隱喻

1. 人體和語言

本文的主旨在討論從人身體的觀點所發展出來的知識體系和語言現象。這是認知語言學研究的一部分。相關的研究論著並不少，較重要的專書包括Lakoff and Johnson (1980)的*Metaphors We Live By*和Lakoff (1987) 的*Women, Fire, and Dangerous Things: What Categories Reveal about the Mind*，曹逢甫等（2001）的《身體與譬喻：語言與認知的首要介面》。本文所要探討的方向和重點跟他們有一些差異。Heine (1997)的*Cognitive Foundations of Grammar*全書雖不是針對身體語言所做的研究，但是其中第三和第七章所討論的卻跟本文的主題密切相關，給我們不少的啓示。

世界上許多語言都是以日出的方向爲「東」，以日落的地方爲「西」，如泰雅語、鄒語、卡語、魯凱語萬山方

言，[2]卻沒有一種語言以月亮做爲方位的指標（template）。有的語言可能也會以北斗星做爲指北的方向。我們也會說「上天下地」，這是以天空和地球做爲指標。以地理上的景物做爲方向指標的語言也很常見，例如許多南島語言都有「靠山」和「靠海」或「內陸」和「下游」這種對立的語詞來指稱方向。除了以天體（日、月、星）和地景（山、川、海）指稱方向外，世界上的許多語言都以人的身體做爲指標，如漢語的「前面」和「背後」是以人身體部分的名稱來定位的。又如以右手的方向指右邊，而以左手的方向指左邊。世人多以右手吃飯，因此認爲使用右手才是「正確」的，英語的right就兼有「右」和「正確」之意，閩南語稱右手爲「正手」，也有「正確」之意。漢語又以「頭上」和「腳下」來分別指稱上方和下方，如「山頭」和「山腳」，其他許多語言也是如此。不過，也有的語言以頭指前方而以屁股指後方，也許跟四腳動物的姿態有關。

我們的頭固然是在身體的最上方，可是我們的臉並非在最前方，卻都以臉代表最前面的部位，何以不是鼻子呢？（Heine 1997:47）以臉而不以鼻指最前方，大概是因爲所要指稱的是面，而不是點。世界上並沒有任何一種語言以鼻子指前方，可見世界語言以人體做指標是有共通的地方。

---

[2]

	泰雅	鄒	魯凱萬山	卡那卡那富
「日出之處」	thgan wagi'	yosmomza xire	tase'ese'e'ae koli'i	talalaka taniare
「日落之處」	kyupan wagi'	mrovza xire	tavalililoe koli'i	tapatalala taniare

非洲Lugbara語也是如此（Heine 1997:35）。

人體名稱的轉移（transfer）都遵循這幾個基本原則：（一）從上到下，（二）從前到後，（三）從部分到全部。例如，我們說「頭重腳輕」、「有頭有尾」、「前後一致」，但不說「腳輕頭重」、「有尾有頭」或「後前一致」。又如，世界上的語言將近一半都以「手」涵蓋「臂」，這是以部分代表全部，反之則很少見。又如，非洲Hausa語的「肘」叫做「手臂的膝蓋」，這是從前面轉移到後面。此外，通常是以上面的部位爲高級，而以下面的爲低級或不雅，如首領、頭目、頭名、頭等、頭功、出頭天、頭頭是道；扯後腿、一屁股坐下、拍拍屁股走人、踩在腳底。

進一步說明部位名稱的轉移。有的語言以部分代表全部，如閩南語的「手」（tshiu）指稱手和臂，「腳」（kha）指稱腳和腿；而有的語言以身體上部的名稱也指稱身體下部的相似部位，如「大拇指」原是指手的大拇指，但也用來指稱腳的大腳趾，反過來的卻很少見。大拇指的中性用法是指手的大拇指，必要時才特別指出「腳的大拇指」。更進一步的轉移是以身體部位代表它的功用，例如，以「頭腦」代表「智慧」，以「眼」代表「視力」（曹逢甫等 2001:17），漢語如此，台灣南島語也是如此。

空間和時間的關係密不可分，指稱空間的語詞也可用來指稱時間。例如「眼前」或「目前」既可以指空間，也可以指時間。瞬間我們說一眨眼、一轉眼、指顧間、間不容髮等等是以「眼」、「指」、「髮」等三種不同的部位來比喻時間的短暫。

從人體的部位所衍生的知識體系確實不少。世界上採用十進法的語言佔絕大多數，如漢語、英語、南島語等等，也有不少採用五進法的語言，如平埔族巴宰語，也有一些二十進位法的語言。這就是因爲一隻手有五指，雙手就有十指了。（金庸的武俠小說中的「九指神丐」便是一個特例。）南島語言lima這個語詞指「手」，也指「五」，如魯凱、布農、排灣、卑南、邵、噶瑪蘭和西部幾種平埔族語言（巴布拉、洪雅、西拉雅）等等。[3] 賽夏語的「二十」（ʃa-mʔiLæh）是從「人」（mæ ʔiLæh）這個語詞衍生而來的，因爲一個人的手和腳共有20指。法語的數詞80（quatre-vingts）就是四個20（4x20），是二十進位法，也是同一道理（李壬癸 2006, Li 2006）。連數詞系統都跟人體的構造有關，其他就可想而知了。

人體各部位的名稱常擴展（extend）到指稱其他有生命或無生命的東西，如山頭、山腰、山腳、山嘴、河口、刀口、門口、樹頭、桌面、桌腳、椅背等等；應用的原則包括形狀、大小、功能、相對位置等幾個因素。然而，泰雅語群的*baki*「大拇指」卻由親屬稱謂*baki*「祖父」擴展而來，同樣地，賽夏語*ba-baki*「大拇指」也是由*baki*「祖父」一詞衍生而來。噶瑪蘭語*baqi*「祖父，百步蛇」，還是從人擴展到其他動物。又如噶瑪蘭語*snarazat*「瞳孔」（< *razat*「人」）有

❸

	魯凱	布農	排灣	邵	噶瑪蘭	西部平埔
「手」	a-Lima	ima	Lima	rima	rima	rima
「五」	Lima	ima	Lima	rima	rima	rima

「木偶」之意，正如Heine (1997:132) 所說的，「『瞳孔』一詞常從名詞指稱幼小的人或像縮小的人形衍生而來。」

饒是如此，即使人體各部名稱也有從外界事物轉移而來。例如，法語tête「頭」是從拉丁文testa「鍋」轉移而來，英語vagina「陰道」是從拉丁文「刀鞘」轉移而來（Heine 1997:132）。以上這兩個例子，主要都是因為形狀相似而轉移的。

人體各部名稱在語言的應用可說無所不在。只要一開口說話或寫一篇文章，很難避免使用人體各部名稱。隨便翻閱一部詞典，到處都可以查到有關人體部位名稱的術語，如掩口、掩耳、掩鼻、揚臉、掌骨、掌嘴、掌權、捨身、授首、掌心、掌印、掌珠、掛心、掛齒、掛不住（臉）、接手、接頭、指引、指派、指摘、指點、指望、掛羊頭賣狗肉、手心是肉手背也是肉……，眞是不勝枚舉。事實上，漢字許多部首就是身體各部名稱：口、心、手、又[4]、毛、牙、肉（月）、皮、目、而、耳、舌、血、足、身、面、首、骨、髟、鼻、齒；爪、羽、角（後三個是動物的部位），共有24個部位名稱當部首。按《國語日報辭典》總共有192個部首，人體部位名稱佔12.5%。

人體各部名稱的用法常是隱喻（metaphor）的，這就大為擴增人體名稱的使用範圍了。例如，「心碎」心並沒有眞

---

[4] 審查人指出，現行字典的部首中，「又」的本義是手，「而」的本義是鬚，因此也都計入。

正破碎，「厚臉皮」臉皮並沒有加厚，「柔腸寸斷」腸子並沒有斷掉，「眉開眼笑」眉毛並沒有展開，眼睛也不會笑，「卑躬屈膝」並沒有真正彎腰下跪。身體各部名稱用於隱喻的相當多，完全不用於隱喻的卻很少，如踝、咽喉以及跟生殖器官有關的名稱，大概一般人認爲不雅而少用。爲了避諱，有的語言「睪丸」一詞就叫作「蛋」，如賽德克語*balung*，卡那卡那富語*'icuru*，或叫做「石頭」，如邵語*fatu*，巴宰語*batu*，或叫作「種子」，如鄒語*tutu*，因爲睪丸的形狀很像蛋、小石和種子。類似這種現象在世界語言是很常見的（Heine 1997:132）。

許多人體部位的名稱都屬於基本詞彙（basic vocabulary），包括頭、眼、臉／面、毛、口、舌、耳、鼻、牙、手、腳、腿、乳、腹、頸、膝、背、皮、肉、血、骨、心、肝、腸等。這些詞彙不太容易被取代，也就是保存的時間較久，常能保存古語流傳下來的同源詞。基本數詞（1-10）也是如此。

2. 人體名稱隱喻用法的普遍性

以現代科技的知識，大家都知道我們思維的巢穴和情緒的反應都在腦部，可是過去的人卻常認錯了器官，漢人以爲是「心」，如「我心裡所想的」，「我內心的感受」，「贏得她的芳心」，都指我們的心在運作。英美人士也說：

(1) It touched my heart.

感動了我的心。

(2) In your heart you know I'm an honest man.

你內心也知道我是誠實的人。

(3) How to win her heart?

如何贏得她的芳心？

(4) There's a man after my own heart.

有一個男人很合我的心意。

台灣南島語言也有類似的用法，例如，噶瑪蘭語（主＝主格，斜＝斜格）：

(5) mai　aisu　tu　anem.

沒有　你　斜　心

你沒有良心。

(6) nngi　anem-ku　stangi.

好　心-我的　今天

我今天心情好。

(7) mpiray　anem-ku　kasi-anem　tu　waway-ku.

累　心-我的　想　斜　家事-我的

一想到家事，我就心煩了。

請注意「想」這個動詞就是由「心」衍生而來。

(8) sataRaw anem-na.

有病 心-他的

他的心情不好。

(9) matapun ya anem-numi.

一起 主 心-你們的

你們大家一條心。

日語也有類似的用法：

(10) 心が変わる　變心，改變主意

(11) 心に刻む　銘記在心

(12) 心の鬼が身を責め　心中的鬼責備自己

＝受良心責備

其實，身體名稱的隱喻用法在世界上的語言是很普遍的。只是不同的語言可能使用不同的器官。例如，漢語說「膽大」，而日語說「肝粗」（肝が太い）；漢語說「銘感於心」，而日語說「銘記於肝」（肝に銘じる）；漢語說「心灰意懶」，而日語說「肝掉下來」（肝を落とす）；漢語說「嚇破膽」，而日語說「肝碎了」（肝をつぶす）。又如，漢語說「恍然大悟」，而日語說「鱗從眼睛脫落」（目からうろこが落ちる）。若說上面 (10)-(12) 例日語「心」的用法有可能受到漢語的影響，那麼日語以「肝」形容膽量，就不太可能受漢語的影響了。其實肝和膽部位相近，很容易轉移。又如沙阿魯阿語以「腹」比喻內心，例如：

(13) masiame civuka-ku.
辣 腹-我的
我的腹部很辣＝我的內心很難過。

泰雅語汶水方言有的用法很像漢語，如 (14)-(16)，而有的卻又很不同，如(17)-(19)。(16) a 與 b 例句的不同在於主格格位標記 ku' 是定指（definite），而 'a' 是任指（indefinite）。漢語的「長舌」是指愛說閒話，而泰雅語的「長舌」卻是指愛佔人便宜（有如穿山甲伸長舌頭就可以吃到很多螞蟻）。泰雅語的「肝硬」指人的固執，「血冷」指人死了。這些都顯示不同的文化背景會有不同的隱喻方式。

(14) balaiq 'a' tunux su'.
好 主 頭 你的
你的頭很好＝你很聰明。

(15) balaiq 'a' cangia' nia'.
好 主 耳朵 他的
他的耳朵很好＝他聽力很好。

(16) a. muxaal 'a' tunux mu.
病, 痛 主 頭 我的
我的頭痛＝我感到頭疼（非病痛）。

b. muxaal ku' tunux mu.
病, 痛 主 頭 我的
我頭痛（有病）。

(17) qanaruux 'a' hma' nia'.
長 主 舌頭 他的
他的舌頭長＝他喜歡佔別人的便宜。

(18) mamati' 'a' saik su'.
硬 主 肝 你的
你的肝很硬＝你很堅持己見，你很固執。

(19) tala'tu' 'a' ramuux la.
冷 主 血 了
血冷了＝人死了。

3. 身體各部名稱的隱喻用法

爲了方便討論，把相關的隱喻用法暫作以下的分類：

3.1 情緒反應

以身體部位名稱來隱喻人的情緒反應的，有喜、怒、哀、樂、煩惱、緊張、忍受等等，例如：

喜：眉開眼笑，眉飛色舞，嘻皮笑臉，鼓掌拍手，額手稱慶，心花怒放

怒：咬牙切齒，痛心疾首，痛心入骨，寢皮食肉，剝皮抽筋，怒髮衝冠，瞋目切齒，怒目橫眉，柳眉倒

豎，大動肝火，滿肚子火，滿肚牢騷

哀：愁容滿面，心如刀割，柔腸寸斷，肝腸寸斷，肝腸崩裂，令人鼻酸，心酸，淚眼愁眉

樂：手舞足蹈，笑掉大牙

煩惱：頭痛，牽腸掛肚，五臟俱焚，方寸已亂，愁眉苦臉，哭喪著臉，眉頭不展，蹙額愁眉，牽腸掛肚，抓耳撓腮，心煩意亂

緊張：張口結舌，瞪目結舌，硬著頭皮，皮鬆肉緊

忍受：眼淚往肚子裡流，憋了一肚子的悶氣，打了牙肚裡嚥，肚裡說不出來的苦

3.2 人際關係

手足之情，肝膽相照，肝腦塗地，推心置腹，心照不宣，心心相印，抵足談心，促膝長談，眼去眉來，眉目傳情，勾肩搭背，肌膚之親，把手言歡，手心是肉手背也是肉，劈腿，偏心，唇齒相依，唇亡齒寒，人心隔肚皮，隔重肚皮隔重山，扯破臉皮，賞臉，有頭有臉，一鼻孔出氣，與虎謀皮，碰一鼻子灰，眼中釘，耳提面命，耳濡目染，傾耳恭聽，拭目以待，交口接耳，貌合神離，上山擒虎易開口告人難。

3.3 人品差

心狠手辣，虎頭蛇尾，藏頭露尾，厚臉皮，不要臉，死要臉，死皮賴臉，沒皮沒臉，婢膝奴顏，掇臀捧屁，賴骨頑

皮，賴皮，令人齒冷，心口不一，有口無心，口是心非，搬唇弄舌，翻臉無情，隻手遮天，油頭滑臉，丟人現眼，睜眼說瞎話，見錢眼開，遮人耳目，掩耳盜鈴，包藏禍心，面善心狠，負心，狼心狗肺，冷面冷心，勾心鬥角，昧心取利，不軌之心，鐵石心腸，腦滿腸肥，全無心肝，吃人不吐骨。

3.4 修養好

肚量大，宰相肚裡好撐船

3.5 人的能力表現

伶牙俐齒，三寸不爛之舌，耳聰目明，眼明手快，白手起家，大顯身手，好身手，頂尖好手，得心應手，膽大心細，揚眉吐氣，炙手可熱；眼高手低，笨手笨腳，手忙腳亂，被牽著鼻子走，拙口笨腮。

3.6 人的勇氣或誠懇

膽量，一身是膽，有肩膀，肺腑之言，忠言逆耳，良藥苦口，苦口婆心，摳心挖膽，摳心挖肚，瀝膽披肝，肝膽照人。

3.7 恐懼

心驚膽戰，心膽俱寒，心驚肉跳，膽破心寒，肝膽俱裂，起雞皮疙瘩，作賊心虛，毛骨悚然（比較英語make someone's hair stand on end「使人毛髮豎立＝使人害怕」，not to turn a hair「毛髮不動＝鎮定」）。

3.8 處事態度

好漢不吃眼前虧，袖手旁觀，大處著眼小處著手。

3.9 判斷

看得上眼，看走眼，獨具慧眼，眼拙，有／沒眼光，逃不出手掌心，鹿死誰手，燙手山芋，一手難掩天下人耳目。

3.10 個性

心直口快，不露身手，古道熱腸，茶來伸手飯來張口，不管天有眼但管地無皮。

3.11 不當的言行

長舌婦，信口開河，狗嘴裡吐不出象牙，毛手毛腳，動了手腳，躡手躡腳，禍從口出，擠眉弄眼，眼饞肚子飽。

3.12 處境不佳

腹背受敵，心腹之患。

3.13 內心明白

肚裡明白，肚子裡點燈。

3.14 時間

一眨眼、一轉眼、指顧間、間不容髮、雲煙過眼、迅雷不及掩耳等都是描寫時間的短暫。噬臍莫及是指後悔已來不及。

如以上所舉身體各部名稱的各種隱喻用法，眞是不勝枚舉。類似這些隱喻用法，從口語到書面語，可說俯拾皆是，我們日常用語很難避開這些用法。由此可見，身體各部名稱隱喻用法的普遍和重要了，値得再進一步作深入的研究。

4. 結語

認知語言學是當代語言學的一個重要研究方向。本文只是一個初步的嘗試，希望國內外學者和先進能在這個領域做更深入的研究。面對周遭的世界和各種事物，人類自然而然地就以人體爲中心去了解它們和作各種解釋。我們有許多觀念和表達方式都是從人體各部位導引出來的。

本文取材雖以漢語爲主，但也取自好幾種別的語言，包括台灣南島語、日語、英語、法語、非洲Hausa語等。人體各部名稱的廣泛使用和隱喻用法是有世界語言普遍性的（language universals）。

（本文於2007年7月發表於《語言暨語言學》）

參考書目

李壬癸

2006〈我們有不同的想法〉，《多樣性台灣》，科學人雜誌特刊4號，128-134。台北：遠流出版社。

2006〈沙阿魯阿的歌謠〉，《山高水長：丁邦新先生七秩壽慶論文集》，21-56。中央研究院語言學研究所專刊外編之六。

曹逢甫，蔡立中，劉秀瑩

2001《身體與譬喻：語言與認知的首要介面》。台北：文鶴。

國語日報出版中心

2000《新編國語日報辭典》。台北：國語日報社。

Heine, Bernd

1997 *Cognitive Foundations of Grammar.* Oxford University Press.

Lakoff, George and Mark Johnson

1980 *Metaphors We Live By.* Chicago: University of Chicago Press.

Lakoff, George

1987 *Women, Fire, and Dangerous Things: What Categories Reveal about the Mind.* Chicago: University of Chicago Press.

Li, Paul Jen-kuei

2006 Numerals in Formosan languages. *Oceanic Linguistics* 45.1:133-152.

Longman

1987 *Dictionary of Contemporary English.* Great Britain: Longman Group.

Su, Lily I-wen

2002 What can metaphors tell us about culture? *Language and Linguistics* 3.3:589-613.

沙阿魯阿的歌謠[1]

摘要

本文只是解析沙族歌詞的特色，並把現存23首歌謠的歌詞加以轉寫、翻譯和註釋，至於曲調的解析、歌譜和CD部分請見風潮（2001）或《南鄒族民歌》。沙族歌謠可分爲祭典歌、對歌、童謠等三大類，而以祭典歌爲最典型，能呈現沙族歌謠的特色。只有少數歌謠是受到布農或北鄒的影響而移借來的。歌詞的內容常用隱喻（metaphor）的語言，而演唱的形式卻慣用重複的手段。

關鍵詞：沙語，歌謠，隱喻，重複，祭典，貝神祭

---

[1] 丁邦新教授早在60年代初，就已跟董同龢教授一起到桃源鄉調查沙阿魯阿語了。那時交通很不便，生活條件也很差，進行田野調查工作備嘗艱辛。他（丁邦新 1967，Ting 1987）先後發表了兩篇論文，並且撰成一長篇未發表的稿件，都有不少的創獲。我於1970年回國到中央研究院任職以來，得到他很多的協助，今謹以這篇文章慶祝他七十大壽。沙族歌謠曲調的解析和說明，都是根據吳榮順教授（請見吳榮順 2001《南鄒族民歌》）。本文有部分的內容曾在研討會中發表（吳榮順、李壬癸 2002），今有所修正和擴充。齊莉莎（Zeitoun）看過初稿，提供不少寶貴的改進意見，特此誌謝。

1. 前言

南鄒的兩種語言都已面臨瀕臨滅絕的邊緣，今日只有十個左右還很會說沙語的人。有關沙語的研究很少，正式出版的只有小川和淺井（1935:693-719），丁邦新（1967），Tsuchida (1976:59-83)，Ting (1987)，Starosta (1996)，李壬癸（1997:272-297），Radetzky (2004) 等。因此，任何相關的研究都值得鼓勵。

1988年2月，我再度到高雄縣桃源鄉高中村調查沙阿魯阿語言時，也用手提錄音機錄了一些歌謠，並且轉寫了其中8首，也翻譯了一部分。我當時就覺得那些歌非常好聽，

穿著傳統服飾舉行祭典的卡族和沙族人

Starosta教授與本書作者李壬癸合照（1999年攝於東京）

跟我一起去調查沙語的業師帥德樂教授（Stanley Starosta）也說很好聽。1997年12月底，我負責籌辦的第八屆國際南島語言學會議在台北舉行時，我播放沙族歌謠，有的外國學者很欣賞，並說韻律聽起來很像他們在婆羅洲或新幾內亞所聽到的歌謠，更有不少學者希望能買到CD。我打算以後有機會再把那些歌全部都轉寫下來，並且加以翻譯和註釋。直到1999年9月，民族音樂學者吳榮順教授跟我接洽，希望我把他錄過的21首沙阿魯阿歌謠都加以轉寫和翻譯，準備要正式出版CD，以便永久流傳。我認爲這是件很有意義的工作，但在我嘗試做時，才發現有些歌詞並不容易掌握，而且不同發音人的解讀常有不少的出入。碰到這種情況時，我就在註釋中把兩種不同的解讀並存，如游仁貴（akahle，男，51歲）和余美女（'ereke，女，75歲）。有部分歌謠今日已無人能解讀，我們的翻譯也只好留著空白。我特別要感謝游仁貴先生（游仁貴等1999）原先所做的轉寫和翻譯，對我的助益非常大。

爲了方便沙族人和一般讀者的閱讀，沙語歌詞都採用羅馬拼音，而不是國際音標，例如 ' = ʔ, ng = ŋ, hl =ɬ, l =ɾ, e = ə，大都是根據李壬癸（1991:37-39）所製訂的書寫系統，只有lh和hl的差異。

沙族的歌謠可分爲三大類：（一）祭典歌，（二）對歌，（三）童謠。祭典歌（共13首）莊嚴肅穆，有固定的演唱順序，歌詞和曲調都固定不能任意改變，而對歌（共6首）是以即興應答的方式，歌詞是可以自由創作的（參見吳榮順（2001），〈南鄒族人的音樂分類觀點〉，《南部鄒族民歌》，14-16）。此外，童謠只有2首。本文沙族的歌謠就按照這個順序編排。這些歌謠大部分都是世代相傳的傳統歌謠，但是也有少數是受到其他族群的影響而移借來的，如〈獵首歌〉和〈打獵歌〉的曲調，都是明顯的受到了布農族的影響，又如〈飯盒歌〉的曲調卻是受到北鄒的影響（參見吳榮順（2001），〈音樂的傳承與轉借現象〉，《南部鄒族民歌》，19-22），然而這幾首歌的歌詞卻全部都是沙語。

沙阿魯阿分爲雁爾（Kaluvunga）社、排剪（Paiciana）社、塔蠟袷（Talalahluvu）社、美壠（Vilangane）社，就是過去所稱的「四社熟番」（參見《番族慣習調查報告書》第四卷鄒族，p.17）。

2. 語言在歌謠中的運用

2.1 隱喻

沙語歌謠中的語詞，常用隱喻（metaphor），若不是對他們的語言文化有良好的掌握，就很難領會眞正的意涵。例如tapisi-mu〈你們的男裙〉那首歌中，civuka原意爲「腹」，但在歌詞中暗喻爲「內心，心裡」，masiame原意爲「辣」，但此處實指「難受」：

(1) masiame　civuka-ku
　　辣　　　腹-我的
　　我的腹部很辣＝我的內心很難過。

又如在tumangitangi-aku〈我一直在哭泣〉歌中，描寫一個女子因失戀悲傷過度，眼睛哭得紅腫而視力模糊，卻把它說成眼睛被茅草刺瞎了：

(2) t<um>uvuhla-vuhla-vuhlahla　i　tupi'i　na　'erehla
　　模模糊糊　　　　　　　　刺瞎　　茅草
　　（視力）模模糊糊，被茅草刺瞎了。

同一首歌謠，別人安慰失戀中的女子說，有了丈夫常叫人心煩，讓人生氣，乾脆不要丈夫算了：

(3) misa'inta sumanei patahli ruca-rucake
不要 丈夫 煩人 惹人生氣
不要有丈夫，他只會煩人又一直惹人生氣！

這種描寫女人內心世界的細膩，語言的巧妙運用，眞令人叫絕！

在沙族pupunga〈飯盒歌〉中，第三節是在描寫：一個獵人在破布子樹下，企圖以嫩的根部做彈頭要打白頭翁，自然打不到。這整節的歌詞都用隱喻的手法。其實眞正的意涵是：比喻男子還太年輕，人還太嫩，還不適合結婚：

(4) hlamuluaili-aku kuvavani na 'uhluhlange, 'icevere
很喜歡-我/主 （小鳥）吃 破布子 根部嫩心
mana vungu ripas-isa, ku-pasikera na vungu
當作 頭 鉛彈-它的 力不從心 頭
tamulumula.
白頭翁（鳥）
我很喜歡在破布子樹下（等著狩獵），用五節芒根部的嫩心做彈頭打白頭翁，卻打不到。

歌詞中的ripase原指「鉛彈」，隱喻爲男人的「睪丸」。這一連串的隱喻用語，使得整節歌詞顯得典雅而不粗俗，而且有較深的意涵，這是很高超的藝術手腕。類似這樣的表現手法，在沙族的歌謠中隨處可見。例如，ihlau, ihlau

〈調情歌〉第三節中的tahluku「葫蘆瓢」，tapaia'a「木瓜」和vaake「柚」，實際上都是指少女的「乳房」。不直接說「乳房」，而用三種瓜果來作妙喻，既可避免太黃色，又可以使得歌詞內涵顯得更生動、活潑、有趣。其實不同瓜果有不同的外觀和特性：葫蘆瓢外表平滑可愛，而木瓜外表粗糙難看，表現出對女人的乳房，兩種截然不同的主觀看法和態度；柚子用來比喻乳房的碩大，可說是一種誇張而又有趣味的比喻。

女唱：

(5) pasakulaia mau matialu tahluku, maraucu'ai taturu-isa.
趕快 希望 快拿 葫蘆瓢 趕快 妹-他的
請趕快來拿他妹妹的葫蘆瓢（喻乳房）。

(6) kumita na 'ususu-isa tainani taina vaake.
看到 奶-她的 大 大 柚
看到她的乳房比柚子還要大。

男唱：

(7) tapaia'a luvangana luvatingatingala.
木瓜 凹凸不平 粗糙不平
（你的乳房）像木瓜一樣粗糙不平。

南鄒的許多祭典歌歌詞今日族人都不太了解。有的歌詞完全不知意思，例如沙族〈祖靈嚐新祭祭歌〉。對有的歌詞即使有若干程度的理解，但不同報導人的解釋往往出入相當

作者與沙阿魯阿的發音人

大。碰到這種情形，我們就以較年長的解釋爲主，而把較年輕的不同解釋擱在附註中供作參考。

2.2 重複

有些歌謠，每一句歌詞都得重複（repetition）唱一次才唱下一句，例如沙族一些貝神祭祭歌：hliau lavahli〈備好的山蘇花〉、miatungusu〈跳舞〉、tapisimu〈你們的男裙〉、aiana〈歡樂歌〉、ihlau, ihlau〈調情歌〉。這種重複的唱法，在台灣南島民族歌謠很常見。

有的歌詞，每一小節唱完了才重複一次，例如pupunga〈飯盒歌〉、alukakikita〈懷舊之歌〉、kuvavani murakici

〈鳥吃果樹之歌〉、matapaapakiau〈去過年〉。

有少數歌謠，每一句的第一個語詞（即單字）都要重複，例如tahluku mai〈男女對唱情歌〉：

(8) 男：tahluku, tahluku mai.（排剪和雁爾社的唱法）
陰部 陰部 小
（女孩子，你們）還太小（＝不要跟我們玩）。

(9) 女：kumai, kumai, ipala.
小 小 豐滿
（我們）雖小，（但我們）很豐滿。

(10) 男：ipala, ipala-isa.
豐滿 豐滿-她們的
她們認爲已經成熟豐滿。

又如varatevate〈分開之歌〉第一節：

(11) varatevate, varatevate-imu. mara'ia hlaita, hlaita.
像風 像風-你們 分開 咱們 咱們
你們像風一樣，咱們分開吧。（參見下文2.3）

(12) muruiahle, muruiahle-imu. mara'ia hlaita, hlaita.
分開兩邊 分開兩邊-你們 分開 咱們 咱們
你們分成兩邊，咱們分開跳舞吧。

(13) sesera, sesera-imu. mara'ia hlaita, hlaita.
圍圈 圍圈-你們 分開 咱們 咱們
你們轉圈圈跳舞，咱們跟你們（男女）分開跳舞吧。

也有的語詞之重複並不限於在句首，例如'ape hlamangi〈拿阿布開玩笑〉：

(14) 'ape, 'ape, hlamangi, hlamangi hlama-muruka.
女名 女名 開玩笑 開玩笑 -爆開
'ape，'ape，你的糞便在地上爆開了。

(15) muruka, muruka, liusu, liusu, liusu kapia.
爆開 爆開 屁股 屁股 屁股 乾淨
糞便爆開了，你的屁股要擦乾淨。

又如likihli〈薯榔〉祭典歌中的若干句：

(16) i likihli, likihli iui i lavahli, lavahli.
薯榔 薯榔 虛詞 山蘇花 山蘇花
薯榔，薯榔，山蘇花，山蘇花。

(17) ina vengavenga vihluua i ku-pa-tarahlapee,
開花 樹名 不要-讓-看
ku-pa-tarahlapee kumiakui iaiai.
不要-讓-看 語尾詞 無義
vihluua 樹開花並不讓人看到。

(18) miapaipa iku, miapaipa iku amaia aiparahliahli
anikialikihla patulu, patulu pavau, pavau
開始 慶祝 慶祝 等待 等待
palilivauvau selenga, selenga 'ataiaii ai parahliahli
開始慶祝和等待。

在同一首歌謠的第3節，每一句末的語詞都在下一句首重複。這種「頂針」的唱法也見於沙族apikaunga〈祖靈嚐新祭祭歌〉。其實有這種「頂針」唱法的民歌結構，也出現在其他台灣南島民族歌謠。例如，噶瑪蘭傳統民歌masawa〈打仗〉也是採用這種唱法（參見李壬癸、吳榮順 2000）。

2.3 動詞前綴的和諧

有些台灣南島語言在同一個句子裡會出現若干複合動詞（帶有詞彙意義的動詞前綴（lexical prefix）），而這些複合動詞都有相同的前綴，有如複製的一般，我們管它叫作前綴和諧（prefix harmony (Tsuchida 2000)）。有這種現象的語言包括：鄒語（Tsuchida 1990）、布農語（Nojima 1996）、西拉雅語（Tsuchida 2000, Adelaar 2004）等。沙語句法也有這種有趣的前綴和諧現象，詳見Li 2009。例如，

(19) hlatumu-aku *puria*-tepehle *puria*-tapisi.（飯盒歌）
想要-我 穿-二件 穿-男短裙
我想要穿兩件男短裙。

(20) nasicui, *ruma*-hlaree *ruma*-ihlaveesa.
到山上 回來的時候 -下毛毛雨
到山上去，回來時卻下著毛毛雨。

(21) 男: *nav*-iki *nav*-kinula.（男女對唱情歌）
像百合 不要忘記
（希望你們）不要忘記要像百合一樣（貞潔）。

女: *kinu*-la *kinu*-vasanee.
不忘記 -誓言
我們不會忘記誓言。

這種現象在沙語是很常見的，不僅見於傳統歌詞，也見於日常用語。例如，

(22) *ki*-sasua-ita *ki*-mairange.(Radetzky 2006)
挖-兩人-咱們 挖-地瓜
咱們倆挖地瓜吧！

(23) *maaki*-a-mua-muare-aku *maaki*-tuutuuku.(Radetzky 2006)
挖-非現-重疊-慢-我 挖-鋤頭
我用鋤頭慢慢地挖。

(24) palisia *mara*-capa-capange *mara*-ngetehle
禁忌 剪-重疊-傳統 剪-剪
vekee-isana..., *mara*-ngetele
頭髮-他的 剪-剪
vekee-isana *mala*-lehleve lhalungu na.(Radetzky 2006)
頭髮-他的 剪-一起 班草
傳統的理髮有禁忌，……他們用班草一起剪。

2.4 不同的歌詞

傳統歌謠的用語跟日常的用語顯然不同。也因此，有許多歌詞的內容今日已無法理解。這兩種用語的不同有詞彙方

面的不同，例如「下毛毛雨」一詞傳統歌詞作ihlaveesa，而日常用語是suamungumunga；「豬」一詞古語作taruramee，而今語卻有三種不同的語詞（請參見註12）；「苧麻繩」一詞，〈祭典歌〉作hliarusihluamu，而日常用語卻是hlikitalia（參見貝神祭前歌之三）；〈打獵歌〉提到九種動物名，都跟日常用語不同（見3.13節）。打獵歸來時，唸出獵獲的動物名稱，這些名稱和現代沙語都不相同。從前打獵有不少的禁忌，有可能因爲避諱而改用其他名稱。獵歌動物名稱和日常用語，比較如下：

獵歌用語	日常用語	中文
1) hlatakemene	taurungu	山羌
2) hlatikase	vutuhlu	山鹿
3) apihlupahlupai	tapuhlacenge	猴
4) kuvukuvura	'areme	穿山甲
5) hlamilangica	takaukau	老鷹
6) hlimakahliumera	'alemehlee	山豬
7) kengkengramucu	'ukui	山羊
8) hlavuruvuru	lukuhlu	豹
9) hlasemesema	cumi'i	熊

其實語法系統也不同。例如，人稱代詞，歌謠中的「你們（主語）」是-imu，「咱們（主語）」是hlaita或-tai，都分別跟日常用語的-mu「你們」，-ita「咱們」形式不完全相

同。又歌謠中的「我（賓語）」是kia-isa，而日常用語是na ilhaku，形式也很不同。如果再仔細分析這些傳統的歌詞，可能還會發掘更多的語法現象。

3. 歌謠

3.1 likihli 薯榔（貝神祭祭前歌之一）

這是屬於排剪社（Paiciana）和雁爾社（Kalubunga）的貝神祭（miatungusu）祭儀當中的第一首祭歌，全曲共分成六段。由於歌頭以i likihli開頭，因此就稱之爲likihli〈薯榔〉（貝神祭祭前之歌）。這一首祭歌依沙族人共分六節或六段。

[1]

貝神祭開始前，族人先歌頌祭典及點唸過去生活中數種重要植物，其中有平時當野菜用，祭典時做護身符的植物薯榔（likihli）和lavahli（山蘇花）、平時做舂米木杵的樹木vengeeli、征戰中會使迷路的人停留的植物vinau，以及一種會提醒族人，敵人將至的開花植物vihluua。

i likihli, likihli iui, i lavahli,[2] lavahli.
薯榔 薯榔 虛詞 山蘇花 山蘇花
薯榔，薯榔，山蘇花，山蘇花。

ina muli vengeeli[3] iui mulilalee vuai.
落葉 樹名 虛詞 生長 無義

樹落葉又生長。

ina mataru taruuhlu iui matalalee vuai.
帶 揹 凋零 無義

帶和揹著小孩到凋零的樹下。

ina hlisapeta,[4] vinau[5] i saramarukaruka.
沒獵獲 樹名 迷路

沒獵獲卻在vinau樹的地方迷路。

ina vengavenga vihluua[6] i ku-pa-tarahlapee[7]
開花 樹名 不要-讓-看

ku-pa-tarahlapee kumiakui iaiai.
不要-讓-看 語尾詞 無義

vihluua開花並不要讓人看。

---

❷ lavahli「山蘇花」，平時當野菜用，祭典時當作護身符。

❸ vengeeli「樹名」，堅硬，可以作木杵。

❹ hlisapeta，報導人余美女（75歲）解釋為「沒有獵獲山禽野獸」；游仁貴（51歲）解釋作「把人壓住、留住」。

❺ vinau「樹名」，余美女：男人用此樹做占卜；游仁貴：到山上升火必用的木材。

❻ vihluua，余美女：樹名，樹皮可以做繩子，它也可以做揹籃；游仁貴：草名，開黃花，開花時表示敵人要來。

❼ kupatarahlapee，余美女：不要給人看；游仁貴：不要砍它。

[2]

這是一段教出外的族人一定要回來，且必須準時參加貝神祭的歌曲，否則就會像故事中的主角一樣，變成天上的星星。歌曲內容在描述：六個獵人和一隻狗因爲追趕獵物，延誤了參加貝神祭典的時間。等回到部落之後，因爲很想參加祭典，卻已經不能步入祭場，就在祭場上空飛來飛去，親人想伸手抓他們下來參加，但因爲已經錯過時間，他們只能在天上飄蕩。祭典結束時，六個獵人和狗飄到天上，變成了北斗七星，這首歌同時也是沙族人北斗七星的來源。族人只知此曲大意，歌詞的意義已經無人能解。

hlamatakupuhlainaia[8] inacalihlana ahlupu ia.
地名 侵佔 獵區
我們侵佔別人的獵區。
ramuruisa tapang ina ia inapatapilingicihla ia.
miapaipa iku, miapaipa iku amaia aiparahliahli.
anikialikihla patulu, patulu pavau, pavau palilivauvau
開始 慶祝 慶祝 等待 等待
selenga, selenga 'ataiaii ai parahliahli.
開始慶祝和等待。

---

[8] hlamatakupuhlainaia「地名」，屬於敵人的地盤（獵區），我們侵入別人的獵區，因而感到興奮。

[3]

一個長得又高又大的人到山上去，回來時下著毛毛雨。等到月亮出來時，他的狗回來了，牠長得實在太高，長到終點，彎彎腰了。

nasicui, ruma-hlaree ruma-ihlaveesa.[9]
到山上 回來的時候 -下毛毛雨
到山上去，回來時卻下著毛毛雨。

ihlaveesa imiravusa vulahla.
下毛毛雨 下毛毛雨 月亮
下毛毛雨，月亮出來了。

vulahla ui hlaluma-lumai.
月亮 狗名
在月光下聽見狗叫聲，牠的名字叫hlalumai。

hlaluma-lumai hlimahlulailai 'ampulai laita.
狗名 長到彎腰 終點（長到最高）
牠長到最高了。

iaiaai
無義

---

[9] ihlaveesa「下毛毛雨」（已不用的古語，即obsolete），suamungumunga（今語）。

[4]

kisuahlalau	kai	hlacupuana	takuarau	rauvaku
			找	陪伴

um-a-ala	na	hlumane	tamani.
拿		鐵	矛器尾端底部

頭目到每一家去，找一個人陪他去拿矛器底部的鐵。

[5]

nasicui	paskialee	muahlahlaina	culvane,	uiiaiia
已經	事先	女子的地方	那天晚上	感歎詞

hlakeremaia	ipalai.
既然沒去	

那天晚上已經講好要去和女孩子碰面，可是你沒去，

現在再說要去，就算了吧！

[6]

nasicui	patuali-ku,	patanika'ulu,	hatamula'alavau,
已經	要煮了-我/屬	不懷好意	走掉了

micau.	micau	mihai	mikama	'ahlani	mihai.
沒關係	沒關係	十天		再回來	十天

sikarai tuuvatu, sikarai tuuvatu 'amaia ai palahliahli.

我已經準備好要煮東西了，但客人因故卻走掉了，

也沒關係。我感到很抱歉，希望十天後再回來玩。

3.2 malalalange 準備歌（貝神祭祭前歌之二）

這是美蘭社（Vilangane）的貝神祭前歌。第一段在叮嚀所有族人，要慎重準備祭典所需的物品，不可因分心而破壞祭典，第二段是眾人圍圓圈跳舞，爲頭目加強力量，驅逐場外的惡魔，第三段則爲正式祭歌，獻豬給貝神，並因爲沒有用釀酒草洗貝神而致歉，並承諾明年還會再繼續祭拜，希望貝神明年能再來。

uau
（無詞義）

[1] malalalang kupilalang sumahlikaiu sikianaku?
要準備好 不可不準備 全部都準備好了嗎 東西
kiniu pasamaneng malalalang,
要專心 準備
talaili[10] hlapalai, 'amata rahlirahli[11] ai aku.
不要分心 女朋友 不要 破壞 虛詞
要準備祭典所需要的東西，都準備好了嗎？
要專心，不要想女朋友，破壞了祭典。

---

[10] talaili，余美女：「看後面」；游仁貴：「不要分心」。
[11] rahlirahli，余美女：「副頭目」；游仁貴：「破壞」。

[2] capali capali ceelek ceelek, capali capali
加強 加強 力量 力量 加強 加強
ceelek ceelek.
力量 力量
圍圓圈跳舞時，男子合唱爲頭目加強力量，
把惡魔驅逐到場外。

[3] taruramee[12] hlaseng[13] haia, mungahlangahla aiu
豬 貝神 虛詞 再來一次 虛詞
taruramee hlaseng haia, mungahlangahla.
豬 貝神 虛詞 再來一次
（雖然沒有kuara來洗貝神，）但我們用豬來祭拜你，
希望你明年還要再回來。
takiare hlaseng haia, mungahlangahla aiu.
從…起源 地名 虛詞 再來一次（希望每年都舉行祭典）
我們沙族從 hlaseng 地方起源，
希望祭典每年再來一次。
takiare hlaseng haia, mungahlangahla.
從…起源 地名 虛詞 再來一次（希望每年都舉行祭典）
我們沙族從hlaseng地方起源，
希望祭典每年再來一次。

---

⑫ taruramee「豬」（古語），talhake「家豬」（今語），'alemehlee「野豬」（今語），vavuhlu「野豬」（打獵用語）。

⑬ hlaseng「貝神居住的地方」，指貝神。

takiare hlaseng, ku-pi-paru kuara[14] aiu.
從…起源 地名 沒有 植物名
我們沙族從hlaseng起源，
雖然沒有kuara草來洗貝神。
takiare hlaseng, ku-pi-paru kuara aiu.
從…起源 地名 沒有 植物名
我們沙族從hlaseng起源，
雖然沒有kuara草來洗貝神。
iaihianaiai hianaeelanauulasihaia haiahaianaiai
anatu lisina tulis
虛詞

3.3 hlialu lavahli 備好的山蘇花（貝神祭前歌）

這首歌是在唱完第一首祭前歌likihli之後，進入貝神祭之前，所唱的祭前歌，歌詞內容在描述祭前準備工作，和整個祭典的程序。全曲分成六段，是標準的有節形式歌曲（strophic form），每一段都得反覆一次。

aru-sihli[15] sihli'in samiaku takupihli aiu.（重複）
日取 祭品 碗
利用白天拿祭祀時所需用的碗。

[14] kuara「草名」，釀酒用的草，祭典中洗貝神用，也是用來加強勇士的護身符。

[15] aru-sihli「白天拿」，比較：sihli-ane「白天」，um-aala「拿」。

aru-sihli pangicui hliarusihluamu[16] aiu.（重複）
日取 備好的豬肉 苧麻繩
利用白天拿備好的豬肉和苧麻繩。

aru-sihli pangicui hlialulavahlimu aiu.（重複）
日取 備好的豬肉 結束
白天拿好豬肉後，準備工作就結束了。

aru-sihli pangicui lililingusuhla aiu.（重複）
日取 備好的豬肉 驅鬼避邪
白天準備好豬肉後，就開始進行驅鬼避邪的儀式。

ari-puhlalaukai tula-tulalauhla aiu.（重複）
聚眾 孕婦
祭典完畢，頭目會請大家圍過來一起歌舞，
但有孕的人請不要參加，以免動了胎氣。

muapaca lavai manacama kuanaana aiu.（重複）
邀請 朋友
邀請異族的朋友也一起來參加。

3.4 miatungusu 跳舞（貝神祭祭歌）

貝神祭兩年一度，在十二月，爲期一週（七天），連準備前後共一個月，有如過年之慶典，每天唱不同的歌。

這是在唱完準備歌後，正式登場的一首祭典舞歌，族人就以該祭儀之名稱爲miatungusu。全曲分爲五個大段落，每

⑯ hliarusihluamu「苧麻繩」，用於祭典時圍圓圈用。比較：'urange「苧麻」，tausu「木苧麻」，hlikitalia「繩索」。本歌詞用詞不同。

沙阿魯阿唱祭典歌謠

個大段落再分成二、三、四個不等的小段落，演唱時，每個小段落要各自反覆一次，在整個祭儀歌曲當中，這是最長的一首，族人可以視情況不斷的反覆。該首歌曲的曲調與前一首祭歌hlialu lavahli〈備好的山蘇花〉完全一樣，可說是屬於同一組曲調的歌謠。

[1] mi-tungu, mi-tungu raikucuialepenge aiu.（重複2次）
跳舞 跳舞 永不停止 虛詞
我們來跳舞，（一拉手）就永不停止。
rari tua-mapaci kita na keteneme aiu.（重複2次）
勤勞 釀酒 看 海
雖然很勤勞釀了很多酒，看起來像海一樣多
（，但還是不夠給人喝）。

kita na keteneme kucu patakusahli aiu.（重複2次）
看 海
看起來像海一樣。
calu camamaneng calu 'ala'alasu aiu.（重複2次）

[2] kucu raruvane kucu 'a-tumahlaee aiu.（重複2次）
聚會 晚上 聚會 愈來愈少
到了晚上人愈來愈少。
aruai vavae kiacihli mari-pesere aiu.
女人名 肋骨 單獨一個人 得到-腎
Aruai想單獨一個人得到肋骨和腎。[17]
kiacihli mari-pesere ku-pari-a-pesere aiu.（重複2次）
單獨 得到-腎 得-不到-腎
想單獨得到腎卻得不到。
valihulalahlung valivaliutai aiu.（重複2次）
反抗 替代
老人不跳了就換年輕人跳。

[3] hlatahlakecan ma-rinu musu-rauvu aiu.（重複2次）
山名 客氣 跳舞
hlatahlakecan的人不好意思一起跳舞。

⓱ 這一句游仁貴譯作：年輕人還是很快樂地跳舞。

ma-rinu musu-rauvu maca-maca-cingahla aiu.（重複2次）
不好意思 跳舞 講閒話
跳舞的人就說hlatahlakecan的人的閒話。

[4] hlatapuhli'ing paka'iravaimu aiu.（重複2次）
hutamiri huhlasenga 'umutu haiti aiu.（重複2次）
ramukau hasitimu kakita rahlahlau aiu.（重複2次）
aripehla[18] rautai taurungu 'amuhliana[19] aiu.（重複2次）
竹笛 使來 山羌 山名
吹竹笛，把山裡的山羌都吸引過來。

[5] 'arikura rautai taurungu ravaravau aiu.（重複2次）
圍來圍去 使來 山羌 地名
把山羌圍來圍去趕到ravaravau去。
musu-lava-lavacui hla'alu mi-a-tungusu aiu.
將要結束 沙阿魯阿 貝神祭（重複2次）
我們沙阿魯阿的祭典就要結束了。

3.5 paritavatavali 數人數之歌（貝神祭miatungusu祭歌之一）

祭典中，頭目用一種叫talon的茅草算人數，邊唱邊數，每數一個人就折斷一次，此歌數到十爲止。從歌詞的結構來

---

⑱ aripehla「竹笛」，可以吹出模仿山羌的聲音。

⑲ 'amuhliana「山名」，其平台有很多山羌。

看，這是一首「頂針風格」的數數歌。這種以人類最基本、最簡單的方式來數數的原則，也常見於台灣及其他南島語族的原住民中。這首歌謠與沙族另一首打獵歌umaiape ngahla kuli的曲調完全相同，可說是同一組歌謠。

paritavatavali	tulisi	na	parikacaniani	tulis.
開始	虛詞		第一個人	虛詞
parikacaniani	tulisi	na	parikapu'ahlani	tulis.
第一個人	虛詞		第二個人	虛詞
parikapu'ahlani	tulisi	na	parikatuluhlani	tulis.
第二個人	虛詞		第三個人	虛詞
parikatuluhlani	tulisi	na	parikaupatehla	tulis.
第三個人	虛詞		第四個人	虛詞
parikaupatehla	tulisi	na	parikalimaehla	tulis.
第四個人	虛詞		第五個人	虛詞
parikalimaehla	tulisi	na	parikaenemehla	tulis.
第五個人	虛詞		第六個人	虛詞
parikaenemehla	tulisi	na	parikapitehla	tulis.
第六個人	虛詞		第七個人	虛詞
parikapitehla	tulisi	na	parikalehla	tulis.
第七個人	虛詞		第八個人	虛詞
parikalehla	tulisi	na	parikasiaehla	tulis.
第八個人	虛詞		第九個人	虛詞
parikasiaehla	tulisi	na	parikama'ahlani	tulis.
第九個人	虛詞		第十個人	虛詞

parikama'ahlani	tulisi	na	mulavacu'isana	tulis.
第十個人	虛詞		最後	虛詞
mulavacu'isana	tulisi	na	'aana'isana	tulis.
最後	虛詞		結束	虛詞

iaiai

3.6 tulisua kana mulikape ahluu
活該，貝殼被我們偷了

根據沙阿魯阿傳說，聖貝是美蘭社的祖先自矮人處分得，後來排剪社和雁爾社因爲羨慕美蘭社有聖貝和盛大的祭祀，所以趁美蘭社人不備，盜取若干聖貝回去。此歌即是偷聖貝之歌，歌詞內容傳達希望以歌唱讚美的方式，使偷來的貝神也能庇護他們，這首歌也屬於miatungusu祭典當中的祭歌。對於歌詞內容的解讀，不同的報導人所提供的，有時出入頗大。本歌歌詞ahluu一詞便是其中一例。全曲分成三段，也是標準的有節形式歌曲（strophic form），通常會全曲唱完一次以後，再從頭到尾反覆一次。

1. tulisua	kana	mu-likape	ahluu.[20]
活該	那個	偷	貝殼

活該，貝殼被我們偷了。

[20] ahluu，余美女：「蜜蜂，指睪丸」，余美女的說明要如何解釋才能通，尚有待進一步追問；游仁貴：「貝殼」，即貝神祭所用的貝殼。

2. ausimana　mia-ngahla-mitu?
還要　　再一次（圍圓圈跳舞，祭拜）
咱們還可以再繼續祭拜嗎？

3. aru-sahli-u-tai[21]　ka　sahli　talangee-ta.（全部重複一次）
唱-咱們　　　　歌　　護身-咱們的
咱們用歌唱讚美的方式，
希望貝神成爲咱們的護身神。

3.7 tahluku mai 男女對唱情歌

這也是一首以「頂針」風格來演唱的男女對唱情歌，藉著男女的一唱一答，在祭儀當中表達男女之間的情意，可看出祭儀本身的特殊功能，族人利用莊嚴肅穆的民族祭典，讓族群每一份子有相聚的機會，另一方面，平時難得聚在一起的青年男女，也可以利用機會來交誼，甚至進一步在這種公開場合表達男女之間的情愫。雖然從歌詞中看到很多一語雙關的詞彙，但在沙阿魯阿群的古語當中，卻是相當深邃的關鍵語。這首曲調與另一首童謠 'ape hlamangi〈拿阿布開玩笑的歌〉完全一樣，因此，在曲調上可說是同一組樂曲。

男：tahluku,　tahluku　mai.[22]（排剪和雁爾社的唱法）
陰部　　陰部　　小
女孩子，你們還太小，不要跟我們玩。

---

[21] tai「咱們」，現代沙語的主格為-ita，屬格為-ta，此處作tai，其中 -i 的作用不明，或許是 i 移位：-ita > -tai。

女：kumai, kumai, ipala.
小 小 豐滿
我們雖小，但我們很豐滿。

男：ipala, ipala-isa.
豐滿 豐滿-她們的
她們認爲已經成熟豐滿。

女：laisa, laisa kia!
來啊 來啊 命令
既然小看我們，就試試看吧！

男：sakia, sakia lalu.
早晚 早晚
沒辦法，早晚會有這種想法。（那是早晚的事）

女：alalu, alalu kia.
就是這樣 就是這樣
我們的想法就是這樣。

男：lukia, lukia patane.
既然如此 既然如此 貞潔
既然如此，要保持貞潔。

女：patane, patane viki.[23]
貞潔 貞潔 百合花
我們像百合花般地貞潔。

㉒ 第一句美壟社的唱法是：
kalatiu'anane tiuku, tiuku mai.
陰部 還 還 小

㉓ 古語viki，今語tavacihli「百合花」。

男：nav-iki　nav-kinula.
　　像百合　不忘記
　　希望你們不要忘記要像百合花一樣貞潔。

女：kinu-la　kinu-vasanee.
　　不忘記　-誓言
　　我們不會忘記誓言。

合：vasanee,　vasanaee　piupiu　tamaaka　karia.
　　誓言　誓言　唱歌　到此爲止　所說的話
　　我們想說的誓言，我們要把它唱完爲止。
　　kuripaspase　kerkerau.[24]
　　掉落　香蕉花
　　香蕉花掉落。

3.8 tapisimu 你們的男裙

這是一首男女生互開玩笑之歌，跳舞時女生取笑男生的圍裙褲（tapisi）不平整，讓人看到屁股和大腿了，男生則取笑女生的裙子雖然長過膝，但前後兩片，側邊開開，也一樣被看到了。全曲共分成九段，每一段都由男性或女性來唱，男性唱完之後，接下一段一定由女性來回答，也是標準的有節形式歌曲，每一段歌詞都重複演唱一次。

[24] kerkerau「香蕉花」是排剪的唱詞，高中村美壟社的唱詞是tavehlevehle。

女：tapisi-mu, tapisi-mu hliturapura[25] ai.（重複2次）
男裙-你們的 男裙-你們的 皺皺, 不好看
你們的男裙，你們的男裙，皺皺的不好看。

男：'aluhli-mu, 'aluhli-mu hlimatararu ai.（重複2次）
女裙-你們的 女裙-你們的 超過（膝蓋）, 漂亮
你們的女裙，你們的女裙，
長度超過膝蓋，漂亮好看。

女：mali'angku, mali'angku hlima-'ukui ai.（重複2次）
醜 醜 穿-羊皮
（男人）穿羊皮衣很醜。

男：mali'asalangsang 'elengan-ku hlima-lukuhlu ai.（重複2次）
英俊 男名-我的 穿-豹衣
我的兒子'elengan穿豹衣很英俊。

女：misamisa'inta na panavai 'araapuhli[26] ai.（重複2次）
不要 男名 長的白
我們不要小白臉像panavai那樣的懶人。

男：'iliki-mu, 'iliki-mu hlimpakau ai.（重複2次）
女名-你們 女名-你們 胖
我們不要你們'iliku那麼胖的女人。

㉕ 沙語hliturapura「皺型的布」＝卡語借詞 hliturapura。

㉖ 'araapuhli「長成白色」< puhli，cf. maapuhli「白色」。

女：misamisa'intai hlatuang 'araapuhli ai.
不要 男名 長的白
我們不要小白臉像hlatuang那樣的懶人。

男：maliasalau[27] ka hlimaavu[28] 'arisapeta ai.
腹大難看 往上繫 皮帶
女子因腹大而把皮帶往上繫，很難看。

女：masiame civuka-ku[29] puacurunu na 'intapuahle
難過 腹-我的 看人離去 翻山
na 'ahlavitinga ai.
山名
看著男友翻過Ahlavitinga山離去，
我的心裡很難過。

3.9 varatevate 分開之歌（十二貝神祭之終曲）

這是一首在貝神祭最後所唱的〈分開之歌〉，共分成三大段來唱，第一大段再分成四小段，第二及第三大段則分成三小段，每一小段曲調，就是本首歌謠的基礎曲調不斷反覆。第一大段敘述：我們將結束今天的貝神祭，現在我們分

[27] mali-a-salau「不合身」（如女人懷孕腹大難看），cf. takuliace「難看」，paliali「懷孕」。

[28] hlimaavu「穿的太高」< -avu「高」，cf. 'ivavu「上方，高處」。

[29] civuka本來指「腹」，此處暗喻「內心、心裡」。masiame原意為「辣」，此處指「難受」。

成兩邊來跳男女分開之舞。第二大段則說明：我們即將到鬼湖去取樹藤來當花飾，也要到山上採蘭花種在聚會所的屋頂上。第三大段描述：一位名叫kihlakihla的女子，將到山上採葉子做飯糰，之後再去抓蜜蜂，然後才去出草等等事情。

1. varatevate, varatevate-imu. mara'ia hlaita, hlaita.
像風 像風-你們 分開 咱們 咱們
你們像風一樣，咱們分開吧。

muruiahle, muruiahle-imu. mara'ia hlaita, hlaita.
分開兩邊 分開兩邊-你們 分開 咱們 咱們
你們分成兩邊，咱們分開跳吧。

sesera,[30] sesera-imu. mara'ia hlaita, hlaita.
圍圈 圍圈-你們 分開 咱們 咱們
你們轉圈圈跳舞，咱們跟你們（男女）分開跳舞吧。

nucanuca numakita kihlakihla akiva'ate kivihli
兩個兩個 牽手高舉 男人名 手搭肩
kihlakihla.
男人名
分成一對一對，牽手高舉跳舞轉圈，
前後手搭肩跳舞。

---

[30] 男人一排，女人一排，轉圓圈跳舞，男女對換位置。

2. kiauliuli[31] tana lisu'ihlicu,[32] kiauliuli tana lisu'ihlicu.
採爬藤 拿 鬼湖 採爬藤 拿 鬼湖

要去鬼湖採爬藤來做頭飾。

kiasa paruraitana[33] turungutungu kiasa paruraitana
要去拿 蘭花名 地名 要去拿 蘭花

turungutungu turungutungu.
地名 地名

要去turungutungu採蘭花，種在集會所上面。

3. anumita hlavihli kihlakihla sipai'a 'umuta
有一個人 葉子 男人名 做 湯圓

kihlakihla, kihlakihla.
男人名 男人名

有一個叫Kihlakihla的人要去山上摘葉子做飯糰。

anumita hla'umu kihlakihla sipa'ila uculucu
有一個人 做好的飯糰 男人名 拿, 抓 蜜蜂

kihlakihla kihlakihla.
男人名 男人名

Kihlakihla他帶著做好的飯糰去捉蜜蜂。

---

31 kiauliuli「藤名」，長約一公尺，長在樹上，祭典中婦女拿來做頭飾花環。

32 lisu'ihlicu「水深、鬼洗澡處」，有許多大樹及花，是美景，在天池之上方。

33 paruraitana「蘭花名」，避邪用，祭典時種在集會所最頂端。

anumita　uculucu　kihlakihla　kiatarasekepe　navungu
有一個人　蜜蜂　男人名　祭拜　獵人頭

mita　navungu　mita.
　獵人頭

Kihlakihla他捉蜜蜂回來祭拜以後，
就要去出草獵人頭。

3.10 aiana 歡樂歌[34]

這是一首用於祭典尾聲或一般歡樂場合的歌曲，阿里山北鄒和三民鄉卡那卡那富都有同名歌曲，曲調大同小異。北鄒稱爲〈對唱之歌〉，也是北鄒生活性歌謠最重要的一種曲牌。歌詞內容可以隨著不同情境而即興變化，並沒有固定的歌詞型態。在南鄒亦同，只是南鄒兩群都將這首歌放在祭典當中來使用，用於祭典結束時最後退場的歌謠，這是南北鄒完全不同的地方。

uau
（無詞義）

aiiana　aiiana　aiiahana（重複2次）
（無詞義）
（重複2次）

---

[34] 這首歡樂歌，不同的人唱的歌詞內容就不同。儘管曲調相同，余美女所唱的這首歌歌詞就不一樣。余美女所唱的歌詞如下：
aia　ana　a'iahina　aia'ana.（無義）

1. pahlusahli[35] -a -ita mau,[36] mamaini. kihlamu
唱歌 -命 -咱們 希望 年輕人 剛剛
naita talicuvungu!
咱們 相遇
年輕人，咱們剛剛才相遇，咱們唱歌吧！

2. sumulusulu -a -ita mau, murituruturua!
唱歌 -命 -咱們 希望 弟兄們
弟兄們，咱們唱歌吧！
kualeengee taiteeteeree maleengeengee amimu'ai?[37]
懷念 眞正的 懷念 你們
你們眞的很懷念（我）嗎？
murituruturua maleengeengee tatahluvatana?
弟兄們 懷念 假的
弟兄們眞的很懷念還是假的？

3. pahlusahli -a -ita mau, mamaini. masikaricu
唱歌 -命 -咱們 希望 年輕 乾了
lakuaisa![38]（重複2次）
大酒甕
咱們唱歌吧！年輕人，咱們把大酒甕的酒喝光了吧！

---

[35] 同一首歌可能同時使用古語和今語。例如，「唱歌」一詞：s-um-ulusulu（古語）＝ pahlu-a-sahli（今語）。

[36] mau「希望，祈使」。

[37] amimu-'a-i，-mu「你們」，-i「疑問標記」。

[38] lakua-isa「大酒甕-他們的」。

'aunini masikaree ka lakuaisa?
怎麼 乾 大酒甕
大酒甕怎麼會喝光呢？

paarikiangahli[39] na vatungalihla,[40] matahlisau a
源源不絕 溪水不乾 清
sahlumu-isa.（重複2次）
水-它的
存酒有如源源不絕的溪流不會乾，
有如溪水一樣地清純。

4. pahlusahli -a -ita mau, mamaini. taiacita
唱歌 -命 -咱們 希望 兄弟們 快要
'imaruaru!（重複2次）
分開
年輕人，咱們唱歌吧！咱們快要分手了。

3.11 apikaunga 祖靈嚐新祭祭歌

沙族的農耕祭儀分為小米耕作祭儀和稻作祭儀，小米耕作祭儀又分為播種祭、收穫前祭、小米嚐新祭、收藏祭、祖靈嚐新祭，現今沙族人只會唱祖靈嚐新祭，且已經無法得知其內容。嚐新祭是在收藏祭的翌晨舉行，各戶備妥各種祭

---

[39] paarikiangahli＝marikiasalingusu「源源不絕如水」。

[40] vatungalihli一解（余美女）為「不乾」，另一解（游仁貴）為「酒甕」。

品，如小米糰、豬肉、酒、給巫師報酬用的銀幣等，巫師會挨家挨戶舉行祭儀，依次將祭品獻給祖靈並禱祝，請祖靈在整個小米祭結束前饗宴一番，並請他們帶野獸來，使明年小米再豐收，保佑全族平安，過快樂的生活。祖靈嚐畢後，還有除疫祭，族人才可進行狩獵漁撈等活動。整首樂曲是以la當中心音，再以mi、la、do、re的四音組織來當曲調。

taangeengeetang putalatang

putalatang maisekesere maikahlahlauma

kahlahlauma kahlatainini

tainini tanamuini

tanamuini tanamunanuini

munanuinimuna nicupuai

nicupuai nicupua takaukau u

takaukau utapicaihli

picaihli picalavaihli

calavaihli calavicukaihli

micukaihli mitulatukaihla

laaramhla ramraikurkupaa

taihlumhluum taikurkuri

3.12 musuaahla 獵首歌

這首獵首歌由游仁貴（男）、唐石里金（女）、akiu三人合唱。歌詞內容提到幾種植物名稱：ngengeli, vinau,

vihlua，並以它們的特性來襯托獵首的事蹟。有些植物和儀式有密切的關聯，比較：賽夏族的矮靈祭歌。

1. uinaui mulivengeliu[41] 'uka'ani ngausa.[42]
（虛詞） 像ngengeli 無人 可比
我是無人可比的勇士，就像ngengeli那般堅強。

2. uinaui vungavunga vihlua 'uka'ani ngausa.
花名 草名，開黃花 無人 可比
我所獵的人頭，就像花一樣，凋零不再盛開。

3. uinaui kilimui nakamula[43] kilimui camaku na vinau.
砍 日本人名 砍 塗抹 樹名
我砍了一個名叫中村（nakamula）的日本人，
把他的人頭脖子處的出血，塗抹在vinau樹上。

3.13 umaiape ngahla kuli 打獵歌

這首〈打獵歌〉是打獵歸來時演唱的。

palatakaihlia tulisi na hlikuricaniani tulis.
鏢槍 虛詞 打到一隻 虛詞

---

41 ngengeli「樹名」，非常堅硬，可作木杵；mulivengeliu 指像 ngengeli 一樣堅強。

42 'uka'anang ngausa或 'uka'ani ngausa「無人可比」。'uka'a「沒有」。

43 nakamula，日本姓：木村。

hlamilangica	tulisi	na	hlikuricaniani	tulis.
老鷹	虛詞		打到一隻	虛詞

打到一隻老鷹。

hlatakemene	tulisi	na	hlikuricaniani	tulis.
山羌	虛詞		打到一隻	虛詞

打到一隻山羌。

apihlupahlupai[44]	tulisi	na	hlikuricaniani	tulis.
猴子	虛詞		打到一隻	虛詞

打到一隻猴子。

kengkengramucu	tulisi	na	hlikuricaniani	tulis.
山羊	虛詞		打到一隻	虛詞

打到一隻山羊。

kuvukuvura	tulisi	na	hlikuricaniani	tulis.
穿山甲	虛詞		打到一隻	虛詞

打到一隻穿山甲。

hlatikase	tulisi	na	hlikuricaniani	tulis.
山鹿	虛詞		打到一隻	虛詞

打到一隻山鹿。

hlimakahliumera	tulisi	na	hlikuricaniani	tulis.
山豬	虛詞		打到一隻	虛詞

打到一隻山豬。

[44] 也有人認為apihlupahlupai指山羊，而kengkengramucu指猴子。不知何者為是。

hlavuruvuru	tulisi	na	hlikuricaniani	tulis.
豹	虛詞		打到一隻	虛詞

打到一隻豹。

hlasemesema	tulisi	na	hlikuricaniani	tulis.
熊	虛詞		打到一隻	虛詞

打到一隻熊。

iaiai
無義

3.14 tumangitangi-aku 我一直在哭（失戀歌）

這首歌是女性唱的失戀歌。因過度悲傷把眼睛都哭得紅腫而視力模糊，藉口是被茅草刺傷。別人就安慰她說，有了丈夫常叫人心煩，讓人生氣，乾脆不要丈夫算了。這首tumangitangi-aku是六行歌詞，加上最後一句重複句（i tavilau sumane）形成的有節形式歌曲。每一行歌詞就是前後兩個動機（motif），組成的一個基本樂句。

t<um>angi-tangi-aku[45]	i	tumucani[46]	vulahla.
一直哭-我		一個	月

我一直在哭，哭了一個月。

---

[45] t<um>angi-tangi「一直哭」< tangi「哭」，重疊表示持續的動作。

[46] t<um>u-cani「一個」（動詞）< cani-（名詞）。

tumucani vulahla i t<um>uvuhla-vuhlahla.[47]
一個 月 模模糊糊
（哭了）一個月。（眼睛都哭）模糊了。

t<um>uvuhla-vuhlahla i tupi'i[48] na 'erehla.
模模糊糊 刺瞎 茅草
（眼睛哭）模糊了。（卻說是）被茅草刺瞎。

tupi'i na 'erehla i iau vancumaci'i.[49]
刺瞎 茅草 含悲而死
被茅草刺瞎，帶著悲傷死了算了。

ahla vancumaci'i ia alukasailengenga.
而且 含悲而死 難過
而且心裡很難過，含悲而死算了。

misa'inta sumane[50] i patahli ruca-rucake.
不要 丈夫 煩人 惹人生氣
不要有丈夫吧，他煩人又一直惹人生氣。

i tavilau[51] sumane!
放棄 丈夫
放棄丈夫吧！

---

47 t<um>u-vuhla-vuhlahla（眼睛）很模糊，生白內障。

48 tupi'i原意是「瞎」，此處指眼睛被茅草刺瞎。眼睛都哭腫了，藉口是被茅草刺傷。

49 vancu-maci'i「含悲-＝帶著悲傷而死，難過而死」。

50 sumane「配偶」。

51 tavilau「丟棄、拋棄」，cf. ma-tavilau「丟棄」。

3.15 pupunga 飯盒歌

這首歌共分五段，前兩段是埋怨妻子之歌，丈夫因爲妻子的催促，出門時竟忘了帶飯盒就去工作，第二段則是忘了穿兩件裙子，害他私處容易曝光。第三段則是一個少男以破布子樹隱喻成熟的女人，以嫩五節芒心做的彈頭比喻自己，雖然很想等在樹下狩獵，但終究打不到樹上的鳥。第四段是年輕時曾經去拜訪過三民鄉的卡族人。第五段則是要去提親的家長，讚譽未來的媳婦是全村最勤勞的人。從曲調的結構上來分析，這首曲子與北鄒族的〈對唱之歌〉（iyahaena）完全一樣，只有歌詞完全不同。從這首〈飯盒歌〉（pupunga），也看到了沙族與北鄒族之間音樂之間的移借關係。

[1] kutacu 'aruai hlaau "cihlacu, cihlacu" mina
老婆 女名 因爲 快走 快走 講, 說

'ihlaku, 'apunaase na pupunga 'asiku
我 忘記 竹製飯盒 網袋

ahliki'aimau.
非常遺憾

都是因爲太太'aruai催促我快走，害我忘了帶飯盒。

kupiverkae[52] hlirtam'aihla.（重複2次）
沒有蓋子 上過漆的

我的飯盒雖然沒有蓋子，但上過彩漆非常漂亮。

[2] kutacu 'aruai hlaau "cihlacu, cihlacu" mina
老婆 人名 因爲 快走 快走 說
ihlaku, 'apunaase na tapisi-ku 'ucani.
我 忘記 男短裙-我的 一件
hlatumu-aku puria-tepehle[53] puria-tapisi.
需要-我 穿-兩件 穿-男短裙
hlaku-aku apautuahlangi na vungripase-isa.（重複2次）
不要-我 暴露 生殖器-那個
都是因爲太太'aruai催促我快走，害我忘記多穿一件短裙。我想穿二件短裙。我不要暴露我的私處。

[3] hlamuluaili-aku kuvavani 'uhluhlange
很喜歡-我 （小鳥）吃 破布子
'icevere mana vungu ripas-isa.[54]
五節芒根部的嫩心 當作 頭 鉛彈-它的
kupasikera na vungu tamulumula.[55]（重複2次）
力不從心 頭 白頭翁
我很喜歡在破布子樹下等著狩獵，
用五節芒根部的嫩心做彈頭打白頭翁，卻打不到。

---

[52] ku-pi-verkae「沒有蓋子」< verkae「蓋子」。

[53] puria-＋N「穿」，puria-tepehle「穿二件」，puria-tapisi「穿男短裙」。

[54] ripas原指「鉛彈」，隱喻男人的「睪丸」。

[4] 'ahliaku mana mau sinalamuru merevena
我 希望 年輕 一起
muakanakanavae, 'apipipihlihli na pahlaunganiku.
去卡族 搖動 戴在頭上之羽毛
我年輕時和別人一起前往卡族拜訪，
戴在頭上的羽毛裝飾因風而搖擺。

[5] 男唱：
canicaniutai ka tama'iare miararuma.（重複2次）
只有這個人 勤勞 整個部落
只有這個女人是整個部落最勤勞的人。

3.16 ihlau, ihlau 調情歌

調情歌或閒情歌，大都是開玩笑的性質，在閒情工作時自己唱，或聚會時唱著玩。全曲分成七段，前後兩段是整首歌曲的引子與尾聲，歌詞是無意義的部分。其餘五段則是男性的回答。第一節女子邀約比她年長的男子到陰暗處去約會，只需一會兒工夫，連一根香煙都還沒有抽完的時間就夠了。這大概是指男人的幻想吧！第二小節表示女子仰慕一位男士，稱讚他的項鍊閃亮。第三節女子挑逗男子，自誇乳房大，要他趕快來拿吧！第四節則是男子並不領情，調侃她的

---

[55] 這一節的真正涵意是，比喻男女都還太年輕（人還太嫩），還不能結婚。

乳房粗糙不平。第五節則是一位男性向一對夫妻開玩笑，希望借宿，晚上三人一起過夜。

[1] 女：ihlau, ihlau tama 'avi[56] raikaku'aitana seesema
你 你 叔 男名 到…處 暗
'alingahlaitai[57] maritamaku.（重複）
未完（一會兒） 抽菸
你，你，'avi叔，咱們到陰暗處，
只要一會兒就可以了。

[2] 女：'ihluahli 'ihlu caepe 'ihlu malipilipi.（重複）
項鍊 項鍊 男名 項鍊 閃亮
項鍊，項鍊，Caepe的項鍊閃亮。

[3] 女：pasakulaia mau matialu tahluku[58] maraucu'
趕快 希望 快拿 葫蘆瓢 趕快
ai taturu-isa.
妹-他的
希望趕快來拿他妹妹的葫蘆瓢（喻乳房）。

---

[56] tama'avi，tama「父執輩」，'avi「男人名」。

[57] 'alingahla「未完」。

[58] tahluku「葫蘆瓢」，此處指女人的乳房。

kumita na 'ususu-isa tainani taina vaake.（重複）
看到 奶-她的 大 大 柚
看她的乳房比柚子還要大。

[4] 男：tapaia'a luvangana luvatingatingala.（重複）
木瓜 凹凸不平 粗糙不平
（你的乳房）像木瓜一樣粗糙不平。

[5] 男：ahlita mau 'animuaturua na tahli vereke.
咱們 希望 過夜 嬸嬸 人名
maatahlua-tulu na tama 'avi.
睡-三 叔叔 人名
希望借宿，晚上咱們三個人（嬸嬸，叔叔和我）
一起過夜睡覺。
aiana iaina uiaia.
（無詞義）

3.17 alukakikita 懷舊之歌

這首歌共分五段，也是一首標準的有節形式歌曲。第一段是孤兒感嘆自己的身世可憐，請求別人不要再取笑他。第二段敘述早年當兵時所搭乘的火車以煤炭做燃料，被煤煙灰燻得很可憐。第三段說我很喜歡唱歌，可是感冒咳嗽了，怎麼唱呢？第四段稱曾與煙斗爲伍，懷念過去令人感傷。第五段是看見一個瘦子不敢和大家一起烤火，就讓他一起烤火取暖吧！

[1] 客人唱（重複）

calai	kia-isa	mau	ramuru,	tinalu	'apacaca
可憐	乞求	希望	小孩子（孤兒）	孤獨	取笑

na	laelaeve.
	別人

希望可憐我是孤兒，別人都取笑我孤獨。

[2] 主人唱

calai	kia-isa	mau,	mitalua	vuvula	na	vuvula
可憐	乞求	希望	煙	燻		燻

likihli	apuhlu.
車	火

希望可憐我，（從前去當兵時）坐火車被煤炭煙灰所燻。

[3]

calai	kia-isa	mau,	hlaaminase	maarumu	-ku
可憐	乞求	希望	很	喜愛	-我

sumulusulu.
唱

sinamini-ta	ka	siravunga-ravung-ta	tuarere?（重複）
如何-咱們		感冒-感冒-咱們	咳嗽

希望可憐我，我很愛唱歌。

咱們感冒、咳嗽，怎麼唱歌呢？

[4] kuacapa, kuacapa, hlirialama.
煙斗 煙斗 清理乾淨
aluatehlenga na miangulangulahle.（重複2次）
一直想 難過
煙斗，煙斗，清理乾淨了。
一想起來，內心就難過。（意指煙斗是人的好朋友。）

[5] tukucuku hlaapata na kaamcemanaai!
朋友 男名 讓他取暖
我的朋友hlaapata，讓他烤火取暖吧！
piangsuisa[59] na 'aahliki'ai mau.
使他烤火 瘦 希望
請讓他烤火取暖吧！他太瘦了。
kuuhlamingaanguai.（重複）
太瘦
他實在太瘦了。

3.18 kuvavani murakici[60] 鳥吃果樹之歌

這首歌和〈懷舊之歌〉（alukakikita）是同一曲調，屬於相同一組的歌謠。從樂曲的結構上來看，全曲可分成六段，每

[59] piangsuisa「使烤火」，比較：sumasaasang「烤火，烤乾」。

[60] kuvavani murakici，此花晚上開，白天謝，比喻人，女人原來很美，嫁了懶丈夫，如花之凋謝。

段又可分成前後兩個樂句，後樂句的歌詞是前樂句歌詞的反覆，因此該曲也是有節形式的歌曲。從歌詞的內容上來看，全曲共可分三部分。第一部分（第一段）：以樹花比喻女人青春之易逝。第二部分共分三段（第二、三、四段）：敘述久未見面的朋友重逢，主人希望客人不要留下閒話，客人發誓不會那樣做，否則走路會跌倒，主人就希望客人常回來玩。第三部分有兩段（第五、六段）：看著朋友翻山而去，希望對方多看我們一下。

[1] calai kia-isa mau kuavungavunga vuvunga na.
可憐 乞求 希望 花樹之名 花
可憐我命苦，像樹花一樣。
murakici[61] miamehle na macici a tahliaria.（重複）
果樹名 枯萎 熱 日
murakici樹花很嬌嫩，熱太陽出來它就凋謝了。

[2] 主人唱
macu-mu macu-isa malengenge, tangmia'ai mau
如果-你們 如果-她的 懷念 不要 希望
matailina tulilivahle i.（重複）
留下 批評, 壞話
如果你們懷念她，希望不要留下壞話，讓人批評。

[3] 客人唱

palisia'ai mataílina tulilivahle pamialakupu na
忌諱 留下 批評, 壞話 跌倒

sala'au-mu i.（重複）
路-你們

忌諱留下壞話，否則走路會跌倒。

[4] 主人唱

macu-mu macu-isa malengenge ihlaku ia,
如果-你們 如果-她的 懷念 我

puailiamana'ai takuliiliungu i.（重複）
回來 遊玩

如果你們懷念我的話，以後常回來遊玩。

[5] manimu'ai 'intapuahle 'isengere vitunga,
你們 翻過山嶺 湖 藍色

puailiamana'ai takuliiliungu i.（重複）
回來 玩

你們翻山到那遙遠的地方看藍色的湖，
請再回來玩。

---

61 murakici，樹名，開的花很美，蝴蝶很喜歡它。可治感冒。用它的葉子炒酒來搓腿，可以消腫。

[6] kumita-kita na ihlahlamu na, paaku'akita pungahlangahla.
一直看 你們 不見 再一次
你們一直看（我們），唯恐一旦離開了，
（你們）就再也看不到（我們）。

3.19 matapaapakiau 去過年

這首歌與第十五首歌的曲調完全一樣，屬於同一曲調。全曲分成五段，是五段式的有節形式歌曲，但第四段至第五段之間插入了一段無意義的歌辭“aiana”，當作一段間插句（episode），曲調則引用基礎樂段的後半段樂句。歌詞則是飲酒之後的即興歌詞，敘述當平地人的過年期間，平地人邀請沙族人去作客的情形。

[1] velevua-ita mau mamaini matapaapakiau,
帶-咱們 希望 孩 去平地過年
kuakehla na hlicuhluku kamusia.（重複）
帶不動 年糕 甜
咱們帶小孩到平地去過年吧，
帶不動（平地人給的）甜年糕。

[2] velevua-ita mau mamaini muhluuhlu na
帶-咱們 希望 孩 在走
sala'aumu miungu na tapatataparu, matumuhlu
大馬路 到 溪名 多

hlanghlanguv-isa.（重複）
水綿（青苔）-它的
咱們帶小孩走到大馬路到Tapataparu溪吧，
那裡有很多水綿。

[3] velevua-ita mau mamaini muhluuhlu na hlikalia
帶-咱們 希望 孩 沿 溝
sahlumu miungu na miimini'a miahlihlicau na
水 到 山名 眺望
sala'aumu.（重複）
大馬路
咱們帶小孩沿著水圳走到miimini'a山吧，
去眺望大馬路。

[4] pahluasahli kia, mamaini, masikaricua lakuaisa.
唱 年輕人 乾 酒甕
唱歌吧！年輕人，把酒喝光了。
maaniki'ai masikaricua lakuaisa, pahluasahli kia
雖然 乾 酒甕 唱
ta mahlavahlavae!
咱們 裝醉
雖然酒甕乾了，咱們唱歌裝醉吧！
aiana

sumulusulu-'a-ita mau! muriainaina
唱 -命-咱們/主 希望 母子
murturuturua taiacita maaruaruahle.
兄弟姊妹 快要 分離開了
咱們唱吧！親朋好友快要分開了。

3.20 'ape hlamangi 拿阿布開玩笑的歌

這是一首婦女們相聚時，拿一個叫阿布的肥胖女人開玩笑的歌，也是沙族人稱爲sahli mamaini的童謠。她們取笑阿布大屁股，且肉太多長成肉繭。歌中部分詞義已經失傳，這也是一首歌詞結構相當特殊的歌謠。其歌詞結構原則是，每一句歌詞的前半段結構，都來自於前一句歌詞的後半段第2至第3音節，這也是台灣原住民童謠當中最常用的「頂針風格」歌謠。該曲的曲調與miatungusu貝神祭歌組曲當中的tahluku mai〈男女對唱情歌〉完全一樣，是屬於同一套曲調的歌謠。

'ape, 'ape, hlamangi, hlama-ngi hlama-muruka.[62]
女名 女名 開玩笑 開玩笑 -爆開
'ape，'ape，你的糞便在地上爆開了。
muruka, muruka, liusu, liusu, liusu kapia,[63]
爆開 爆開 屁股 屁股 屁股 乾淨

---

[62] muruka「爆開（指糞便）」。

kapia, kapia lalu.
乾淨 乾淨
糞便爆開了，屁股要擦乾淨。

vuhla-vuhlala vuhla-lakesa, lakesa lakesa-numi.

sahlumi, saumisasa, misasa misasa kia, sakia sakialalu.

3.21 miasasesenga 搖籃曲

這是屬於sahli mamaini童謠類的一首搖籃曲。歌中描述一祖父（名叫 'erengan，當工友）很想抱別人的小孩逗弄。這首歌也反映出南鄒和布農族混居的情形很普遍。

[1] alua mau ihlaku ka tahlimua'a 'uumasana.[64]
想 希望 我 女名 男名（父）
請讓我抱女孩tahlimua。

mumuaraku sihliane pateretere reteretere.
逗著玩 白天 上下搖 上下搖
白天逗著她玩，上下搖動她。

---

63 余美女：kapia「乾淨」。比較今語：mahlicung「乾淨」，游仁貴：kapia「長成肉繭」。

64 tahlimua布農族女人名，'umas布農族男人名。女孩tahlimua的父親名叫'umas。

[2] ihlaku ka 'ausimangka.[65]

我 玩偶

我就是玩偶。

'erengan ka 'a'iungu 'uma-ihlu[66] kia ihlu

男名 工友 戴-項鍊 項鍊

malipilipi.

閃亮

'erengan工友戴的項鍊閃亮。

（本文於2006年發表於《山高水長：丁邦新先生七秩壽慶論文集》）

---

65 mangka「玩偶」（日語）。

66 'uma-ihlu「戴項鍊」< ihlu'u「項鍊」。

引用文獻

丁邦新

1967〈台灣高山族沙語研究——音韻之部〉，《慶祝李濟先生七十歲論文集》下冊。台北。

小川尚義，淺井惠倫

1935《原語による台灣高砂族傳說集》。台北：台北帝國大學言語學研究室。

中央研究院民族學研究所編譯

2001《番族慣習調查報告書》第四卷鄒族。台北。

李壬癸

1991《台灣南島語言的語音符號系統》。台北：教育部教育研究委員會。

李壬癸

1997〈沙阿魯阿語〉，《高雄縣南島語言》，272-297。高雄：高雄縣政府。

李壬癸，吳榮順

2000〈噶瑪蘭的歌謠〉，《中央研究院民族學研究所集刊》，89:147-205。

吳榮順

2001《南部鄒族民歌》（含CD及手冊各一），台灣原住民音樂紀實9。台北：風潮有聲出版有聲公司。

吳榮順，李壬癸

2002〈南鄒群的音樂系統與語言在歌謠中的運用〉，《亞太傳統藝術論壇研討會論文集》，137-154。台北：國立傳統藝術中心。

游仁貴，吳榮順等

1999《南鄒族民歌》，高雄縣境內六大族群傳統歌謠叢書（五）。高雄縣立文化中心。

Adelaar, K. Alexander

2004 The coming and going of “lexical prefixes” in Siraya. *Language and Linguistics* 5.2:333-361.

Li, Chao-lin

2009 The Syntax of prefix concord in Saaroa: Restructuring and multiple agreement. *Oceanic Linguistics* 48.1:172-212.

Nojima, Motoyasu

1996 Lexical prefixes of Bunun verbs.《言語研究》110:1-27.

Radetzky, Paula Kadose

2004 Grammaticalisation d'un marqueur de définitude en saaroa. *Faits de Langues: Les Langues austronésiennes,* 23-24:213-230. Gap: Ophrys.

2006 The semantics of the verbal complex, with particular reference to Saaroa. Paper presented at 10-ICAL, Palawan, January 17-20, 2006.

Starosta, Stanley

1996 The position of Saaroa in the grammatical subgrouping of Formosan languages. In Suwilai Premsirat, ed., *Proceedings of the Fourth International Symposium on Languages and Linguistics: Pan-Asiatic Linguistics,* 944-966. Bangkok. Mahidol University at Salaya.

Ting, Pang-hsin

1987 Morphological change of personal names in Saaroa reflecting changes in social status. In Bramkamp, A., Yi-chin Fu, A. Sprenger and P. Venne, eds., *Chinese-Western Encounter: Studies in Linguistics and Literature,* 383-384. Taipei: Chinese Materials Center Publications.

Tsuchida, Shigeru

1976 *Reconstruction of Proto-Tsouic Phonology.* Tokyo: Study of Languages & Cultures of Asia & Africa, Monograph Series

No.5, Tokyo University of Foreign Studies.

1990 〈ツォウ語動詞における類別接頭辭〉，《東京大學言語學論集》'89，17-52。Tokyo: University of Tokyo。

2000 Lexical prefixes and prefix harmony in Siraya. In Videa P. De Guzman and Byron Bender, eds., *Grammatical Analysis: Morphology, Syntax, and Semantics, Studies in Honor of Stanley Starosta*, 109-128. Oceanic Linguistics Special Publication No.29. Honolulu: University of Hawai'i Press.

第六篇

◇◇◇◇◇◇

台灣南島語言的危機

第十四章

每兩週有一種語言消失

古人說：「天地不仁，以萬物爲芻狗。」在這種弱肉強食的世界裡，弱勢的物種和族群，若沒刻意保護，很難生存。地球上生物經幾億年演化，各種動、植物物種少說也有幾億萬種。但是，自從十八世紀下半西方工業革命以來，人類以驚人的速度成長，擴散到地球的每一個角落，對自然環境生態產生空前的破壞，侵佔了原來屬於各種動、植物的棲息地及其生存環境。因此，許多珍貴的動、植物都在快速消失中，據了解，平均每天都有幾百種動、植物從地球上消失。凡是對生物鏈稍有認識的人都會知道：物種一旦有缺口，許多相關聯的其他物種也跟著會遭殃。如果讓這種生態繼續惡化下去，人類的生存本身一定也受到威脅。

語言消失的速率甚至比有些物種的消失速率還要快，還要糟：語言消失的速率是哺乳類動物的兩倍，是鳥類的四倍。平均每兩週就有一種語言消失。世界上的語言現存的還有五、六千種。以目前消失的速率來估計，五十年之內至少有一半會消失，一百年之內有百分之九十會消失。如果按照目前的趨勢發展下去，未來世界恐怕只剩下少數幾種佔絕對優勢的語言，包括華語和英語。根據Alaska Native Language Center的Michael Kraus的報告，世界上現存的語言，其中有百分之二十至四十已接近消滅的邊緣，只有百分之五至十還在「安全」範圍之內，因爲只有不到十分之一的語種其使用的人口多而且具有官方的語言的地位。如果人類能及時覺醒並立即採取必要的措施，或許有一半的語言還可以存活到一百年之久。

一種「健康的語言」必須持續地要有新的使用人，也就是不斷地有下一代的人傳承下去，否則它的命運就注定死亡。從這個角度而言，所有台灣南島語言都已面臨消失的危機。現存的三種平埔族語言不出一、二十年大概都會消失，九族的高山族語言恐怕也在五十年之內大都會消失。事實上，大概有一半的台灣南島語言早已經消失了，有的甚至沒有留下任何記錄。

語言是一個民族文化最精華的部分。語言學大師諾姆・喬姆斯基（Noam Chomsky）說，「語言是人類心靈之窗」。許多少數民族語言和漢語方言都珍貴無比，它們具有優勢語言（如英語、華語）所沒有的語言現象。這些語言和方言都是人類的智慧財產。它們是人類共同的資產，如果任意讓它們自生自滅，這是全人類的損失。這種「文化財」的損失，不是有形的財產可以相比的。

（本文於2001年1月30日發表於《聯合報》「民意論壇」）

何止十族？

一般人都只知道台灣有「九族」，卻不知道事實上還有好多種平埔族群「妾身未明」。住在日月潭的邵族，過去常被誤認爲是阿里山鄒族的一部分，因此邵族人的地位多少年來一直都被忽視。直到最近，新政府終於向前踏進了一大步，正式承認他們爲「第十族」，陳水扁總統也親自前往主持該一盛會。我們衷心地祝福所有邵族的父老兄弟姊妹們，希望他們今後過著名符其實而且更有尊嚴的生活。

其實何止第十族而已？其他各地區的平埔族群呢？在台南高屏一帶的西拉雅呢？原來在蘭陽平原而今定居在花東縱谷平原的噶瑪蘭呢？又如，原來在中西部內陸平原，而今仍有不少後裔在埔里盆地定居的巴宰呢？住在花東一帶的噶瑪蘭人，戶籍上常被錯誤登記爲阿美族人，但政府因循苟且數十年，至今仍未更正。此一錯誤，一方面令人啼笑皆非，另一方面也令人痛心。戶籍工作人員有的確實出於無知，有的決策單位卻恐怕是出於利益的考量。據說甚至也有原住民的立委反對去承認平埔族的原住民身份，他們有一個很牽強的理由：身份認定有困難！技術上的困難，理應設法解決。我們不希望眞正的動機乃在，肥水不願落入外人田，不希望其他相關的族群也來分一杯羹吧？

2000年底，舉行第四屆促進原住民社會發展有功的團體和人士表揚大會，總統召見，我提出三個建言，其中之一就是：原住民身份的認定應包含各種平埔族群，如邵族、噶瑪蘭、巴宰等等。總統雖然沒有當場作什麼裁示，但原住民委員會尤哈尼主任頻頻點頭，表示贊同。會後我們交換意見，尤哈尼主任認爲：大家都有必要調整心態，不僅一般老百姓，而且執政者，有影響力的人士都要一起來共同努力，這個問題才有希望得到合理和妥善的處理。

最後補充一點說明。語言學的證據顯示：邵族跟西部平埔族的血緣關係較密切，也就是說，邵族本來就是一種平埔族。可是，聽說邵族人士非常反對稱他們爲平埔族。理由何在？一般所說的九族全都是屬於過去所說的「高山族」。若承認自己是平埔族，豈非有礙於成爲「第十族」的努力嗎？現在既然政府已經公開認定邵族爲第十族了，希望邵族的朋友們可以認眞思考：誰（哪一族群）才眞正是他們自己的親兄弟姊妹了。

（本文於2001年9月28日發表於《聯合報》「民意論壇」）

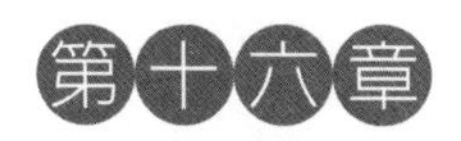

死語，能復活嗎？

數十年來，政府和官方文獻只承認台灣南島民族只有「九族」。近幾年學界呼籲政府至少應該承認仍然保存有語言和傳統文化的若干平埔族群，包括噶瑪蘭、邵族和巴宰族等的合法地位。1999年的九二一大地震使人口稀少的邵族（只有數百人）幾乎亡族滅種。

2001年9月21日，陳水扁總統特別選在九二一紀念日上，正式宣布邵族爲「第十族」。因此，邵族不應該再被誤認爲是鄒族的一部分了。但是有幾個人眞正關懷邵族的語言和文化呢？如今，眞正會講邵語的只有十個左右，而且年齡都在六、七十歲以上。有哪幾位年輕人肯認眞學習自己的母語和傳統文化智識？連邵族人自己都不關心，遑論他人？邵族本來也是一個強勢的族群，不僅環繞日月潭地區有數十個部落，連埔里、水里一帶也都是他們的勢力範圍。1873年10月，歐美人士T. L. Bullock, William Campbell（甘為霖），Joseph Steere（史蒂瑞）等人到水社（日月潭）訪問時，根據史蒂瑞的報導，邵族人口仍然有近一千人之多。那個時候的小孩日常也都講母語，男孩仍然去齒。曾幾何時，今日連成人也都不會講了，而且情況還在繼續惡化下去。再過一、二十年，邵語恐怕也難逃完全滅絕的命運了。

2002年12月25日，行政院院長游錫堃（幾年前他擔任宜蘭縣縣長於噶瑪蘭祖居地）正式宣佈：噶瑪蘭為「第十一族」。今日住在花東沿海一帶的噶瑪蘭人，日常仍然講噶瑪蘭語和保存若干傳統文化。希望在戶籍上誤被登記作「阿美族」的也及時獲得更正。蘭陽平原的噶瑪蘭人在二十世紀初日常都講自己的母語，我父母親早年都認識不少噶瑪蘭人說噶瑪蘭話。事實上我小時候也穿過「番仔布」做的衣服。日治時期有不少日本學者（先後有：伊能嘉矩、小川尚義、馬淵東一、淺井惠倫）都在蘭陽平原蒐集過一些活語言的資料。如今，蘭陽平原的噶瑪蘭已經成為死語了。若要恢復他們的語言和傳統文化，就非借助花東一帶的噶瑪蘭人不可了。然而，即使在花蓮縣的新社村，噶瑪蘭語並沒有眞正傳承給下一代，中年以下的大都不會講母語了。要想在蘭陽平原恢復噶瑪蘭語言，恐怕比登天都還要難。

哪一個平埔族群最有可能成為官方所承認的「第十二族」呢？除了上述邵語和噶瑪蘭語兩種以外，現在只有在埔里的巴宰族還有極少數老人還會講巴宰語。可惜語言的保存和流通情況甚至還不如上述兩種平埔族群語言。只要加倍努力和加快腳步，他們還是有機會的，否則機會稍縱即逝。巴宰族的祖居地原來在台灣西部平原，大甲溪中下游地區，是少數靠內陸的平埔族群，他們早期的地盤相當大，即使到了清代末期也要比日治時期大得多，人口也相當多。如今人口凋零，母語及傳統文化也已消失殆盡，充其量，其語言只不過苟延殘喘而已。有鑑於此，本人花了好幾年的工夫，編寫了兩部專書：《巴宰語詞典》和《巴宰族傳說歌謠集》，並已陸續出版，希望爲保存這種稀有的語言文化工作盡一點棉薄之力。

眼看著兩種平埔族群已先後獲得政府正式承認爲「原住民族」，其他族群有的也躍躍欲試，希望有朝一日也獲得相同的地位。可是，他們的語言都早已消失了。沒有語言，又何來文化？又如何擁有普遍的族群認同？最關鍵的問題是：已消失的語言，能不能起死回生？環顧世界，日本的原住民語言是愛奴（Ainu），最近（大約在1980年）才消失，日本關心的人士曾試圖挽救它的生命，可惜並不成功。美洲的原住民語言就是各種印第安語言，絕大部分的語種都已消失了，有些最近幾年才消失。至今還沒有任何一種已死的語言能夠用人工的力量使它復活。即使瀕臨消失的語言，想要復育都有很大的困難，何況是已消失的語言呢？

誠然，有少數平埔族語言有文獻記錄，例如原在台灣南部的西拉雅語以及原在西部平原的費佛朗語（是原在彰化沿海一帶的貓霧捒語的一種方言），都有十七世紀荷蘭時代留下的文獻記錄。但那些文獻記錄數量很有限，顯然不足以應付日常生活之所需，絕對無法成爲有效的溝通工具。原在大台北地區的巴賽（Basay）語言，日治時期曾留下一些記錄（大約一千個單語，十多個文本，即傳說故事，和幾首歌謠），很顯然地也不能成爲日常使用的活語言。想要恢復這些死語的人，其動機或許純正可感，但其結果必然令人失望。

古今中外，只有希伯來語死而復活過來。這是全世界唯一的特殊例外。希伯來語曾經像拉丁語文一樣在歷史上消失，但是具有宗教熱狂的猶太人，遍布於全世界，幾千年來一直傳承著希伯來語文，以希伯來文唸聖經，從未中斷過。以色列復國之後，希伯來語也眞正在以色列復活了！反觀國內，有哪一種平埔族群具有像猶太人那種堅忍不拔的精神？

（本文於2003年3月18日發表於《聯合報》「民意論壇」）

第十七章

何謂「太魯閣族」？

根據報載（中國時報，15日第A12版），行政院會在2004年1月15日通過「太魯閣族」正名案。

台灣原住民（包括平埔族）都是屬於南島民族，在學術上可以分爲十多個族群（ethnic groups）：泰雅、布農、鄒、魯凱、排灣、阿美等等。過去人口少的常被忽略，而沒有獲得官方的正式承認。因此，日月潭的邵族在兩年多以前才獲得政府承認爲「第十族」；原來在蘭陽平原定居的噶瑪蘭，有一部分族人遷移到花東縱谷平原的，一年多以前才獲得承認爲「第十一族」。邵族和噶瑪蘭族的獲得官方的地位，可說大快人心，是因爲有充分的學理做基礎，沒有人會反對。

有的族群幅員廣大，方言差異較大，以致有些方言彼此無法溝通。泰雅語群便是如此。泰雅語群分爲泰雅（Atayal）和賽德克（Seediq）兩個亞群。其實，泰雅亞群本身又可分爲斯考利克（Squliq）和澤敖利（Ts'ole'）兩個支群，彼此之間也難以溝通，例如萬大方言（在仁愛鄉）和汶水方言（在泰安鄉）它們跟最通行的方言都有顯著的不同。賽德克亞群也有三個方言：Tkdaya（霧社、眉溪、中原、清流等村）、Toda（春陽、精英二村）、Truku（太魯閣方言包括其他各村），但方言的差別並不大，還沒有到彼此無法溝通的地步。如果一定要把泰雅語群分開爲泰雅和賽德克兩個不同的族群，也未嘗不可，在學理上還說得過去。但是分出來的仍應叫作「賽德克」，而不應叫作「太魯閣」，道理很簡單，太魯閣只不過是賽德克的一個方言罷了。所有的賽德克人（包括太魯閣人）都管「人」叫作Seediq（賽德克），而不是Truku（太魯閣）。政府要正式宣佈的第十二族稱爲「太魯閣族」，實在考慮不周詳，毫無學理上的依據可言。那只不過是住在太魯閣地區的人口多，以多取勝罷了。居住在原鄉的賽德克人當然反對，可是因爲他們人數較少，他們的聲音就被忽視了。

據了解，居住在太魯閣的賽德克人內部的意見也不一致。知道族群的來龍去脈並且較爲理性的人士都主張應該自稱爲「賽德克族」，而不宜稱爲「太魯閣族」。可是，一些較激進的人士卻堅持要用「太魯閣族」這個名稱，使得政府決策者以及民意代表，也不得不在壓力下作妥協。妥協的結果，只好做一些不太合情理的安排了。

須知所有的泰雅語群（含賽德克人）約在二百五十年前都還住在現在的南投縣仁愛鄉山區。也就是說，他們都有共同的祖居地。如今太魯閣方言要分出去，其他賽德克人（在仁愛鄉）要如何自處？他們要是選擇仍然留在泰雅群，固然奇怪，若也一起分出去並稱之爲「太魯閣族」，就是以次方言取代語言或主要方言的名稱了。他們眞要進退維谷了。

太魯閣之成爲第十二族，可說純粹是政治的考量。更有資格成爲獨立族群的巴宰（Pazih）呢？吃虧在他們人數太少，聲音還不夠大罷了。

（本文於2004年1月17日發表於《聯合報》「民意論壇」）

第十八章
搶救本土語言勿炒短線

台灣本土語言流失的情況嚴重。爲了加強本土語言的研究，立法院於2005年5月12日舉辦了「本土語言政策」公聽會，應邀出席發言的有：專家學者11人及立法委員5人，此外，相關的政府人員也有7人出席，發言相當踴躍。

語言研究的對象有本土的，也有非本土的。即使研究本土的語言，也得要了解跟它密切相關的語言或方言。就閩客語而言，並非只在台灣才有，在中國大陸上也有許多種閩客語的方言，也得加以調查研究並加以比較，才能眞正了解台灣的閩客語，也才能爲台灣的閩客語定位。不如此，我們的眼光會變得太狹窄，無法出人頭地。同樣的，要調查研究台灣南島（原住民族）語言，就得設法了解台灣地區以外的其他各種南島語言，包括菲律賓、印尼、馬來西亞等地的南島語言，甚至遠至非洲東岸馬達加斯島的Malagasy語言，以至東太平洋大洋洲的夏威夷土著語、紐西蘭的Maori語等等。

我窮畢生之力都在研究各種台灣南島語言，可是我也到南太平洋調查研究過萬那杜（Vanuatu）群島的語言，到北太平洋加洛林群島調查研究過庫塞（Kusrae）語，到菲律賓調查過小黑人（Negrito）語言和巴丹群島的語言。我如果還有一點學術成就的話，跟我的這些調查研究經驗有關聯。我「生於斯，長於斯」，我自然非常關心台灣學術的前途。其實我也做過閩南語研究，所發表的論文對學術上也還有一點貢獻，例如〈台灣話的秘密語言〉（Li 1985）一文，常被音韻學者引用。

閩客語和國語都是漢語方言，漢語又是漢藏語族的一個分支，因此調查研究藏緬語言對我們也是有必要的，因爲它們都是有類緣關係（genetic relationship）的語言。以西夏語爲例，它雖是早已滅絕的語言，卻是我們重建漢藏語史非常重要而不可缺少的語言。因此，中研院語言所的研究人員這些年來所做的調查研究工作，有的跟本土語言直接相關，有的是間接相關，而不是毫不相干。

中研院語言所的17位研究人員，已有三、四人專做台灣南島語言，也有三、四人專門在做閩客語調查研究。其他的研究人員大都在做漢語的研究，也是跟本土息息相關，只有二、三人在做藏緬語，半個人在做蒙古語。即使把本所現有的人力和經費大部分都投入閩客語的研究，其研究成果也只會比現在急速倒退，而不可能更好。研究經驗和成果是要經年累積的，而不是一蹴即至的。況且，閩南語有沒有那麼多重要的語言現象可以發掘得出來，也是我們必須慎重考慮的問題。其實，中研院語言所近年來公開徵才啓事，就是以研究本土語言爲優先考慮的對象。

語言學理論的研究是極爲重要的一環。理論上的研究必須取材於世界各種類型的語言，而不能侷限於本土的語言。否則對語言現象的掌握就不夠完整，寫出來的論文也就難以達到國際學術水準。中央研究院各研究所所有研究人員的主要職責是要把研究工作做好，達到國際學術水準。國內外的專家學者都可以客觀地評量他們的研究成果是否達到一定的水準，研究方向是否正確。2002年12月，中研院曾聘請國際語言學者來評鑑語言所籌備處的研究成績，結果都一致地肯定。該所的學術水準和表現被評定爲中研院十多個人文研究所當中，排名在很前面的一個研究所。

語言政策的制訂，諸如音標的統一，是教育部國語推行委員會或文建會的職掌。國內母語流失的情況嚴重，要搶救本土語言，從家庭、社區、教會到各級學校都有責任，是大家都要共同參與努力的事。換言之，我們不能只責備任何單一的機構不盡力。

立法院關切中研院所做的各種研究工作是正常的現象，也是立法委員的職責，提出任何建言應該也都是善意的。但是，如果立法委員要指定研究的方向，以至對於研究的對象也要明訂百分比，恐非學術之福，將不利學術的正常發展。

（本文於2005年5月18日發表於《自由時報》「自由廣場」）

附錄

我的學思歷程

一、前言

在破題之前，先拋出幾個問題，首先請各位思考一下，人類和其他動物有什麼分別？如果你還沒有立即的答案，那我們換個角度來談，人類有什麼特殊的條件比其他動物優越呢？我想到以下這幾點和大家分享：

首先，人類有歷史。有了歷史，知識經驗得以累積。這一點是其他動物無法辦到的。其次，人類有科技，可以製造各種工具。人類可以跨海到遠方，也可以穿越天際飛往地球的另一端，而一般動物辦不到。再者，人類有求知的慾望，具備探索奧秘的好奇心。我不敢說其他動物沒有好奇心，但是牠們有無能力去探索各種奧秘，則持保留態度。還有，人類行動不受時空的限制。這點非常重要，其他動物難免受到時間與空間的諸多限制。最後，人類除了滿足生理上的基本需求外，也追求精神層次的滿足，包括文學、藝術、舞蹈、音樂、信仰等。想想看，考古學者挖掘出許多歷史遺址的生活器物，比如陶器、青銅器，那不僅是一種具實用性的容器而已，上面有許多裝飾的花紋，那是藝術的一種表現。可見人類從很早以來，不滿足於製造單純的工具，也講求藝術和美觀。

談完人類擁有的特殊條件後，也許大家會更清楚，人類和動物最主要的分別是什麼？其實只有一個關鍵，最後我再公布答案。

接著要談的是，爲什麼我想從事學術研究工作？很多人認爲學術研究是象牙塔，只是一種純粹學術的個人興趣，究竟學術與大眾實際生活有沒有關係呢？然後，我是如何做好學術研究？如果對學術工作有興趣，想做好學術研究，該如何進入？

容我引用兩位成就很高的學者的話，胡適先生說：「理想中的學者，既能博大又能精深。」他有一篇文章名爲〈讀書〉，文中結論說道：「爲學要如金字塔，要能廣大、要能高。」意思是知識的基礎要廣，同時又能達到很高的境界。

又如陳省生先生，他可說是中國人在國際數學界裡成就最高者，也是中研院院士，他曾說過這樣的話，「你做你的研究，不管做哪一樣，都要爭取世界第一，要領先，不能滿足於只是第二或第三。」陳省生講了一個比喻：賽跑的時候，大家的眼光都集中在跑第一的人，很少人會注意到誰得第二、第三。學術亦是如此，如果不能領先，就可能被淘汰。

二、從小學到大學

我從小在農村長大，放牛、耕田、除草、割草、割稻，這些事情都做過，從小學到中學、高中畢業之前，平常上學之前、放學以後，還有週末和寒暑假，每天都要做這些事。

如果沒有意外的話，小學應該是每個人最愉快的一段回憶，有人玩了六年，我大概也玩了好幾年，有快樂、也有鬱悶，我想每個人都一樣。小學一年級的時候還是日治時代，接受過一些日本式教育；到二年級的時候歷經戰爭末期，日本節節戰敗，美國空軍天天轟炸台灣，所以小學二年級那年，沒上過什麼課，每天都忙著躲空襲警報，也不知道要做什麼，時間就這樣糊裡糊塗地度過了。小學三年級時台灣光復了，光復初期學校制度非常混亂，這時學校不教日文了，一開始先學漢文（台語），用台語朗讀經書，如《三字經》「人之初，性本善」等經文，就是在那個時候背誦的。

由於我父親是私塾的老師，所以在家裡也教我們背誦《論語》；農閒時每天回到家，就開始跟其他學生一起背《論語》。升上四年級時，老師不教漢文（台語），改教國語（北京話），但是大多數的老師和我們一樣都是台灣人，那時候大陸過來的老師很少，老師們的國語是前一天晚上抱佛腳，第二天來現學現賣，可想而知老師們的發音泰半是急就章。我那時學到不好的發音，到現在還是沒辦法完全改正過來。

小時候喜歡看書，小學就會偷看一些小說，包括《三國演義》、《水滸傳》、《薛仁貴征東》、《薛丁山征西》、《平妖傳》等，我家裡其實沒有多少書，但只要能找到、借到的都會看，對小說十分著迷。我的同班同學大概只有我一個人會看那些小說，同學們總喜歡叫我講故事，我就把看過的小說講給他們聽。

我唸小學時也當了兩、三年班長，總覺得我唸書好像唸得比他們多一點。因爲在農村長大，家裡經濟環境實在不好，我從來沒想過將來有一天能升中學，只想著小學畢業後就到外面打工討生活。

有一天，我跟隨父親去溪邊捕魚，回程時經過鐵道旁，正好火車通過，看見一些通勤學生搭火車放學回來。我走在路上，眼巴巴望著他們，心裡感到很羨慕，心想「怎麼這麼好，上學還可以坐火車！」我記得身旁的父親問了我一句話，「你想不想將來像他們一樣，也去唸中學呢？」我當下楞了楞，從來也不敢多想。

後來我可以繼續唸中學，主要原因是我的大哥。他在營造廠當工頭，包外面的工程來做，很少在家。我大哥得到一個經驗：不管你再怎麼努力工作，似乎永遠就只能是個工人，而那些監督他們工作的監工，都是斯文的年輕人。所以我大哥認爲，一個人要有出息，不是拚命去做就行，唸書也蠻重要。他自己錯過了唸書的機會，因此他極力主張我這個小弟應該去唸中學，也許有朝一日能夠成爲一位監工。多虧我大哥，我才有機會去唸中學。

從小學六年到中學六年，每到寒、暑假，很多同學都是結伴去玩，唯獨我在田裡工作；長達十二年的求學期間，差不多都是這樣度過。初中我考上羅東中學，唸書那三年感到很愉快。那時太平山的林場還在運作，很多大檜木都放在水裡浸泡，放學時我們就在那邊玩，消磨等火車的時間。當時火車班次非常少，大概要等上兩、三個小時，甚至三、四個小時才能夠搭車回家。

初三（國三）快畢業時，我開始思考升學問題。一般學生都想留在母校直升，羅東中學本來只有初中，我考進初中那年開始設立高中，所以畢業後可以繼續直升高中。雖然我的成績不算太好，但也不壞，全校有十幾個人可以直升保送高中部，我是其中一個。

然而有一天，我聽到幾位同學無意中談起，將來要唸什麼學校、出國做什麼之類的話題。有位同學說，宜蘭中學每年都有人考上大學，但是羅東中學才剛成立高中部，將來學生能否考上大學還很難說，至少眼前他聽過宜蘭中學的升學口碑不錯。他的這句話對我影響頗大，如果唸完高中後有機會考大學，我當然要繼續升學。於是我就去報考宜蘭高中，後來考上後就放棄羅東中學的直升資格，改到宜蘭去唸書。

在宜蘭中學上學大約一星期左右，當時高一有兩班，我的同班同學都非常活潑、很愛玩；另一班則很安靜，很多同學整天都在靜靜唸書。我想長久這樣也不是辦法，當時我還是小孩子，膽子也小，因此我找了隔壁班的同學，也是我的小學同學，請他陪我到教務處找註冊組長王友根老師，懇求他讓我調到隔壁班就讀，但我不敢明說是因爲讀書風氣太壞，只好說：「我跟這位同學是小學同學，所以希望跟他一起讀書。」註冊組長認爲這不是理由，不過因爲隔壁班成績較好，他看我考進來的成績還不錯，所以還是勉爲同意讓我調班，我非常感激他。後來我才知道，高一是根據數學分數的高低進行分班，雖然我的其他科目考得不錯，名次也蠻前面，但數學沒有考好，所以被編入次好的班級。

換班後，同學們的讀書風氣很好，我也受惠不少。後來我們這班畢業考大學，那時只有台大和師大，根本沒有成大、政大、中興這些學校，當年也正值東海大學第一屆招生，那是民國四十四年，結果我們班上百分之九十幾的同學，考上了第一志願台大、師大。當時我若想報考台大，分數也可以進台大，但我的第一志願是師大，最主要的原因是我家實在太窮，沒有餘錢讓我唸書，繳不起學雜費。師大全部是公費生，若住宿每天還供餐，每月發幾十塊錢零用金，我覺得這樣很滿足，於是選擇就讀師大英語系。

上大學後，發現自己的英文不夠好，畢竟是鄉下學校，班上有好幾位北一女中的畢業生，她們的英語聽力和口語能力都比我強很多，大一、大二我唸得非常辛苦，咬牙在後面追，但是辛苦扎根一、二年後，從二年級下半學期開始，覺得差距縮小很多了，大三、大四時感覺很輕鬆。師大和一般大學不同，念完四年是「結業」，不是畢業，還要實習一年才算畢業。實習時我分發到建國中學教了一年，第二學期同時又在北二女（現在的中山女高）兼了兩班的課。教完一年後服兵役，我是預官第九期，當完兵回來又到北二女教了一年。教完後就出國深造，前往美國密西根大學唸書（1962年秋季）。

三、出國留學、回國任職

有時回頭想想，我也算蠻幸運的，一個窮苦家庭出身的小孩，從來沒想過升中學，居然大學畢業，而且還有機會到美國留學。那時候沒有獎學金是不可能出國，在六〇年代早期的那個時代，連學費、生活費都繳不起了，怎麼可能籌得出錢來買機票或船票？當時我拿到全額獎學金，前往密西根大學（University of Michigan）Ann Arbor唸研究所，一年就拿到碩士學位。雖然功課相當忙碌，但也藉此機會遊玩了不少地方。美國的復活節、感恩節假期都很長，再加上聖誕節，我充分利用這三個假期，安排行程到各景點參觀，或是到host family渡假，這一年的留學經驗對我來說非常愉快，見到很多從未看過的。我也是在那一年（1962）冬天，有機會在底特律見到美國大詩人Robert Frost，背誦他寫的詩，當時他已經八十八歲高齡，在那之後不久，他就過世了。

回國後，我回到師大英語系當講師。教了四年書之後，本想做一些研究工作，可是總覺得所學不足，做研究處處受限制，不知道怎麼著手，心裡想著還是再出去多唸點書吧。所以1967年到1970年之間，我又飛往夏威夷大學唸了三年書，把該修的課修完，博士班必須通過的考試也都考過了。

不止這樣，我還前行至一些太平洋島嶼做田野調查，1968年夏天，我到New Hebrides群島（南太平洋上的島嶼群，後來這個島群在1972年成為獨立國家，就是Vanuatu（萬那杜））做調查。

1967年到夏威夷大學唸書。1968年暑假跟隨一位教授和兩位同學到南太平洋去做田野調查。這年的暑假我過得非常愉快，接觸好幾種從未聽過的語言，觀察到一些語言的現象。舉兩個例子說明，一個是inalienable parts，意思是不可分割的，比方說「頭」、「手」、「腳」，我們可以直接說「頭」、「手」、「腳」，可是根據這些地區的語言，你一定要說「你的頭」、「我的頭」或是「他的頭」，不能只講「頭」這個詞，因爲人體各部位一定是屬於某個人，一定要說「你的手」或「他的手」，不可能有「手」這個獨立的詞。這些島上的語言，都有這樣的共同現象。

另外一個例子，是語音上頗有趣味的現象。一般所熟悉的語言，例如唇音是 *pa*、*ba*、*ma*，舌尖音是 *ta*、*da*、*na*，舌根音是 *ka*、*ga*、*nga*。我發現除了這三個部位外，中間還有一個部位，既不是 *pa*，也不是 *ta*，卻是介於這兩者之間。

1969年發生一件很特別的事情——人類首次登陸月球，那年暑假，我正在名叫Ponape的島嶼上，位於Micronesia區域，在東加洛林群島。我在Ponape島上做什麼呢？那時候美國總統甘迺迪推動一項工作，成立「和平工作團」（Peace Corps）組織，募集一些有意到世界各地去服務的年輕人。因爲要到世界各地去，所以他們必須學當地的語言。我的任務是到Ponape島去編寫Kusrae語的母語教材，我不會說當地的話，但可以詢問發音人（informants），編寫母語教材。

夏威夷大學唸完書後，回到台灣，我在中央研究院歷史語言研究所任職。從1970年一直到現在，大多在中研院工作，期間也曾短期離開過，到其他學校教過書。1972到1973年，我返回夏威夷交論文，1973到1974年，在新加坡南洋大學教了一年書，1974年回台灣，同時在台大考古人類學系和中研院史語所任職。1984年，我剛學會用電腦（以前的論文都是用打字機打的）。1984到1985那一年，有一學期我在夏威夷大學，另一學期在俄亥俄州立大學，爲什麼會跑到俄亥俄呢？主要是因爲當時我內人在那邊唸書，我們有兩個小孩，住在一起比較方便。1986到1989年，同時接受中研院和清華大學語言學研究所的合聘聘書，一方面教書，一方面開辦研究所。1989到1990年，到UC Berkeley進行一年訪問。1997年到現在，我都待在中研院，當時語言學研究所剛從歷史語言學研究所畫分出來，剛開始只能稱爲「研究所籌備處」，我是第一期籌辦人。經過許多同仁六年多的努力，直到2004年2月才正式成爲研究所。

四、語言的重要

由於我本身研究語言學，我想與大家分享一些心得。第一，語言有什麼重要性？因爲我自己學語言學，所以再三強調語言學非常重要。著名的語言學家Edward Sapir曾經討論過，「思想能不能離開語言而存在？」你可以試試看，是否可以在不使用語言的情況下進行思考？能否不透過語言而進行數學的加減乘除？Edward Sapir似乎認爲不太可能，不管哪種形式的思考，總要有個語言，即使使用的語言是手語都行。沒有語言就沒有思想，人類沒有了思想就跟動物沒什麼分別。人類心智的成長，是與語言同時俱增、相輔相成。

第二，語言是研究各學科的基礎。不論是鑽研何種領域，如果語言的程度不夠好，恐怕很難把你的想法、心得和研究成果清楚地表達。發表論文也要用到語言。

第三，語言和許多學科的關係密不可分，包括歷史、文學、哲學、腦神經科學、人類學、考古學等。通常許多學者只專精在某單一領域，對其他相關領域相對陌生，但現在學術界高聲疾呼，學者不應只專精某領域，跟他研究相關的周邊領域也有必要去了解。舉個例子，楊振寧先生在物理學方面的成就非常高，是國際公認了不起的物理學家之一，而且他的數學相當好，因爲他認爲物理要精通，數學也要好才行。

第四，沒有文字紀錄的遠古年代，我們有沒有辦法重建它的歷史？以中國歷史來說，一直到大約三千年前的商代才有甲骨文。若想知道比三千年前更早的歷史，其中一個方法就是考古學，挖掘出比商代更早的四、五千年前器物，可利用碳十四判定它的年代，然後藉由出土文物對當時人類使用的器物、生活型態加以判斷。

除了考古外，另一個方法就是語言學。語言學可以重建語言的歷史，語言的歷史可以追溯到五、六千年前。重建語言的歷史有何意義呢？其意義在於推斷缺乏文字紀錄時代的歷史、生活環境及生活方式，這些都可以經由語言重建的資料進行推斷。例如南島民族包含台灣與太平洋許多島嶼上的人種。古南島民族具有五、六千年的歷史，從語言重建的資料裡，我們知道一些基本知識，包括南島民族的遷移方向、最初居住地、日常食物爲何、居住的生活環境長什麼樣，以及經常接觸的動、植物等，這些都可以從語言資料裡分析出訊息。

從語言資料得知，五、六千年前的古南島民族養狗（古南島語 *wasu），也養豬。有山豬（*babuy）和畜養的豬（*beRek），兩種是不一樣，這就是從語言材料裡研判出當時有兩種不同的豬。還有像蝨子，就是頭蝨，我們小時候很多人的頭髮上都會長蝨子，古南島語稱它爲*kuCu；除了有頭蝨，還有身體上的蝨子——衣蝨（*CumaS），兩者也不一樣，這也是從語言資料裡得知的。甚至透過語言資料可了解，五、六千年的南島民族是居住在房子（*Rumaq）裡，不是我們想像的住在樹上或是山洞裡。至於信仰，根據南島語言資料，古南島民族相信鬼魂（*qaNiCu），相信人死後有靈魂，祖先死後還會回來探望子孫，所以他們和漢人一樣，對祖先保有某種紀念方式。從前台灣的原住民族，在親人死後，會把屍體埋葬在自己家裡，而不是埋葬在墳場，他們認爲那是永久的家，生在那裡，死了也在那裡。

五、南島語言研究

大家也許很好奇，我這些年來做的研究有什麼成果。南島民族最初在台灣定居，大多集中在西部，先從西部平原開始聚集。這是因爲台灣平原主要分布在西部，台北盆地腹地不大，且東部多是狹小平原，蘭陽平原也不算大，海邊是主要的聚落分布地。當然有部分的南島民族居住在山上，發展的時間很長，有三、四千年歷史之久。但是在平地和平原上可以找到五千年前的遺跡。目前發現最早的大約是六千年前，叫作大坌坑文化，在淡水河口附近，大坌坑遺址就在十三行博物館附近。由此可知南島民族在台灣生活的時間最少有五、六千年。

由於人類會製造工具、具備基本科技能力，可將足跡擴散至廣大區域。主流的學說認爲，南島民族大部分是從台灣向外擴散，擴散的過程最主要是仰賴船隻。如果沒有船隻，是不可能擴散到太平洋、印度洋如此幅員廣闊的海域。例如，非洲東邊版圖最大的馬達加斯加島，島上的居民也是南島民族，來到這邊絕對要坐船。

全世界分布區域最廣的是南島民族（請見書前附圖），而且是在三千七百年前就已擴散到各區，光憑帆船，靠著風力，就能夠擴散到太平洋區，實在很不簡單。我把南島民族稱爲「航海民族」，其航海技術和知識一定相當豐富，他們懂得觀測風向，利用風的助力從一個島航行到另一個島。我不相信當時的南島人只是傻傻地四處亂闖，冒著回不了家的風險，想必有某種知識做爲後盾，經過計算的。

說到我的研究軌跡，1970到1972年，我先從魯凱語言開始調查。然後，1975年研究新竹苗栗一帶的賽夏族；接下來做邵族語言，邵族就在現在的日月潭；接下來研究巴宰語、雅美語、噶瑪蘭語等等，台灣的各種南島語言我幾乎都做過田野調查，包括過去所說的九族語言以至蘭嶼島的雅美語等，以及平地的平埔族語。其中一個是噶瑪蘭，噶瑪蘭當初分布在宜蘭平原沿海或沿河流下游一帶，在清朝有36個社，所謂社就是部落。道光年間（1840年左右），吳沙開墾後，漢人大量移入，部分噶瑪蘭人失去土地，於是遷移到花東一帶。現在有三種平埔族語言還有人會講，一是噶瑪蘭語，一是巴宰語，另一是日月潭的邵語。

現在台中港、梧棲、沙鹿一帶的平埔族，稱爲Papora；豐原、大甲溪中游一帶的平埔族，叫作巴宰。現在住在埔里的人只有極少數還會講母語，但在原來居住的地方，已經沒有人會講了。平埔族群有些人遷移到埔里盆地一帶，也就是日月潭以北，埔里盆地也是當初交通比較閉塞之地，因此還有極少數人會講平埔族語。不過，巴宰族只剩一位九十多歲老太太會講母語，讓我們這群研究者很擔心，有一天老太太不在，巴宰語言恐怕就要消失了。邵族也有類似的情況，邵族大約還有10個人會講母語，平均年齡都在70歲或80歲以上，正在逐年流失中，而年輕人大都不懂母語了。蘭陽平原也是，已找不到會講母語的人，而花東一帶當初交通比較閉塞的地方才有人會講母語。噶瑪蘭語大約還有幾十個人母語

碩果僅存的巴宰族發音人——潘金玉老太太

講得很好，算是所有平埔族當中，母語保存最好的族群。

現在台灣南島語言最大的問題，是沒有把語言傳承給年輕的一代，兒童時期沒有把母語當作第一語言，這樣會出現斷層。以目前情況來看，這些語言大概半個世紀後，就會消失殆盡。其實台灣南島語言是很有特色，非常有價值。

語言學者的使命，是進行更詳細、更徹底的語言、方言田野調查，包括各種層次如語音、語句、構詞、句法、語意、語用等。儘管學者鑽研了幾十年，仍然沒有一種語言研究得非常徹底。以英語來說，世上不知有多少人研究英語；像漢語，同時有幾百人在做研究，但仍有很多問題有待解決，仍需要很多人力去投入研究。

也許有人問，語言的關係是什麼？儘管我們說台灣南島語言有20種左右，但每一種語言之間的關係並不相等，有的是姊妹關係，有的是堂姊妹關係，親疏遠近並不一樣，要把這些都釐清並不簡單。光是台灣地區的語言關係，都還沒有完全釐清。

再討論台灣與其他地區的關係又是如何？也是眾說紛紜。就像南島語族與其他語族的關係又是什麼？究竟南島民族與哪個民族有親屬關係？或是世上唯一的獨立人種？位於法國和西班牙的巴斯克（Basque）族，語言學界也還不清楚巴斯克族的親屬關係。

關於南島民族與哪個民族有親屬關係，有許多種學說，過去幾十年最盛行的說法是認爲南島民族與傣族有親屬關係，而傣族又和侗族合稱爲侗傣語族，所以西方學者多認爲侗傣語族和南島民族有親屬關係，也就是Austro-Tai（Austro-是南島民族，Tai 是傣）。但最近一、二十年，許多語言學者對這種說法保持懷疑的態度，嘗試檢驗兩者之間的關係，有的學者相信侗傣語族和南島民族是互相接觸的關係，並非血緣關係。語言和語言多年接觸之後會互相影響，有些特徵會很相似，這是一個看法。也有一說南島民族和南亞民族有親屬關係，所謂南亞民族包含越南、高棉一帶，泰國和緬甸也有這類語言。最近有位法國學者Sagart，他提出另一種說法，認爲南島民族與漢語有親屬關係。究竟哪一種才正確，還要做更精細深入的研究。

有些台灣南島語言早已消失，僅有少數語言留下文獻資料，其中文獻資料較多的是西拉雅。西拉雅在哪裡？就在台灣的西南部，荷蘭人到台灣最先接觸的族群就是西拉雅。當時荷蘭的傳教士傳教時，教導西拉雅族用羅馬拼音寫下自己的母語。有一部聖經的譯本，《馬太福音》是用西拉雅語言翻譯的。另外還有佈道資料，比如十誡、禱告詞或飯前禱告等話語，這些資料都是用西拉雅母語寫的。我們也針對這批資料進行過整理與解讀的工作。西拉雅人學會用羅馬拼音寫母語後，往後他們跟漢人訂契約時，使用西拉雅語書寫契約文書，我們稱這些文件為「新港文書」。新港是西拉雅族的一個重要部落，這些文書也是研究西拉雅語言的重要材料。

在荷蘭時代另一個留下文獻資料的語言，就是Favorlang，位於今天的彰化一帶。Favorlang在荷蘭時代留下一些寶貴資料，包括所謂的詞典，當時的詞典很簡單，只有一些單字和動詞變化，另有一些講道資料，資料量雖沒有西拉雅那麼多，但相當重要。因為這兩種語言都早已消失了。

第三種文獻語言資料，是日治時代淺井惠倫教授調查的大台北地區平埔族語言。現在大家知道的只有凱達格蘭，凱達格蘭不是很恰當的稱呼，學理上它應該叫巴賽（Basay）。淺井的田野調查，為這個語言留下了近一千個單字的資料，還有十幾個文本（texts），文本是以母語記述巴賽人的故事或經歷，這些資料都很珍貴，我們還在陸續整理中。

對於台灣南島民族的語言，我們一直在做整理和研究的工作，同時也積極進行搶救，針對最可能消失的語言，優先保存。前面提過，目前最具急迫性的是巴宰語，巴宰族只剩一位老太太會說母語，爲此我們出版了一部詞典和一本傳說歌謠集。我的朋友Blust，已爲邵族出版了一本很厚的詞典；我個人也收集了不少詞彙和文本資料，將來準備出版；2006年則出版了一部《噶瑪蘭語詞典》。

現場問答

Q：做台灣原住民的學術研究工作，對人生、職涯上的意義是什麼？

A：人在生活欲望和滿足之外，還有精神上的需求，包括求知慾。有些事情在當下並不清楚對往後的影響是什麼，甚至過了多年以後，才會知道對人生有很多用處。目前這些研究工作讓我非常快樂，沒人強迫我上山下海做田野調查，尤其在30多年前，當我開始研究南島語言時，很少人踏進這塊領域。我做的記錄可能從來沒有人做過，我做到「第一線」的研究，也是第一人，讓我得到非常大的滿足。過去常常有人問我，爲什麼選擇這條冷門的道路，現在看來是有點熱鬧，但這只是表象而已，並不眞的那麼熱門。

有人問我爲什麼做南島語言研究，爲什麼不做更熱門、更有用的東西，老實說，我當初也沒有什麼具體的規劃。我對語言學感興趣，是因爲大學時林瑜鏗教授開了一門語言學概論的課，上完後我覺得十分有趣，從那時起就對語言學產生興致。當然我對文學也有興趣，也唸過一些文學小說，例如金庸的每一本武俠小說我都讀過，《西遊記》是我唸羅東中學時看的，那時沒有錢買，每天放學後就窩在書店看，老闆很不耐煩，常常藉故趕我走，我裝做不知道，就這樣站在書店把《西遊記》看完了。現在的學生比我們當初要幸福得多，不像我們以前那麼辛苦，現在什麼書都借得到。

Q：台灣南島民族有六千年歷史，爲什麼當時沒有文字？做田野調查時，可能會面臨語言上的禁忌問題，這些禁忌往往與南島民族的生活有很大的關係，比方說死亡，做田野調查時要如何引導他們談這方面的習俗？

A：爲什麼台灣南島民族沒有文字，我想大概沒有學者能回答。我只能說，世界上的語言絕大部分都沒有文字，有文字的反而是少數，漢語三千年前就有文字，但是印歐語系五、六千年前並沒有文字，出現文字也不過是兩、三千年的事；巴比倫、埃及的圖畫文字，也是四、五千多年前才開始發展。這些事實告訴我們，有文字的民族反而是少數，語言的歷史遠比文字的歷史來得長。

我不是人類學家，但也知道台灣原住民的一些禁忌，並非所有族群的禁忌都完全一樣。比如說他們出草（砍人頭）有很多禁忌，什麼樣的情況下可以出草，什麼樣情況下不能出草，有一定的規範。另外，所有原住民族群都有一個共同信仰，相信繡眼畫眉鳥能傳達吉凶，有點像商朝占卜的方式。在日常生活方面的禁忌，比如說日月潭的邵族，他們的過年是在陰曆8

月1日到15日，過年期間有很多禁忌，那幾天吃的東西不能加鹽和糖。過年那段時間，男人和女人也要分開，夫妻不能睡在同一個房間，所以那段時間先生跑到山上的工寮睡覺，跟太太保持距離。另外，農墾種稻也有很多規範。

Q：收集語言資料後，最困難或挫折的地方是什麼？在田調的時候，如何去使用資料？

A：第一個困擾就是無法分辨兩個語音（或語詞）的差別。明明研究對象說有分別，但我聽不出來分別在哪裡，這是因為我們習慣的音韻系統，無法套用在研究的語音中，這是第一個挫折。另一個挫折是，在蒐集資料時，往往研究對象給的不是你所要的答案，而且相去甚遠，因為對方不像我們經過社會化，常無法理解你要什麼。所以能不能找到好的發音人，影響研究結果非常之大。所以寧可多花一點時間尋找好的發音人。

Q：李教授我想請問你對當前可能跟教育比較有關的看法，像現在小學推行鄉土教材、母語教育，還有台灣現在面臨國際化，有通用拼音與漢語拼音的問題。還有您研究原住民語言也是使用羅馬拼音嗎？還是什麼樣的東西去做研究？謝謝。

A：妳提的問題好像不止一個。我用什麼來作紀錄？我都是用國際音標IPA來作紀錄。但是如果是爲他們設計書寫系統，我會用羅馬拼音的方式。使用羅馬拼音問題比較少，但基本上還是用IPA，只有少數符號作些改變，比方說e代表ə，一撇（'）代表ʔ，類似像這樣子，比較有限。你談到大陸漢語拼音與通用拼音，這跟原住民語言不是有直接的關係，不知道你的問題是在哪一方面？

Q：使用什麼系統的拼音，對語言的流傳或發音正確，比較有幫助？

A：語音符號和語言的發音比較接近，大概沒有一套符號的發音是百分百精確，或是能完全代表發音。IPA雖是最接近發音的書寫方式，但IPA有很多符號都是特殊符號，書寫不太方便，所以我們用羅馬拼音、用代號，如ng代表ŋ，e代表ə，這就是用以代替的符號。至於台灣實際的語言現象，如果純粹從漢語（包括閩南、客家）的立場來看，我覺得不論是大陸漢語拼音也好，國語羅馬字拼音也好，通用拼音也好，都不能實際代表它的音值，眞的可以代表音值的還是phonetic system。尤其台灣原住民語言，輔音分爲清音與濁音，很多語言都有清濁音，像英語、法語，*p* 跟 *b* 的不同，*k* 跟 *g* 的不同，*t* 跟 *d* 的不同。眞正較接近它的音值，我認爲還是IPA。至於要採用漢語拼音或是通用拼音，這已經牽涉到哪一種系統最接近台灣的閩南話、客家話，這又有一番爭論，一方面有學理上的爭論，另方面有意識型態的爭議。

Q：如何知道兩種語言有親屬關係？

A：如何知道台灣原住民的語言和夏威夷土著民族的語言是否有親屬關係，語言學家通常採用「比較方法」，就是建立語音的對應關係，說起來簡單，做起來不容易。方法是尋找兩種語言之間的「同源詞」（同一個來源的詞彙），如果兩種語言之間有親屬關係，一定會有許多共同成分。重要成分之一就是同一套詞彙，可能是由同一支母語流傳下來，當然中間可能發生語音的演變，現在發音不一樣。所以同源詞的建立，是觀察兩種語言間的詞彙、語音的對應關係是否規律，不只是單一詞彙的音能對應，而是很多詞彙（同源詞）都能找到對應關係。

同源詞越多、語音規律越規則，越能證明兩者有親屬關係。爲什麼知道太平洋地區有很多都是南島語言，就是採用這種方法鑑定。比較方法是自1700年中葉以後，在歐洲發展出來的語言學研究方法，經過幾十年來學者們的努力，得到一些共同的「語音法則」（phonetic laws），主要是視其規律的語音對應關係，而不是語音發音完全相同；語音發音完全一樣，反而較可能是接觸的關係。

比如說，英語有許多詞和法文很像，像是paper跟papier，這些都是借字，而不是眞正的同源詞。同源詞是指語音的對應關係，例如英文的 f 是對應法文的 p，如果硬要說英文 p 是對應法文的 p，大概很難解釋得通。

人類跟其他動物最大的差別

一開始我提了個問題，人類和動物最大的分別爲何？我個人認爲是語言。自從語言發展以來，人類的知識得以累積，能夠製造工具、發展科技，在在靠的是語言。

Q：語言、文字與種族，三者之間是否有必然的關係？

A　印度是多民族、多語言的國家，最通用的語言叫Hindi。印度語言有幾百種，印度北部是印歐語系，印歐語系包括印度及歐洲的英語、法語、德語、西班牙語、俄語、冰島語、希臘語……等；印度南部是Dravidian語言，屬於另一個語系。印度東北部是Munda語言，屬於南亞語系（Austroasiatic language family），與Mon-Khmer語言（即高棉、越南、泰國、緬甸等地區）有親屬關係。所以印度語言是滿複雜的，而且每種語系裡面又分很多語言。

語言、文字與種族三者之間，沒有絕對必要的關聯。幾乎大部分的國家都是多種族、多語言，除了很小的島嶼外，大部分的國家都是由多種族組成。像過去的蘇聯、中國也是這樣，中國包括許多不同的民族，有阿爾泰民族、漢藏民族、傣族，另外海南島上也有南島民族，中國大陸卻沒有，所以民族和國家的界線是兩碼子事，政治疆域和民族疆域也是兩回事。

再舉個例子，有一種Kurdish族，分布在伊拉克、伊朗、土耳其等三個國家的邊界，同一個民族卻分屬三個不同的國家；傣族也是這樣，泰國也有、中國也有、越南也有、寮國也有，這種情況非常普遍，與文字更是毫無關係。即使沒有文字的語言，也可以創造出文字。其實很多羅馬拼音文字是近幾十年前才開始製訂的。比方說越南話，幾十年前才開始用羅馬拼音；有些文字的發展歷史則早一點，如韓國。

（本文爲2004年3月23日於台大通識教育論壇的演講紀實，刊於2010年《我的學思歷程》第四集）

福爾摩沙及其住民
Formosa and Its Inhabitants
福爾摩沙及其住民
19世紀美國博物學家的
台灣調查筆記
史蒂瑞 原著
林弘宣 譯
李壬癸 校註
Joseph Beal Steere 史蒂瑞 原著
台灣經典寶庫4
封藏百餘年文獻
重現台灣
Formosa and Its Inhabitants
密西根大學教授
J. B. Steere（史蒂瑞）原著
美麗島受刑人 林弘宣 譯
中研院院士 李壬癸 校註
2009.12 前衛出版 312頁 定價 300元
本書以其翔實記錄，有助於我們瞭解19世紀下半、日本人治台之前台灣島民的實際狀況，對於台灣的史學、人類學、博物學都有很高的參考價值。
——中研院院士 李壬癸

國家圖書館出版品預行編目資料

珍惜台灣南島語言／李壬癸著.
--初版.--台北市：前衛，2010.01
360面；15×21公分

ISBN 978-957-801-635-4（平裝）

1. 台灣原住民語言　2. 南島語系
3. 文集

803.9907　　98024377

珍惜台灣南島語言

著　　者　李壬癸
責任編輯　周俊男
美術編輯　宸遠彩藝
出 版 者　台灣本鋪：前衛出版社
10468 台北市中山區農安街153號4F之3
Tel：02-2586-5708　Fax：02-2586-3758
郵撥帳號：05625551
e-mail：a4791@ms15.hinet.net
http://www.avanguard.com.tw
日本本鋪：黃文雄事務所
e-mail：humiozimu@hotmail.com
〒160-0008 日本東京都新宿區三榮町9番地
Tel：03-33564717　Fax：03-33554186
出版總監　林文欽　黃文雄
法律顧問　南國春秋法律事務所林峰正律師
總 經 銷　紅螞蟻圖書有限公司
台北市內湖舊宗路二段121巷28、32號4樓
Tel：02-27953656　Fax：02-27954100
出版日期　2010年1月初版一刷
2013年7月初版二刷
定　　價　新台幣360元

Printed in Taiwan　ISBN 978-957-801-635-4